UNIVERSALE
ECONOMICA
FELTRINELLI

ENRICO FRANCESCHINI
L'uomo
della Città Vecchia

© Giangiacomo Feltrinelli Editore Milano
Prima edizione ne "I Narratori" marzo 2013
Prima edizione nell'"Universale Economica" gennaio 2017

Stampa Nuovo Istituto Italiano d'Arti Grafiche - BG

ISBN 978-88-07-88890-8

FSC
www.fsc.org
MISTO
Carta
da fonti gestite in
maniera responsabile
FSC® C015216

www.feltrinellieditore.it
Libri in uscita, interviste, reading,
commenti e percorsi di lettura.
Aggiornamenti quotidiani

IL RAZZISMO
È UNA
BRUTTA STORIA.
razzismobruttastoria.net

L'uomo della Città Vecchia

alla Lu

Eli, eli, lemà sabachtani?
(Dio mio, Dio mio, perché mi hai abbandonato?)

Vangelo secondo Matteo

Gerusalemme è un bacile d'oro pieno di
scorpioni.

Muhammad al-Muqaddasi, geografo arabo

A volte i fatti sono il peggior nemico della
verità.

Amos Oz, scrittore israeliano

1.

Tel Aviv, 16 marzo 2000

"*Abba!*"
"*Abba!!*"
"*Abba!!!*"

Sdraiato sulla spiaggia libera di Tel Baruch, l'uomo sente l'insistente richiamo del bambino come una nenia lontana e fastidiosa. È lo Shabbat in cui tocca a lui tenere i tre figli. Li ha portati al mare sperando che si arrangino a giocare da soli e lo lascino riposare un po', ma non gli danno tregua. "Perché mi sono sposato?" si chiede Shlomo disteso a occhi chiusi sulla sabbia, invece di alzarsi per andare a vedere cosa vuole il suo primogenito. "E perché ne ho fatti tre, non me ne bastava uno?" Domanda oziosa, quest'ultima, di cui conosce benissimo la risposta: fare figli, in Israele, è una dichiarazione di patriottismo. Tre a famiglia è la media nazionale e tale deve restare, per una piccola nazione di sei milioni di abitanti, circondata da duecento milioni di arabi nemici che sognano di distruggerla: farne meno di tre odorerebbe di disfattismo. Ma a vincere la battaglia nelle camere da letto sono comunque gli arabi con cui gli ebrei dividono la terra, senza riuscire a decidere se dargliene una parte e chiuderli fuori oppure tenerseli malvolentieri dentro per sempre: i palestinesi, che producono mediamente sei figli a coppia e prima o poi, se continueranno a procreare a quel ritmo forsennato, diventeranno più numerosi di loro.

Tutto questo Shlomo lo sa benissimo, rimugina intontito dal sole: è un patriota anche lui, tre anni di servizio militare, una guerra – del resto a ogni generazione dal 1948 in poi ne è toccata almeno una –, poi tre settimane all'anno in uniforme, richiamato come tutti i cittadini di sesso maschile fino al compimento dei cinquant'anni. Ci vuole un esercito di popolo, sempre con il fucile sotto il cuscino, per difendere il minuscolo stato ebraico, per far passare a chiunque la voglia di cancellare gli ebrei dalla faccia della Terra. Eppure sogna comunque di tornare indietro, di non aver avuto figli, di non essersi nemmeno sposato: un destino diverso da quello che si è scelto, lui che si è sposato troppo presto e con la donna sbagliata e dopo pochi anni di matrimonio ha divorziato come fanno in tanti, ritrovandosi quei tre marmocchi sulle spalle, da solo, perlomeno per due Shabbat al mese. Sotto il riverbero del sole, considera amaramente che i suoi guadagni di tassista gli sarebbero più che sufficienti per affittare un paio di stanzette sul porto vecchio, invece ha fatto un mutuo trentennale per acquistare una squallida casa a Holon, nei sobborghi all'americana che sono diventati alla moda, e tutto per accontentare sua moglie, che peraltro dopo il divorzio la casa se l'è tenuta. Adesso con il taxi deve fare anche il turno di notte per pagare gli alimenti a lei e ai bambini, il mutuo e uno schifoso bugigattolo per sé in periferia, a Petah Tikva, tra gli ultraortodossi con i boccoli che non sopporta, per di più.

Lui la detesta, la periferia. Ama la città, il centro di Tel Aviv, il lungomare, la spiaggia. Immagina per sé una vita molto diversa, una vita da scapolo: nei giorni di riposo come questo se ne verrebbe a piedi in spiaggia tutto solo, farebbe due chiacchiere con amici, conoscenti o anche semplici sconosciuti bevendo caffè al suo stabilimento preferito, mica lì in quella spiaggia puzzolente di Tel Baruch dove è adesso, bensì davanti all'hotel Dan, dove il venerdì pomeriggio e il sabato mattina si incontrano legioni di donne giovani e meno giovani ma comunque piacenti, aperte, disinvolte, come sono le israeliane, avendo mantenuto nei confronti dei maschi il cameratismo che regna sotto le armi, quando i due sessi si sentono – e in fondo sono – veramente uguali. Attaccherebbe discorso con una quarantenne dai capelli tinti, le offrirebbe una birra, poi le proporrebbe un bagno nel mare spumeggiante, un pranzetto con hummus e pita calda, e dopo il tramonto se la spasserebbero insieme nelle due stanzette sul porto vecchio. Sorride. Questa è vita. Così dev'essere. Lascerebbe aperte le finestre. La notte, la brezza del Mediterraneo accarezzerebbe i loro corpi nudi. E lui, mentre la finta bionda gli russa leggermente nel letto, con una coscia fuori dalle lenzuola a tenerlo in stato di leggera eccitazione, andrebbe a fumarsi una sigaretta sul balcone, felice, sotto la luce della luna...

"*Abba!!!!*"

Si tira su, la fantasia bruscamente interrotta: nemmeno quella gli lasciano finire. I due figli più piccoli, veramente, se ne stanno buoni in costume a giocare sul bagnasciuga: gli viene in mente che non è ancora primavera, è solo la prima giornata di sole, si prenderanno di certo il raffreddore, la madre sgriderà loro e ancora di più lui. Ma dov'è l'altro, il più grande? Si guarda intorno, lo vede ai piedi della duna, oltre il piazzale sterrato del parcheggio, tra ciuffi d'erba selvatica, sterpi e carcasse di vecchie automobili. Cosa diavolo è andato a fare fin laggiù? E soprattutto cosa vuole da lui con tanta insistenza? Lo raggiunge con una corsetta leggera, tanto per sgranchirsi le gambe.

"E allora figlio, che c'è?"

Il bambino indica un promontorio di pietre e sabbia sul quale deve aver provato ad arrampicarsi senza successo già parecchie volte: "La palla," si limita a piagnucolare, non è chiaro se per il dispiacere di averla persa o per il timore di una sgridata paterna.

Ma Shlomo, sebbene sia un padre svogliato, non è un cattivo padre. "Il tuo *abba* è un paracadutista, non lo sai?" E in due balzi si arrampica agilmente su per il dirupo scosceso. Arrivato in cima, non vede subito la palla: è finita in mezzo a un cespuglio. Fa due passi, la raccoglie e la calcia con forza giù verso la spiaggia, verso l'azzurro del mare, nella cui direzione suo figlio si precipita immediatamente, gioioso, per recuperarla. Solo allora, pulendosi le mani dalla sabbia, l'ex parà nota una scarpa dietro il cespuglio da cui ha recuperato il pallone: la punta di una scarpa femminile, da sera, con il tacco alto e il cinturino dietro. Si china per raccoglierla, ma resta a bocca aperta: c'è un corpo seminudo poco più in là, a faccia in giù. Il corpo di una donna. Shlomo si avvicina guardingo, studiandola con attenzione: ha la minigonna stracciata, la schiena nuda, la borsa aperta ai suoi piedi. Gli ci vuole poco per capire: una prostituta, probabilmente assassinata da un cliente o dal suo protettore e poi di certo anche derubata. Le stradine non asfaltate dietro la spiaggia libera di Tel Baruch sono notoriamente il posto di lavoro delle mignotte di Tel Aviv: di notte e pure di giorno. Ci ha portato un sacco di passeggeri con il suo taxi e qualche volta, quando non sa dove andare, ci fa un giro anche lui, giusto per guardare. Non si trattiene dal notare le lunghe gambe della donna distesa nella sabbia, abbronzate dalle tante ore trascorse a battere sotto il sole: non dev'essere stata male. Ma ora non c'è più niente da guardare. Stando bene attento a non toccare nulla, Shlomo scende dal dirupo e torna rapidamente al suo ombrellone. Ordina ai figli di restargli vicino e compone sul telefonino il numero della polizia.

L'intera zona è recintata dalle strisce di plastica gialla della polizia israeliana. I curiosi si sono avvicinati per ascoltare la testimonianza di Shlomo a un agente che prende appunti e ora fanno capannello intorno a loro. Un operatore sta montando la telecamera, un fotografo scatta a raffica. In cima al dirupo, mentre gli agenti della Scientifica esaminano il corpo della prostituta, l'ispettore Ben Kadarè fruga nella borsa della vittima. Un braccio della donna è proteso come se, negli ultimi istanti di vita, avesse cercato di estrarne qualcosa. O forse, ragiona il poliziotto, era riuscita a metterci la mano dentro e poi quel che aveva preso le era scivolato via, insieme alla vita. Trova il telefonino nella sabbia, poco distante. La batteria ha ancora metà carica: probabilmente il delitto non è avvenuto da molto. L'ispettore cerca sul display l'ultima chiamata effettuata: risale all'1.34 di quel mattino. Pigia il tasto per rifare il numero. Dopo due squilli gli risponde una secca voce maschile.

"Pronto, Alisha?"

"Chi sei?" chiede brusco l'ispettore.

"Faresti meglio a dirmi chi cazzo sei tu," replica la voce con un risolino sprezzante.

"Polizia di Tel Aviv."

"Molto piacere, qui parla lo Shin bet."

Può essere un burlone, pensa Kadarè. Ma qualcosa nel tono della voce del suo interlocutore gli dice che è meglio non scherzare: udendo il nome del temuto servizio segreto interno di Israele, senza accorgersene l'ispettore si mette istintivamente sull'attenti.

2.

Parigi, 16 marzo 2000

La telefonata arriva sempre nel momento sbagliato: mentre fa la doccia o l'amore, mentre è fuori a cena con l'innamorata, quando ha appena aperto la valigia di una rara vacanza sul letto dell'albergo. A seconda di quanto è seria la scocciatura, lo chiama il caposervizio esteri, il caporedattore centrale, un vicedirettore. Il direttore solo nei casi eccezionali. E questa volta, all'altro capo del filo c'è per l'appunto il direttore. Quando risponde al terzo squillo (una suoneria personalizzata: l'*Internazionale*, unica scoria delle ideologie di gioventù), Paolo Farneti si trova a Parigi, in un albergo di Montmartre, con la valigia aperta sul letto. È il primo giorno di una settimana di ferie, dopo non ricorda nemmeno più quanto tempo. In una stanza al piano di sotto c'è la donna di cui da due anni è l'amante: anche lei appena arrivata a Parigi, ufficialmente per partecipare a un congresso. Gli amori clandestini non sono facili, ma hanno il vantaggio che il tasso di eccitazione si mantiene sempre alto: pericolo di essere scoperti e carica erotica vanno d'accordo, perlomeno nel loro caso. Dopo qualche ora di noiosa conferenza sugli interventi all'intestino in endoscopia – lei è gastroenterologa, soprannominata Mani di fata per l'abilità nel manovrare strumenti microscopici nelle viscere del corpo umano (sebbene per conto di Paolo il nomignolo renda omaggio anche alle doti

che dimostra con strumenti più voluminosi) –, la sua dottoressa sgattaiolerà via dall'odiosa cena ufficiale prevista dal
programma e lo raggiungerà in uno dei loro ristorantini
preferiti nei vicoli più bui e malfamati di Pigalle, dove si
sentono sicuri di non incontrare nessuno che conoscono.
Poi rientreranno separatamente in albergo, per ricongiun-
gersi – in tutti i sensi – in una delle due camere e trascorrere
la notte insieme.

Paolo si è sposato poco più che ragazzo e ha divorziato
rapidamente. Ai figli ha rinunciato, ha capito ben presto che
la sua sposa e inseparabile compagna di vita era il giornalismo, o meglio il giornale: quell'entità misteriosa che si anima
come un essere vivente, composta di tante particelle in movimento, spesso apparentemente impegnate ad andare ognu-
na in una direzione diversa e contraria a quella delle altre, in
una sorta di caos primordiale, ma che ciononostante a una
certa ora della sera, ogni sera, produce una magica armonia,
ricomponendo il guazzabuglio confuso e indescrivibile di
pensieri, azioni, movimenti in alcune decine di fogli di carta
con stampato sopra tutto quanto è accaduto nelle ventiquattr'ore precedenti. Più o meno tutto, s'intende, ma comunque
un'istantanea niente male di un giorno nella vita del pianeta
Terra. È il mestiere che aveva sognato di fare da ragazzo.
Ora, facendolo, lo ama ancora di più. Un amore che non
conosce cedimenti. Meglio ancora, una droga che non produce mai overdose: prendi tre giornalisti e chiudili in una
stanza, non smetteranno più di parlare di giornali, non si
stancheranno mai, non avranno bisogno di mangiare o di bere – al massimo di fumare –, continueranno fino a che qualcuno non li risveglierà dall'estasi. I veri giornalisti, pensa
Farneti, vogliono solo essere inviati da qualche parte, scrivere cosa hanno visto, poi parlare con i colleghi di quello che

hanno scritto, quindi controllare cosa hanno scritto sullo stesso argomento i giornali della concorrenza, infine lamentarsi di come sono trattati, del poco spazio che hanno ricevuto in pagina per il loro articolo, del mancato richiamo della loro firma in prima pagina, di quanto sono incompresi dal direttore, per essere poi inviati di nuovo da qualche altra parte e ricominciare tutto da capo. Nella loro professione non c'è spazio per mogli e figli (alcune giornaliste, in verità, per i figli lo spazio lo trovano, disfacendosi però in fretta dei mariti). In compenso, ai giornalisti non mancano le donne: come un marinaio, anche Paolo ne ha una in ogni porto, e se non ce l'ha gli ci vuole poco a trovarsela nel nightclub più vicino. Gli va bene così: sposato con il giornale, il suo vero grande amore, e disponibile a brevi avventure di sesso per sfogare gli istinti del corpo.

Eppure due anni fa, dopo una visita di controllo in ospedale che lo ha fatto imbattere in Mani di fata, si è innamorato di quella dottoressa, sposata, a modo suo affezionata al marito, con tre figli che adora e una casa perfetta, e tuttavia desiderosa di una relazione extraconiugale, di un qualcosa in più. In fondo, è un amore in cui si ritrovano ad armi pari: lei ha un'altra vita a cui non può né vuole rinunciare, lui ha il giornalismo. A ogni occasione, tuttavia, cercano di vedersi. Sembra qualcosa di diverso, questa volta. Sono innamorati? Chissà. Chi dei due di più? Mah.

Quando squilla il telefonino, Paolo – che passa negli alberghi trecento giorni su trecentosessantacinque nel suo girovagare per l'Italia e per il mondo come inviato speciale della "Tribuna", il quotidiano per cui lavora da venticinque anni – è intento a ricreare il suo ambiente perfetto con la precisione maniacale che lo contraddistingue. Le camere d'hotel sono diventate la sua casa. Gli piacciono. Ci si sente perfettamente a proprio agio. Le trova la dimensione ideale, con la cameriera che rimette tutto a posto ogni mattina e il room service per mangiare a qualunque ora del giorno o della notte guardando la televisione o lavorando. Serve qualcosa, qualsiasi cosa? Una telefonata al concierge, e in un baleno gliela portano. Un guasto? Viene immediatamente riparato – se non è possibile gli cambiano stanza, dandogliene una identica a quella che ha lasciato. Si è talmente abituato a vivere in quello spazio compatto, essenziale, minimalista, che anche la sua vera casa, a Roma, è quasi la riproduzione di una camera d'albergo: un monolocale con angolo cottura, il letto matrimoniale, due comodini, una scrivania con computer e poltroncina girevole dalla parte opposta, un divanetto, un paio di mensole con qualche libro, un televisore, un tavolino basso con riviste e giornali, un paio di stampe alle pareti (ma neanche una foto di famiglia: del resto non ne ha una), l'armadio-guardaroba in corridoio, il bagno. Stop. Non ha bisogno d'altro. Qualsiasi mobile, suppellettile, oggetto in più, gli sembrerebbe zavorra. "Travel light", viaggiare leggeri, è il suo motto. E ha bisogno di sentirsi leggero anche quando non viaggia, nelle poche settimane in cui rimane a casa: una casa disadorna, che potrebbe disfare e abbandonare in un baleno, facendo entrare in una singola valigia – o meglio, in una singola borsa da viaggio, aborre le valigie – i pochi indumenti che ama, peraltro indistinguibili come un'uniforme, camicie azzurre button-down d'inverno, polo blu d'estate, jeans o pantaloni cargo, blazer blu e un giaccone buono per tutte le stagioni. Possedere poco o niente, ribellarsi alla dittatura delle mille cose inutili che aggravano la vita: questa è la libertà, per lui.

Oggi, nella camera dell'hotel parigino, ha disposto su una mensola i tre libri che porta sempre con sé (i titoli cambiano, il numero è sempre lo stesso, le scelte sempre simili: un thriller in testa alla classifica dei best seller, un classico della letteratura in formato tascabile, un saggio di recente pubblicazione), ha collegato il computer alla presa elettrica e al modem, perché anche se in ferie vuole tenere sotto controllo le mail e avere internet a portata di mano, e ha sistemato nell'armadio i vestiti tutti uguali che si è portato dietro: tre camicie azzurre button-down, un paio di jeans, un paio di pantaloni cargo verde militare, calzini neri, boxer neri, una felpa con il cappuccio, un blazer blu, un giaccone di pelle scuro, una sciarpa, un berretto da baseball. Ha poggiato sul tavolino basso il pacco dei giornali e acceso la tivù, sta per togliere il borsone dal letto e sdraiarsi con un toscano spento in bocca – lo accende solo la sera, dopo cena –, quando squilla il maledetto telefonino.

Come fanno al giornale a sapere sempre qual è il momento meno opportuno per chiamarlo? Come fanno non è chiaro, ma lo sanno. "Ti passo il direttore," taglia corto la segretaria di direzione. Secondo molti è lei la vera vicedirettrice del giornale, considerato che il potere alla "Tribuna" è determinato dalla prossimità fisica con il direttore e nessuno passa più tempo con lui della sua segretaria. Il grado di scocciatura, stavolta, è altissimo. Il direttore deve esserne ben consapevole. Perciò è lui in persona a chiamare, anziché il vicedirettore, il caporedattore centrale o il caposervizio esteri. E, a differenza della segretaria, si dilunga in convenevoli, più del solito: un altro brutto segno. "Paolo carissimo," esordisce. Se lo immagina, il direttore, seduto alla scrivania come davanti a una plancia di comando, la testa reclinata sullo schienale, gli occhi socchiusi: alto, ieratico, bello, elegante, sicuro di sé, un dio in Terra, perlomeno nel giornale che ha fondato e per i giornalisti che ha assunto a uno a uno, cavalieri prescelti per le sue crociate, sempre pronti, pur brontolando, a gettarsi nel fuoco per le sue battaglie.

"Paolo carissimo. Il tuo ultimo servizio sul terremoto in Messico era da scuola di giornalismo. Spero che i colleghi dell'ufficio centrale ti abbiano riferito i complimenti che ti ho fatto durante la riunione del mattino. Mi dispiace disturbarti di nuovo mentre ti accingi a un meritato riposo, ma sei l'unico che può salvarci." È sempre la stessa musica: la "Tribuna" ha quattrocento giornalisti, di cui una ventina con l'etichetta di "l'unico che può salvarci", ma a tenersela appiccicata addosso tutto l'anno – particolarmente a Natale, Pasqua, ferragosto e nelle altre feste comandate – è soltanto lui: Paolo Farneti, il recordman dei salvataggi in extremis. La pistola – metafora un tempo di macchina per scrivere e ora di tastiera del computer – più veloce del West. Quello che "scrive di tutto senza sapere di niente", come una volta ha pensato di far scrivere sul suo biglietto da visita: la miglior definizione dell'inviato speciale senza specializzazione alcuna, figura necessaria in ogni quotidiano che si rispetti. L'asso, o meglio il jolly, per tutte le emergenze: il reporter che è in bagno, sta facendosi la barba, ascolta una canzonetta alla radio oppure fischietta pensando a una donna, poi all'improvviso riceve una telefonata e tre ore dopo parte per una destinazione dove non è mai stato, con l'ordine di raccontare vita, morte e miracoli di una situazione di cui non ha mai sentito parlare fino a un attimo prima, naturalmente mettendoci dentro un bel po' di "colore locale", testimonianze in presa diretta, dramma, analisi, possibilmente uno scoop, il tutto condito da una bella scrittura, con un "lead" – come si chiama in gergo l'inizio dell'articolo – che prenda il lettore per la gola e lo convinca a leggere d'un fiato fino in fondo. Facile, no? Il tappabuchi, insomma, ecco cos'è Farneti – un tappabuchi di qualità, s'intende, ma pur sempre tappabuchi. Elezioni, terremoti, omicidi, interviste ai politici, golpe, rivoluzioni, notte degli Oscar o cerimonia del Nobel, Giro d'Italia, Formula Uno, circo bianco, scandali, sfilate di moda, aste, sciagure ferroviarie, nozze reali, divorzi tempestosi, attentati terroristici, Mondiali di calcio, rapine in banca, minatori intrappolati sotto terra, lanci spaziali: Paolo scriverebbe volentieri perfino le previsioni del tempo, se ci fosse un allarme che costringa a scriverle in condizioni di estrema difficoltà, maledetta fretta e pericolo costante – e possibilmente durante le sue ferie.

"Guarda, direttore, lo sai che ti dico sempre sì, ma stavolta proprio non posso," mette le mani avanti, pensando alla sua bella che, al piano di sotto, sta probabilmente telefonando al marito per dire che è arrivata a Parigi e che il congresso sarà una noia mortale ma al primario non si può dire di no, e che non avrà neanche il tempo di fare un po' di shopping, e intanto infila il reggicalze e il body nero come piace a Paolo. Ma già ascoltando il tono della propria voce Farneti sente che non è vero, che anche questo suo iniziale gran rifiuto fa parte della necessaria sceneggiata. Lo capisce, evidentemente, pure il direttore, che infatti prende il diniego per una resa. "Lo so, lo so, hai perfettamente ragione. Ma io ti chiedo un favore, no, mi correggo, non un favore, ti chiedo un sacrificio come questo per l'ultima volta. Non solo perché sei l'unico che può salvarci, e sai benissimo di essere il più bravo oltre che il più generoso. Ti chiedo di sacrificarti anche per un'altra ragione: con gli articoli che sto per commissionarti, ti garantisco che entrerai dritto dritto nella storia. Nella storia del giornalismo italiano." Pausa. "Che dico, italiano, mondiale! Dovranno darti il Pulitzer. Vedo già i titoli: IL PRIMO ITALIANO PREMIATO CON IL PULITZER. E né io, né tu, possiamo privarci della gloria che meriti. È l'occasione che nemmeno..."

Paolo smette di ascoltare. Fissa desolato la stanza d'albergo che aveva cominciato ad assumere le sembianze del suo monolocale romano. Pregusta ancora per un momento il piacere di fare una lunga doccia ristoratrice, indossare un soffice accappatoio di spugna, accendere la tivù a basso volume su un canale di news, stendersi sul letto e inviare un messaggino – *Ti aspetto quando vuoi* – a lei, che indosserà l'accappatoio sopra il body e il reggicalze e forse salirà a trovarlo anche prima della cena... e il sogno è già svanito. Non riesce proprio a dire di no, è questo il suo difetto. E in fondo in fondo, se cerca di spiegarsene il motivo, il senso del dovere non c'entra, tantomeno c'entrano le lusinghe del direttore, che fanno parte di un gioco, di un copione prestabilito, come sanno benissimo entrambi. La verità è che non può rifiutarsi perché niente lo eccita più che partire per un nuovo servizio: nemmeno, se vuole essere veramente sincero con se stesso, la prospettiva di due-tre notti d'amore con la sua bella. L'idea di rifiutare, e pensare che al posto suo partirà un altro, ecco, quella sì che è insopportabile. Non per invidia: è vanità, o forse insicurezza, la sua. La paura di essere dimenticato. Il bisogno di essere sempre in prima pagina. "Sono come una ballerina di prima fila," ama ripetere agli amici, "se non faccio vedere le gambe, la sera dopo il pubblico non torna a vedermi." Cosicché deve farle vedere, sera dopo sera, per non sentirsi in ansia, per non temere che il cono di luce dei riflettori illumini un altro e lui finisca al buio. Interrompe la litania di elogi sperticati del direttore: "Va be', ho capito, dov'è che devo andare questa volta?". Il direttore gongola, benché non abbia mai dubitato che ce l'avrebbe fatta di nuovo a convincere Farneti. Li conosce troppo bene, i suoi giornalisti, le sue creature. "Gerusalemme," risponde trionfalmente. "Ti richiamerà Senzani per spiegarti tutto." E poi riattacca. Senza nemmeno salutare.

3.

Gerusalemme, 18 marzo 2000

"Città amata, Città di Dio, Città d'oro, Città della giustizia, Città fedele, Città celeste, Città Santa, Gioia della Terra, Città gioiosa, Trono di Dio..." Ondeggiando ritmicamente su se stesso, come un alberello agitato dal vento, Avraham Bielshowski recita una preghiera di sua invenzione: la Bibbia assegna settanta nomi a Gerusalemme e lui li ripete tutti come una cantilena, in bell'ordine. Poi, quando finisce la lista, ricomincia da capo. "Città amata, Città di Dio, Città d'oro..." Tiene gli occhi socchiusi, ogni tanto solleva un braccio e lo appoggia al Muro, come per aiutarsi a mantenere l'equilibrio. Ma lo scopo è un altro: la sua mano si apre sulla superficie ruvida della parete, carezzandola lievemente. Kotel, Muro occidentale, così gli ebrei chiamano quello che per milioni di visitatori è semplicemente il Muro del Pianto, ciò che rimane del Secondo Tempio distrutto dalle legioni dell'Impero romano per ordine dell'imperatore Tito, quando rasero al suolo Gerusalemme nel 70 dopo Cristo. I romani ne lasciarono un pezzo in piedi per ricordare agli ebrei la grandezza di Roma che li aveva sconfitti, ma gli ebrei attribuirono il fatto che una parte del Tempio si fosse salvata al volere di Dio, un segno del suo immutato legame con il popolo ebraico, la dimostrazione che non lo avrebbe abbandonato, nonostante la catastrofe che l'aveva colpito. Altre catastrofi si sono abbattute su di noi e Iddio onnipotente ci ha sempre salvato, pensa Avraham al termine delle sue preghiere. Un'altra catastrofe ora ci minaccia ma ci salveremo anche stavolta. Con l'aiuto di Dio e aiutandoci un poco da soli. Quindi si asciuga gli occhi bagnati di lacrime. Si è commosso. Piange. Ma non per le catastrofi che hanno colpito Gerusalemme. Per quella più piccola che ha colpito lui stesso.

Gerusalemme, come la chiamano gli ebrei, Al Quds, come la chiamano i musulmani, la città "amata, fedele, celeste, santa, gioiosa", come la chiama la Bibbia, sorge in mezzo a due sommità, sul margine di una vallata. Chi la vede per la prima volta prova un senso di meraviglia e sgomento. Appare di colpo, in tutta la sua magica bellezza, appena si penetra nel canalone che separa il Monte Scopus e il Monte degli Ulivi: un paesaggio di cupole tondeggianti e alti minareti, dominato da pietre antiche quasi quanto il tempo. Campi di pietra, montagne di pietra, valli di pietra, tetti di pietra, torri di pietra, mura di pietra di eccezionale spessore, e file di pietre, più piccole, accumulate da una parte all'altra dei terreni coltivati a terrazze per delimitarli grossolanamente. Pietra, pietra, pietra: trasmette una sensazione di solidità ma pure di durezza, di ostinazione, di violenza. Visto dall'alto, l'orizzonte appare orlato di bastioni medioevali e di pericolanti rovine romane e arabe, che rafforzano questa impressione. È la capitale dello stato di Israele, anche se il resto del mondo non la riconosce come tale: le ambasciate di tutte le nazioni, inclusa quella del principale protettore e alleato, gli Stati Uniti d'America, sono a Tel Aviv, sessanta chilometri più a ovest, sulla riva del Mediterraneo – e lì resteranno fino a che un accordo di pace con i palestinesi metterà fine al conflitto. Ma non è una capitale solo per gli ebrei. Sul mezzo milione di abitanti della città, centocinquantamila sono arabi che vivono nella parte orientale, a Gerusalemme est, dove i palestinesi vogliono collocare la capitale del loro futuro stato, se e quando ne otterranno uno da Israele e dalla comunità internazionale. Dunque, è una capitale divisa: mezza araba, mezza ebraica. Ma contiene al suo interno ulteriori divisioni. C'è la Gerusalemme degli ebrei ultraortodossi – gli haredim –, nel quartiere di Mea Shearim, dove gli ebrei laici non mettono piede. C'è la Gerusalemme laica, moderna, fuori dalle mura, diventata con il tempo la parte più estesa, dove hanno sede il parlamento, gli edifici governativi, l'ufficio del primo ministro. E c'è la Gerusalemme antica, l'Old City come la chiamavano gli inglesi quando era una loro colonia, la Città Vecchia, cinta da secolari mura di pietra. Quest'ultima è un quadrilatero irregolare, composto da quattro quartieri di dimensioni diseguali, ciascuno contraddistinto da una diversa fede religiosa: il quartiere musulmano – il più grande –, il quartiere ebraico – il più piccolo –, il quartiere cristiano e quello armeno. Dentro al quadrilatero cinto da mura vivono cinquantamila persone: musulmani, ebrei, cristiani di ogni confessione. È una piccola fortezza che fu a lungo considerata inespugnabile: a tutt'oggi quasi non vi entrano automobili perché non passerebbero per i suoi vicoli, da cui sporgono in strada botteghe e laboratori, bazar e minuscoli uffici zeppi di scartoffie, negozi di antiquariato e di souvenir, in un affastellarsi di banchetti, serrande, tende, carri e carretti, cani e gatti randagi, gabbie di polli, odori di spezie, profumo d'incenso, da cui risuonano tutte le lingue e tutti i dialetti della Terra, e dove si ritrovano, a poche centinaia di metri l'uno dall'altro, i luoghi sacri delle tre religioni monoteiste: la Moschea della Roccia, il Santo Sepolcro, il Muro del Pianto. Quei luoghi di culto sono stati muti testimoni di guerre, assedi, invasioni, hanno visto arrivare le armate dell'Impero romano e dei crociati, i saladini e il British Empire, si sono riempiti di sangue fino all'altezza delle ginocchia e di preghiere osannanti fino al cielo. E continuano a essere contesi da una moltitudine di chiese e di sette, pervasi dalle fiamme dell'odio e della violenza, naturalmente accese in nome dell'amore e della pace.

Ogni giorno Avraham Bielshowski viene a pregare davanti al Muro, simbolo supremo della sua fede. Ma oggi è diverso. Dopo avere ripetuto quattro o cinque volte la litania dei nomi di Gerusalemme, il giovane tira fuori dalle tasche un foglietto, lo ripiega per farlo diventare ancora più piccolo, quindi lo infila in una delle fessure dell'immensa parete accanto alla quale ondeggiano, scossi da un mistico fervore, i seguaci dell'ebraismo. Altri fogli ripiegati con cura sbucano da fessure come quella per tutta la lunghezza del Kotel: ciascun devoto ebreo comunica così al Signore la sua preghiera personale, la sua promessa di fede, talvolta la sua richiesta. *Se ti dimentico, Gerusalemme, si paralizzi la mia mano destra, mi si attacchi la lingua al palato*, c'è scritto sul biglietto di Avraham, un passo dei Salmi che gli ebrei hanno recitato per secoli nell'esilio. Anche lui si prepara infatti ad andare in esilio, a lasciare Gerusalemme per un posto lontano, molto lontano: con queste parole intende dire che porterà la Città Santa sempre con sé, anche laggiù dove, contro la sua volontà, ora si sente costretto a emigrare.

È il settimo figlio di una coppia di ebrei ultraortodossi di lontana origine polacca. Da tre generazioni la sua famiglia vive a Gerusalemme nel quartiere degli haredim, i Timorati di Dio, dove il sabato i giovani mettono bidoni della spazzatura in mezzo alla strada per essere certi che, almeno nella loro zona, nessuno violi il principio della Torah in base al quale nel giorno di festa dello Shabbat – il Sabato dedicato alla preghiera e al Signore – è vietato usare l'automobile, e anche l'ascensore, e accendere la luce, e toccare denaro, e molto altro ancora. Come la maggioranza degli ultraortodossi, Avraham non ha un'autentica occupazione: il suo lavoro, terminati gli studi in seminario, consiste soltanto nel pregare, continuare a studiare i temi dell'ebraismo con il rabbino che gli fa da tutore, recarsi regolarmente alla sinagoga e al Muro del Pianto. Ci pensa lo stato a mantenere, sia pure appena al di sopra del livello di sussistenza, lui e i suoi fratelli e le sue sorelle e i suoi genitori, con i sussidi pubblici: pagati, paradossalmente, all'unica parte della popolazione israeliana che non riconosce lo stato di Israele, perché convinta che soltanto dopo la venuta del Messia potrà risorgere la Terra Promessa. Ma nell'autunno del 1998, al compimento del ventunesimo anno d'età, un compagno di studi lo ha spinto verso un altro scopo, dando un nuovo significato alla sua vita e attirandolo in un universo parallelo a quello di ogni ebreo devoto: la Pattuglia della Decenza.

Ufficialmente si tratta di un'organizzazione religiosa ebraica con il semplice compito di fare rispettare i precetti della Torah, con particolare impegno per quanto riguarda l'abbigliamento, i comportamenti pubblici, la morale privata, i rapporti uomo-donna. Se un ebreo, devoto o non devoto, o anche un non ebreo, un turista, uno straniero, gira per Gerusalemme vestito in modo non consono alla morale della Torah, se si comporta, particolarmente in pubblico, in maniera oltraggiosa, ingiuriosa, vergognosa, ci pensano loro, i militanti della Pattuglia della Decenza, a insegnargli la modestia e il timore che la città favorita di Dio impone. Decenza negli abiti, nelle parole, nelle azioni: questo è ciò che predicano, solitamente con metodi pacifici ma qualche volta anche menando le mani, e comunque con una pressione che non è possibile ignorare. Le donne devono coprire la bellezza naturale dei capelli con un fazzoletto o almeno una parrucca. Le gonne devono essere lunghe fin quasi al polpaccio. Gli abiti devono celare le forme. E i maschi non devono guardare le femmine. Con il passare del tempo, tuttavia, all'interno del gruppuscolo si è sviluppata una branca segreta, che, per difendere la purezza dell'ebraismo, prende iniziative al limite della legge – e talvolta ben oltre.

Nel gennaio 1999, tre volontarie svizzere cristiane che avevano preso in affitto un appartamentino al limitare di Mea Shearim, il quartiere degli haredim, erano state scacciate brutalmente, il loro locale dato alle fiamme, tutte le loro proprietà gettate in strada. Due dei responsabili dell'attacco, individuati e arrestati dalla polizia israeliana – decisa a mantenere non solo l'ordine e la sicurezza ma anche il principio che a Gerusalemme vige piena libertà di religione e che solo un sistema democratico come quello dello stato ebraico l'avrebbe garantita – erano stati condannati da un giudice a dieci mesi di carcere. Ma al loro ritorno nel quartiere ultraortodosso li aveva accolti una folla di quarantamila haredim in delirio che li aveva portati in trionfo fino a tarda notte. Uno dei due, Shmuel Kornblit, accusato dalle autorità di essere il capo dell'attacco contro le tre missionarie cristiane, veniva difeso pubblicamente dai rabbini ultraortodossi come "un prigioniero dello stato laico". Le copie di un suo libretto, in cui inneggiava alla resistenza contro i "nuovi crociati cristiani e musulmani" andavano a ruba. La stampa haredim sosteneva che la devastazione dell'appartamento era pienamente giustificata, perché all'interno di quella modesta casa si svolgevano in realtà "attività di proselitismo cristiano". Le tre donne, da parte loro, dicevano di avere scelto Mea Shearim solo perché era vicino al centro e costava meno di altri quartieri della capitale, ma gli ultraortodossi non ci credevano. Consideravano la loro presenza una provocazione, l'avanguardia di un tentativo di invasione da parte dei cristiani per compromettere l'omogeneità spirituale della zona. Durante l'assalto, in verità andato avanti per un paio d'ore prima che intervenisse la polizia, i membri della Pattuglia della Decenza avevano gridato slogan come "missionarie, tornate a casa vostra, non provate a corrompere i nostri figli" e anche "naziste" e "Monaco", alludendo alla strage di atleti israeliani da parte di un commando palestinese alle Olimpiadi di Monaco del 1972, oltre a insulti di ogni tipo in yiddish. Alla fine c'erano voluti trenta poliziotti in assetto di guerra per liberare le tre missionarie, che si erano barricate in bagno e a un certo punto avevano creduto di non uscire vive da quell'assedio. Paura non del tutto ingiustificata, perché il braccio più violento della Pattuglia aveva rapporti con Gush Emunim, l'associazione nazionalista che difende i coloni ebraici nei Territori palestinesi occupati, e con Kach, l'organizzazione fondata dal rabbino Meir Kahane: due gruppi di estrema destra responsabili di continui attacchi armati e attentati, talvolta mortali, contro gli arabi.

Quel giorno Avraham si era divertito: l'attacco alla casa delle tre cristiane era stato il suo battesimo del fuoco. Per la prima volta in vita sua si era sentito utile, importante, orgoglioso di sé. Bruttino e insicuro, era rimasto affascinato dalla Pattuglia della Decenza e da quel momento vi dedicava tutto il suo tempo libero, che era tanto. Era ben presto entrato a far parte della cellula segreta dell'organizzazione: era obbediente, meticoloso, sempre disponibile – il militante perfetto. Nessuno dei suoi compagni, tuttavia, immaginava l'atroce contraddizione che dilaniava il giovane haredim. Pur predicando la purezza e la modestia, pensieri lussuriosi si annidavano nella sua mente e soltanto dando loro libero sfogo riusciva a eccitarsi e a masturbarsi. Non aveva mai avuto rapporti con una donna. I genitori insistevano perché si sposasse e gli avevano già scelto una moglie, ma Avraham aveva paura che l'incontro sessuale con una femmina rivelasse dapprima a lei e poi a tutti le sue segrete perversioni. Verso la fine del 1999, scosso da una libidine che gli impediva di concentrarsi su qualsiasi altra cosa e preoccupato di non assolvere più al meglio i compiti sempre più importanti che gli venivano affidati dall'organizzazione segreta, pensava di aver trovato una via di uscita perlomeno temporanea: il venerdì, prima che al calar del sole avesse inizio lo Shabbat, si recava in auto a Tel Aviv, cercava una prostituta sulla spiaggia di Tel Baruch e soddisfaceva finalmente i suoi torbidi istinti. In cambio di una manciata di shekel, quelle donne erano pronte a realizzare tutte le sue più luride fantasie. Avrebbe dovuto lapidarle, secondo i precetti della Pattuglia della Decenza, per come andavano vestite e per il loro mestiere immondo: eppure aveva bisogno di loro. Erano svergognate peccatrici, ma anche lui aveva bisogno di peccare – almeno una volta alla settimana, per non impazzire.

Dopo averne sperimentate tre o quattro, ne aveva trovata una che gli piaceva più delle altre: una bionda di nome Alisha, di origine russa e, ci avrebbe scommesso, neppure veramente ebrea. Gli immigrati provenienti prima dall'Unione Sovietica e poi, dopo il crollo dell'Urss, dalla Russia post-comunista, vantavano il legame con l'ebraismo per approdare a un paese e a un passaporto che davano loro più speranze, ma della religione e dei precetti della Torah se ne infischiavano: mangiavano il salame, bestemmiavano il nome di Dio, alcuni segretamente facevano perfino il maledetto segno della croce, non perché fossero davvero cristiani ma perché vi erano stati abituati in Russia, fin dall'infanzia, a volte persino come gesto scaramantico. Alisha stazionava con i suoi lunghi stivali bianchi, e gambe ancora più lunghe che uscivano da una striminzita minigonna, fra le dune e gli sterpi in prossimità della spiaggia, dove il litorale di Tel Aviv offre una quantità di anfratti a chi voglia fare un po' di sesso indisturbato dentro un'auto. Avraham aveva perso la testa per lei. Credeva di essersene innamorato, ammesso che fosse in grado di riconoscere un simile sentimento. Lei non ci aveva messo molto a capire di averlo in pugno e ne approfittava pretendendo sempre più soldi. Non solo, si divertiva a farsi raccontare abitudini, fatterelli quotidiani e risvolti privati della vita degli haredim. Lo ascoltava fumando, dopo che lui si era goffamente rivestito, e lo scherniva, irritandolo, a continuare. Talvolta Avraham cercava di giustificare a se stesso il proprio comportamento, si diceva che in fondo non faceva altro che mettere in pratica il precetto della Torah secondo cui l'uomo deve spargere il seme nel giorno dello Shabbat. Ma era ben consapevole che il suo seme più che sparso era sprecato, perché non fecondava nessuno, e che lo Shabbat per giunta non era neanche cominciato – anzi, ogni volta doveva sbrigarsi a tornare a Gerusalemme prima del tramonto, con la vecchia Škoda azzurra tutta ammaccata presa in prestito dal padre. Sapeva di non essere l'unico haredim a trovare conforto nella prostituzione – ne aveva sentito parlare, sottovoce, anche da altri –, eppure la vergogna per quanto faceva di nascosto con quella donna lo prostrava. Sentiva di stare precipitando dentro un gorgo senza fondo, perché più Alisha lo maltrattava, più lo irrideva, più lui era eccitato dalle proprie perverse fantasie masochistiche. Ormai non aveva più scelta: era schiavo di quella donna sensuale e infame. Lei batteva soltanto di giorno e perciò di giorno lui la raggiungeva, ogni venerdì, sulla spiaggia di Tel Baruch, sempre con nuove storie sui suoi fratelli haredim per animare la curiosità della sua padrona ed essere poi umiliato come bramava nel profondo del suo cuore.

Venerdì 15 marzo, dopo che lei lo aveva mortificato in mille modi diversi e lui si era liberato del suo seme, aveva deciso di raccontarle qualcosa della sua militanza nella Pattuglia della Decenza. Voleva impressionarla, farle vedere che, per quanto gli piacesse strisciare ai suoi piedi come un verme, anche lui era un uomo. E che uomo. Ma Alisha aveva riso sprezzante. Non ci credeva: "Che bella favola!". Allora le aveva detto che avrebbe presto partecipato a un'azione dalle conseguenze epocali, un fatto che avrebbe riempito le prime pagine dei giornali di tutto il mondo. "Uno come te non sarebbe capace neanche di obbligare sua sorella a mettersi la gonna lunga e coprirsi i capelli. Ma di che ti vanti? Fai pena." Ora la puttana russa rideva a crepapelle. "Pensa un po' se ti vedessero qui, in ginocchio davanti a me, i tuoi amici della Pattuglia." Avraham si era sentito avvampare. Le era balzato addosso con uno slancio che non avrebbe mai osato in uno dei loro rapporti sessuali, le aveva messo le mani intorno al collo, aveva cominciato a stringere, stringere, stringere, finché gli era parso che il corpo di lei non si muovesse più. Poi era fuggito.

Da quel momento il quinto comandamento, "Non uccidere", gli era rimbombato in testa come un monito divino. Non dormiva più. Non mangiava più. I compagni non lo riconoscevano. Suo padre lo ingiuriava minacciando di togliersi la cintura e fustigarlo, sua madre piangeva silenziosamente e gli carezzava la testa con dolcezza, come se fosse un bambino malato. Aveva letto sul giornale la notizia del ritrovamento del cadavere di Alisha e qualche cenno sulle indagini della polizia: secondo una fonte anonima, gli investigatori avevano raccolto indizi sufficienti per individuare l'assassino. Una nuova ondata di vergogna lo aveva travolto. Si era sentito mancare il fiato, il cuore che batteva forte. La decisione era presa. Quel che aveva fatto era un peso insostenibile sulla sua coscienza. E quel che era peggio, i sospetti sul suo conto avrebbero potuto mettere a repentaglio la nuova operazione della Pattuglia della Decenza, attirando l'attenzione della polizia sulla missione sensazionale di cui si era stupidamente vantato con la prostituta.

Lasciato il Muro del Pianto, prosegue per i vicoli della Città Vecchia fino alla casa a cui monta la guardia da due settimane dandosi il turno con i confratelli haredim, ma stavolta non si ferma. Sale su un autobus appena fuori dalla porta di Giaffa, scende quindici minuti dopo a Mea Shearim, raggiunge il modesto caseggiato in cui abita con la sua famiglia. Dall'interno giungono i suoni abituali: la madre che prepara la cena, i fratelli che bisticciano ad alta voce davanti al televisore. Immagina suo padre che fuma la pipa sulla vecchia sedia a dondolo sfondata. Gli sembra un tempo infinito quello sul pianerottolo, davanti alla porta dei suoi. In qualche modo è sicuro che nessuno lo sorprenderà lì, che nessuno lo distoglierà da quanto ha in mente. I rumori che vengono dall'appartamento si moltiplicano in quelli identici di altri appartamenti, di altre case, di altre famiglie. È come se tutto il quartiere distillasse per lui i suoni dolcissimi della nostalgia. Tra le grondaie, i fasci di fili elettrici, gli stracci impigliati nelle grate del pianerottolo, il cielo di Gerusalemme diventa blu cobalto, come una promessa di bellezza, come una condanna.

"Addio," mormora Avraham, e scende in cantina. Prende una fune da una cassapanca, la fa girare attorno a una trave del soffitto, stringe un nodo a una estremità, e, dopo aver formato un cappio con l'altra, se lo mette al collo. In piedi su una seggiola, recita mentalmente un'ultima preghiera al Creatore: "Dieci misure di bellezza furono donate al mondo, nove furono date a Gerusalemme e una al resto del mondo". Quindi dà un calcio alla sedia e penzola nel vuoto.

4.

Gerusalemme, 19 marzo 2000

Il campo di tiro a segno dello Shin bet, in un sotterraneo dietro la Knesset, il parlamento israeliano, è composto da dieci tunnel all'interno dei quali le sagome dei bersagli vengono automaticamente avvicinate o allontanate dal tiratore. Quel giorno, sei delle sette corsie occupate tengono il bersaglio a una distanza variabile tra dieci e trenta metri; soltanto una, la corsia numero quattro, ha posto il bersaglio – la sagoma di un uomo con le braccia alzate – alla distanza massima: cinquanta metri. Con i paraorecchie per coprire il rumore dei colpi e occhiali scuri per respingere ogni riflesso, il tiratore della corsia numero quattro spara con una pistola Beretta di fabbricazione italiana, con silenziatore modificato: più corto, in modo da attutire la detonazione e mantenere al tempo stesso la maneggevolezza originale dell'arma, abbastanza piccola da stare in una tasca o da essere infilata dentro i pantaloni. Ogni proiettile fa traballare la sagoma, appesa al gancio, come una marionetta: non appena torna perfettamente ferma, parte un altro colpo e la fa traballare di nuovo. Conclusa la sua routine, il tiratore spinge il pulsante che avvicina il bersaglio per verificare il risultato dell'esercitazione: quando ha la sagoma tra le mani nota che tutti i proiettili hanno raggiunto il capo o il petto, ma non lascia trapelare alcuna soddisfazione. Tolti i paraorecchie e gli occhiali, scioglie i capelli sulle spalle, consegna l'arma a un addetto di servizio ed esce nel corridoio, fermandosi a bere un caffè da una macchinetta automatica.

Maya Mazin ha trentaquattro anni: alta un metro e settantaquattro, capelli castani, seno e fianchi generosi – anche in uniforme e con le scarpe basse d'ordinanza non passa inosservata. È un'ebrea sefardita dalla carnagione scura, i tratti del volto molto incisi. Gli ebrei di origine mediorientale in Israele sono stati a lungo emarginati, ma dagli anni novanta hanno smentito il pregiudizio che li vuole meno istruiti, meno colti, meno civilizzati dei pallidi e alti askenaziti provenienti dai ghetti ebraici dell'Europa centrale e orientale. Molti hanno scelto carriere nel servizio pubblico: magistrati, medici, funzionari dello stato. E ancora più numerosi sono quelli che, dopo i tre anni di servizio militare – obbligatorio per tutti, maschi e femmine –, si arruolano nelle file della polizia.

L'ha fatto anche Maya: cinque anni più tardi è stata selezionata dallo Shin bet, una branca dei servizi segreti specializzata in controspionaggio e antiterrorismo a cui non ci si candida bensì si viene candidati, ossia scelti, selezionati, invitati, una volta individuati i migliori – quelli in possesso di una qualche qualità speciale – tra le fila della polizia e i commandos dell'esercito. Le qualità di Maya sono tante: intelligenza (un QI più alto della media), coraggio (ha superato brillantemente tutti i test per mettere a dura prova lo stress), capacità di lavorare in team senza prevaricare né farsi prevaricare, oltre a una spettacolare precisione nel tiro con la pistola. È anche cintura nera di judo e karatè, ha frequentato con successo un corso da paracadutista negli anni del servizio militare e nel suo curriculum spiccano svariate operazioni oltre le linee nemiche, al di là del confine, sia in Libano che nei Territori autonomi palestinesi. Ma ci sono tanti agenti dello Shin bet che primeggiano negli stessi campi: intelligenza, coraggio, team-work, arti marziali e mira infallibile. Lei in più ha un'altra dote che la rende preziosa per le missioni clandestine più pericolose, quelle in cui un agente deve cercare di attirare l'avversario in una trappola: è molto bella. E oltre che bella, appariscente, di una sensualità che è impossibile non notare. Sembra un'attrice o una fotomodella, non una poliziotta: è proprio questo, ma a lei si sono ben guardati dal dirlo, il motivo per cui lo Shin bet le ha fatto una proposta. Anche se certo non la danneggia il fatto di saper centrare un bersaglio da cinquanta metri e sbattere a terra in poche mosse due o tre uomini grossi il doppio di lei.

Belli si nasce, tiratori scelti no; e neppure agenti dello Shin bet: lo si diventa e lo si rimane attraverso un training rigoroso ed estenuante. Addestrarsi più del nemico significa essere più preparati del nemico e batterlo. Questo è il loro credo. Dopo l'esercitazione di tiro al poligono, Maya si prepara già a cambiarsi per la sua ora di jogging quotidiana, quando una vibrazione del telefonino la avverte che è arrivato un messaggio. Il suo diretto superiore la convoca a una riunione nell'ufficio del vicedirettore dello Shin bet, trenta minuti più tardi. Deve trattarsi di qualcosa di molto serio e urgente, pensa, se l'incontro è stato convocato nell'ufficio di un dirigente così importante e praticamente senza preavviso. Ma c'è abituata. Scudo invisibile, questo è il motto dello Shin bet. Il servizio di controspionaggio e antiterrorismo – fondato nel 1952, quattro anni dopo la nascita dello stato ebraico – è il meno conosciuto dei due servizi segreti israeliani, ma gli addetti ai lavori lo ritengono il più utile e il più letale. Infatti, mentre il Mossad si occupa di spionaggio e compie quasi tutte le sue operazioni all'estero, per carpire segreti, colpire terroristi, organizzare attentati, lo Shin bet ha prevalentemente compiti interni: difendere la sicurezza dello stato ebraico da ogni possibile minaccia. Che si tratti di attacchi terroristici palestinesi o di altri gruppi, di estremisti nazionalisti, folli criminali o pericoli di qualsiasi altra natura, deve fare da "scudo", per l'appunto, ai leader politici nazionali e per estensione all'intera popolazione, sorvegliando tutto quanto accade all'interno dei propri confini – dai meticolosi controlli all'aeroporto alla raccolta di informazioni su individui sospetti, dalla prevenzione di crimini fino alla punizione per chi li ha commessi – possibilmente restando "invisibile", senza essere visto o almeno essere notato. Come nel caso del Mossad, la maggior parte delle attività dello Shin bet non diventano mai di dominio pubblico: finiscono sui giornali soltanto i suoi fallimenti, i più eclatanti, quando un agente viene ucciso, ferito o scoperto. Quando una missione ha successo, invece, resta segreta. Parlarne pubblicamente significherebbe comprometterne un'altra dello stesso tipo in futuro. Maya non può raccontare a nessuno – né agli amici, né a un fidanzato o marito – qualcosa delle sue missioni. Per i suoi tratti somatici che la rendono simile agli arabi, e perché ha imparato l'arabo da piccola, dai nonni, cresciuti in Marocco, è stata usata più volte come infiltrato nei Territori palestinesi, con un duplice obiettivo: rivelare cellule terroristiche o danneggiare una possibile fonte di informazioni. Il sistema è semplice e cinico: bisogna compromettere un palestinese, farlo cascare nella trappola di una relazione con una donna, poi rivelargli che questa era non solo israeliana ma pure una spia, minacciare di denunciarlo come traditore del proprio popolo e infine ricattarlo per costringerlo a diventarlo veramente, informatore e traditore.

Lo Shin bet ha informatori ovunque, nei Territori palestinesi e in Israele, tra gli arabi e tra gli ebrei, ai piani alti della società e a quelli più bassi, tra i commercianti e i tassisti. Alcuni collaborano volontariamente, per amore di patria; altri vengono costretti con un ricatto o facendo balenare loro la possibilità di trarne qualche vantaggio, denaro, favori, protezione. Quest'ultimo è il caso di Alisha, la prostituta ritrovata assassinata sulla spiaggia di Tel Baruch: in cambio di informazioni sui suoi clienti, lo Shin bet faceva in modo che la polizia non le desse noia e che lei potesse esercitare tranquillamente il suo mestiere. Le puttane vengono a sapere un sacco di cose perché molti uomini, dopo aver fatto l'amore, anche con una mercenaria, non resistono alla tentazione di vuotare il sacco – generalmente per vantarsi, a torto o a ragione. Comunque chiacchierano, e Alisha ascoltava, ricordava, raccontava. Oltretutto, l'agente dello Shin bet a cui faceva regolarmente i suoi rapporti le era simpatico: aveva spesso avuto la tentazione di offrirgli i suoi servizi gratuitamente. Ma gliene era mancato il tempo.

Nell'ufficio del vicedirettore, con sua immensa sorpresa Maya trova anche un'altra persona: il direttore dello Shin bet, il numero uno. Non lo ha mai incontrato di persona. I giornali nemmeno pubblicano il suo nome per esteso. Ma gli agenti lo conoscono e sanno la sua storia: è stato un leggendario commando di Sayeret Matkal, l'unità di élite dell'esercito, protagonista di alcune delle operazioni più celebri, dal raid di Entebbe per liberare l'aereo sequestrato da terroristi, in cui ha perso la vita il fratello dell'ex primo ministro Netanyahu, a quello di Beirut per eliminare i capi dell'Olp, a cui ha partecipato, travestito da donna, anche l'attuale premier israeliano, Ehud Barak. L'agente Mazin scatta sull'attenti, ma l'ex generale le fa segno di sedersi e di non badare alle formalità, che del resto contano poco nell'esercito e nei servizi segreti israeliani e in genere in tutto lo stato ebraico. Lui stesso è in camicia, con le maniche rimboccate, non ha nulla di marziale e neanche nulla, per chi non lo conosca, che lasci presagire le sue capacità straordinarie nell'uccidere e distruggere.

"Agente Mazin," le dice senza preamboli, "l'abbiamo

convocata per affidarle una missione di massima segretezza. Una missione fondamentale. Soltanto mezza dozzina di persone ne conoscono i dettagli, compresi il primo ministro e il ministro della Difesa. L'avverto che non è obbligata ad accettare l'incarico. Mi risponda solo quando avrò finito." È veramente bella, pensa il generale: più bella che nelle fotografie esaminate poco prima nel dossier. Maya non dà alcun segno di nervosismo, ma non spiccica parola: sa che l'informalità cameratesca delle forze armate e dei servizi di sicurezza israeliani ha dei limiti e che il silenzio è la migliore risposta a un ufficiale che ti dà degli ordini.

"Tre giorni fa una prostituta è stata ritrovata morta, assassinata, sulla spiaggia di Tel Baruch, a Tel Aviv, forse avrà letto la notizia sui giornali," riprende il capo dello Shin bet. "Era una nostra informatrice. Dal suo cellulare siamo risaliti ai suoi clienti abituali, in particolare a uno di cui ci aveva già parlato: un haredim di Gerusalemme. Due giorni più tardi quello stesso uomo si è tolto la vita impiccandosi nella cantina del caseggiato di Mea Shearim dove abitava con i genitori e i fratelli. Abbiamo subito intuito che ci fosse un nesso con l'omicidio della prostituta. A quel punto abbiamo messo sotto stretto controllo i suoi familiari e i suoi amici. Non ci è voluto molto a scoprire che l'haredim suicida militava nella Pattuglia della Decenza, un'organizzazione ultraortodossa, ne avrà sentito parlare, che si batte per fare rispettare severamente i princìpi e le norme dell'ebraismo, in particolare per quanto riguarda le donne. Poco più di un anno fa, all'interno della Pattuglia è stato creato un gruppo segreto clandestino, autore di azioni violente come l'assalto all'appartamento di tre cristiane svizzere a Mea Shearim, forse sui giornali avrà letto anche questo."

Maya annuisce.

"Insomma, li tenevamo d'occhio. Sapevamo chi sono. Eravamo al corrente del fatto che svolgono attività illegali, talvolta in combutta con gruppi estremisti nazionalisti legati al movimento dei coloni ebraici nei Territori occupati. È gente pericolosa, da cui c'è da aspettarsi di tutto: l'ambiente da cui provenivano il fanatico di estrema destra che ha assassinato il primo ministro Yitzhak Rabin," il capo dello Shin bet si interrompe e sospira, l'assassinio di Rabin, pur circondato da guardie del corpo, è stata una delle pagine più dolorose e imbarazzanti nella storia dello Shin bet, "e quell'altro autore di una strage di palestinesi davanti alla Tomba di Abramo a Hebron. Ebbene, l'azione che si preparano a compiere adesso, secondo quanto abbiamo scoperto fino a ora, non è strettamente illecita. Non si tratta di un attentato, né di una violenza. È soltanto un annuncio che intendono fare nei prossimi giorni. Un annuncio suffragato da dati di fatto che potrebbero essere veri o falsi, ma che in ogni caso sarebbe fonte di enorme imbarazzo per un'importante personalità mondiale che verrà in visita in Israele. E di conseguenza tale annuncio danneggerebbe il nostro stato, perché dai buoni rapporti con questa alta personalità possiamo trarre enormi benefici per ridurre l'antisemitismo nel mondo e raccogliere un più ampio sostegno internazionale alla nostra causa. In altre parole, agente Mazin – e vengo al punto, alla sua missione –, gli haredim non devono fare quell'annuncio. Non devono farlo ora, durante la visita di questa grande personalità mondiale, né mai. Le prove che intendono esibire a sostegno della loro tesi vanno perciò distrutte. Sono stato chiaro? Ha capito?"

Stavolta Maya apre bocca: "Sì, generale, ho capito," anche se non ha capito molto.

"Ciò comporta una difficoltà," continua il capo dello Shin bet. "La legge ci vieta di compiere azioni contro cittadini israeliani che non siano intenzionati a violare la legge. Tuttavia il primo ministro, dopo aver discusso la questione a porte chiuse con il capo della commissione intelligence della

Knesset, ha deciso di fare un'eccezione e firmerà un ordine esecutivo segreto che ci autorizza ad agire contro cittadini israeliani, anche in mancanza di esplicite violazioni della legge. A una condizione, e le ripeto le parole precise del nostro premier: che la nostra azione resti davvero invisibile, tanto per citare il nostro motto. Per nessun motivo lo Shin bet deve apparire coinvolto nella missione di cui le ho parlato. Né lo Shin bet, né qualsiasi altra agenzia dello stato ebraico. Se accetta il compito che vorrei assegnarle, agente Mazin, dovrà dimettersi dal servizio e interrompere ogni rapporto con noi, si ritroverà sola. Mi correggo, non completamente sola: dovrà operare insieme all'agente di un paese straniero che le sarà indicato in un secondo momento. In cambio, avrà la riconoscenza delle più alte cariche dello stato. E se tutto andrà bene come mi auguro e come sono fiducioso che accada, in seguito le sue preziose qualità verranno di nuovo utilizzate in questo o in un altro ambito delle nostre strutture di sicurezza. Ma se per qualche motivo la missione fallisse, se ci fossero problemi e lei venisse scoperta, ufficialmente noi non la difenderemo. Saremo impossibilitati a farlo. Negheremo che abbia mai lavorato per lo Shin bet. La cancelleremo dai nostri archivi. Proclameremo che la falsa identità che le sarà stata data, la falsa vita che le sarà attribuita, sono autentiche. Lei, agente Mazin, non esisterà più. Si sente pronta per un compito simile?"

Maya ha perso un po' della sua freddezza. Lo Shin bet è tutto per lei: la sua famiglia, la ragione stessa della sua esistenza. Suo padre è morto nella guerra dello Yom Kippur. Sua madre ha raggiunto due anni fa una sorella che vive da tempo a New York. Suo fratello ha perso la vita nell'attentato palestinese contro un famoso bar di Gerusalemme, quando lei era ancora una ragazzina. È rimasta sola e ha giurato a se stessa di dedicare la sua vita a combattere contro il terrore e a difendere lo stato ebraico. Il suo matrimonio con un tenente conosciuto sotto le armi è finito presto – lui troppo geloso delle continue occhiate che lei riceve – e fortunatamente senza figli. Ha un mucchio di amici e la compagnia maschile non le manca, ma senza lo Shin bet si sentirebbe sola al mondo. E adesso dovrebbe dimettersi dalla sua unica famiglia?

"Cosa succederà di me, se la missione avrà successo?"

"Gliel'ho detto," riprende paziente l'ex generale, che avendo diretto decine di operazioni clandestine è abituato a questo genere di domande. "Dopo un ragionevole periodo di tempo verrà reintegrata in questo o in un altro settore dei nostri servizi di sicurezza. Da questo punto di vista può stare tranquilla: avrà la riconoscenza del primo ministro e la consapevolezza di avere reso un servizio fondamentale per la sicurezza del nostro paese. Per la verità, anche qualcun altro le sarà riconoscente, ma non so come e se vorrà ricompensarla. Nel frattempo, beninteso, continuerà a percepire uno stipendio e lo stato si occuperà con discrezione di tutti i suoi bisogni. Ma dall'esterno dello Shin bet. Lei non dovrà più cercarci. Saremo noi a cercare lei, eventualmente, quando e se sarà il momento."

Maya ha ascoltato abbastanza. Sa che non si può far perdere troppo tempo al capo dello Shin bet. È abituata a gettarsi in tutto d'istinto, nell'amore come sul lavoro. Lo fa anche in questa occasione, sebbene spaventata all'idea di commettere uno sbaglio atroce: "Accetto, generale".

Il generale le stringe la mano in segno di congedo, mentre il vicedirettore le dice che la rivedrà tra un'ora per darle altri dettagli. In corridoio, Maya si passa una mano sulla fronte: è umida di sudore. Beve un bicchiere d'acqua da uno dei distributori e prova a ragionare. Comincia a mettere a fuoco cosa l'aspetta. Sa che gli haredim sono molto critici verso gli Stati Uniti e in particolare verso il presidente Clinton, che considerano un peccatore incallito oltre che un amico dei palestinesi. Sa che una visita di Clinton in Israele è in programma nei mesi a venire. Ed è perciò sicura che la missione a cui è chiamata riguarda il capo della Casa Bianca, di cui lei è invece una grande ammiratrice: quell'uomo le piace, in tutti i sensi. Probabilmente la Pattuglia della Decenza ha scoperto qualcosa, o fabbricato prove, per creare imbarazzo al presidente americano, rovinare la sua visita e mettere in crisi i rapporti fra Washington e Gerusalemme. Da tempo in Israele si sente parlare di un nuovo piano di pace che Clinton e Barak proporranno a Yasser Arafat, il presidente palestinese: il complotto dei fanatici ultraortodossi mira evidentemente a far fallire le trattative ancora prima che inizino. Ma gli haredim non hanno fatto i conti con lo Shin bet. Né con lei.

5

Gerusalemme, 19 marzo 2000

Domine Dominus noster, quam admirabile est nomen tuum in universa terra! Quoniam elevata est magnificentia tua, super caelos. Ex ore infantium et lactentium perfecisti laudem propter inimicos tuos, ut destruas inimicum et ultorem.

Monsignor Luigi Righi, nunzio apostolico in Terra Santa, chiude il libro dei Salmi, si alza dall'inginocchiatoio e va a sedersi sulla poltrona dietro la scrivania. Gli piace iniziare ogni giornata di lavoro leggendo una preghiera in latino: gli pare che quella lingua antica lo metta meglio in comunicazione con il luogo antichissimo dove da due anni svolge il suo incarico, la Santa Gerusalemme, culla delle tre religioni monoteiste, un tempo considerata l'ombelico del mondo. Nato a Piacenza da una famiglia di contadini con troppe bocche da sfamare, in seminario Righi si era rivelato così estroverso e intelligente da essere inviato, una volta presi i voti, a proseguire gli studi a Roma, all'Università del Vaticano. Ne era uscito con una laurea in relazioni internazionali. Entrato nel servizio diplomatico della Santa Sede, aveva fatto una carriera fulminante, ricoprendo incarichi sempre più prestigiosi: Vienna, Varsavia, Tokyo, Londra e ora Gerusalemme.

Di fatto un nunzio è l'equivalente di un ambasciatore, ma per il Vaticano queste figure rappresentano spesso qualcosa di più: sono le spie della Chiesa cattolica nel mondo. Molti di loro appartengono infatti a un'organizzazione segreta fondata da papa Pio V nel 1566 con il nome di Santa Alleanza e ribattezzata l'Enità nel 1930, sconosciuta ai più fuori dalle mura della Santa Sede. Pio V, ex domenicano, prima di diventare papa si chiamava padre Michele Ghislieri. Da giovane aveva fondato il primo servizio di spionaggio vaticano, col nome di Sodalitium Pianum. Le sue spie, soprannominate "monaci neri", si infiltravano in ogni angolo di Roma, dai bordelli di lusso alle cucine della nobiltà. Diventato pontefice, aveva allargato quella società segreta fino a formare la Santa Alleanza, il cui compito era non solo raccogliere informazioni sul conto di stati esteri e potenziali nemici, ma anche, quando necessario, combatterli con azioni concrete. Da allora re sono stati assassinati, ministri avvelenati, terroristi finanziati, criminali di guerra protetti, capitali riciclati, mercati finanziari manipolati e armi vendute clandestinamente, attraverso i suoi agenti, che prendono ordini direttamente dal papa, e dunque da Dio. Solo di rado a qualcuno cade la maschera e si scoprono le sue vere funzioni: come era capitato all'abate de Salomon, rappresentante segreto del papato a Parigi nei giorni della Rivoluzione del 1789, che passava le giornate tra le botteghe e le taverne della capitale, e le notti in un nascondiglio scavato sotto un chiosco del Bois de Boulogne, creando canali di comunicazione clandestini con Roma, tenendo contatti con suore e preti sparsi per tutta la Francia. Era stato arrestato e aveva rischiato di finire sulla ghigliottina, ma era sempre riuscito a fuggire.

Durante la Seconda guerra mondiale, Adolf Hitler in persona sosteneva che il Vaticano aveva "il servizio d'informazione migliore del mondo" ed era arrivato a considerare l'intero clero cattolico alla stregua di un'organizzazione clandestina i cui membri erano gli agenti segreti del papa. Il Terzo Reich sospettava che per questa organizzazione lavorassero non solo gli ecclesiastici ma anche un piccolo nucleo di aristocratici, intellettuali, politici e industriali di diverse nazionalità che avevano giurato fedeltà al papa ancor prima che ai loro rispettivi paesi. Un sospetto indirettamente confermato dopo la guerra dal cacciatore di nazisti Simon Wiesenthal: "Il Vaticano ha il migliore e più efficace servizio di spionaggio che io conosco". Negli anni della caduta del comunismo, durante il papato di Giovanni Paolo II, l'Entità aveva moltiplicato le operazioni e il personale, contribuendo a finanziare il movimento Solidarność di Lech Wałęsa in Polonia, la rivolta che aveva dato la spallata decisiva all'Urss, ai suoi satelliti in Europa orientale e al comunismo. In cinquecento anni di storia, l'ombra del servizio segreto del papa era affiorata in complotti contro Elisabetta I d'Inghilterra e nel massacro di San Bartolomeo in Francia, nelle avventure della grande Armada spagnola e nell'uccisione del principe Guglielmo d'Orange, nella guerra di successione in Spagna e nel conflitto tra Richelieu e Mazarino a Parigi, nel tentato assassinio di re Giuseppe I di Portogallo, nella Rivoluzione francese, nella battaglia di Austerlitz e nella ascesa e caduta di Napoleone Bonaparte, nella guerra di Cuba contro la Spagna e nelle secessioni dell'America del Sud, nelle relazioni segrete del Kaiser Guglielmo II durante la Prima guerra mondiale, nei misteri dell'oro di Croazia e dell'organizzazione Odessa durante il nazismo, nella guerra contro il gruppo terrorista palestinese Settembre Nero, nei traffici legati ai massoni e alla mafia, nei soldi passati a dittatori come Anastasio Somoza e Jorge Videla. Per tacere del resto.

Per quanto possa apparire paradossale, a causa dei rapporti tesi a lungo intercorsi tra Israele e il Vaticano, forse nessun legame tra servizi segreti è mai stato forte come quello tra l'Entità e il Mossad, il servizio di spionaggio dello stato ebraico. Nel 1972, l'allora primo ministro israeliano Golda Meir aveva negoziato un incontro non ufficiale in Vaticano con papa Paolo VI: sarebbe dovuto essere un primo passo formale di rappacificazione tra due governi in conflitto da secoli e per questo avrebbe dovuto svolgersi nella più assoluta segretezza. Padre Carlo Jacobini, uno dei più esperti agenti dell'Entità, aveva discusso con il Mossad ogni aspetto del viaggio. Un aereo senza insegne della El Al, la compagnia di bandiera israeliana, aveva portato Golda Meir a Roma. Ma un infiltrato arabo nelle file dell'Entità aveva avvertito l'Organizzazione per la Liberazione della Palestina, e ad aspettare l'aereo appena fuori dall'aeroporto di Ciampino c'era un commando con un missile terra-aria. L'attentato era stato sventato per un pelo da padre Jacobini e da un agente del Mossad. Il governo italiano, su pressioni della Santa Sede, era riuscito a impedire che stampa e televisione venissero a sapere cosa era successo. L'incontro tra Paolo VI e Golda Meir era avvenuto come previsto e aveva dato i risultati sperati dalle due parti. Dopo che la premier israeliana era rientrata sana e salva in patria, il Mossad aveva inviato un messaggio all'Entità: "Non dimenticheremo mai che avete salvato la vita al nostro primo ministro. Un giorno vi restituiremo il favore".

"Il giorno è arrivato," commenta tra sé monsignor Righi, quindi preme un tasto sull'interfono e dice al suo segretario di chiamargli padre Marulli.

Mezz'ora dopo entra nel suo ufficio un uomo sulla cinquantina in camicia a quadri, pullover e jeans scoloriti. Ha i capelli grigi e la barba non rasata da giorni, ma il fisico asciutto e atletico lo fa sembrare più giovane della sua età.

"E il saio, padre Pietro, dove lo ha dimenticato?" chiede il nunzio andandogli incontro.

"Sa che lo indosso soltanto nelle occasioni ufficiali, monsignore. Ma se mi avesse avvertito che era necessario..."

"Ma no, era solo una battuta! Va bene così, anzi è meglio, visto l'argomento di cui devo parlarle." Lo invita ad accomodarsi sotto il pergolato della terrazza. La nunziatura, una palazzina dell'epoca del Mandato britannico, perfettamente restaurata, sorge su una collina appena oltre le mura della Città Vecchia: la vista da lassù è magnifica e la giornata, fredda e limpida, permette di spaziare lontano con lo sguardo. Un cameriere appare senza che nessuno lo abbia convocato e porta due caffè su un vassoio d'argento.

Rimasti soli, il nunzio sospira: "Abito qui da due anni, ho questo paesaggio davanti agli occhi tutti i giorni, eppure mi stupisce ancora. Non so se fa lo stesso effetto anche a lei che vive qui da molto più tempo".

Padre Marulli segue con lo sguardo la direzione indicata dal nunzio. Fissa a sua volta la città ai loro piedi e annuisce, senza dire nulla, in attesa del discorso assai più ampio che – lo sente – sta per cominciare.

"Ogni volta mi incanta," continua intanto il nunzio. "Qui, proprio qui, sotto di noi, a quanto affermano non una ma varie religioni, ebbe inizio la creazione del mondo. Qui si dice che sia stato commesso il primo omicidio, quando Caino uccise Abele. Qui Abramo incatenò suo figlio Isacco per immolarlo a Dio. E laggiù," fa un gesto, "tra i bastioni e il Monte degli Ulivi, si trova la biblica valle di Giosafat, dove le trombe del Giudizio universale chiameranno a raccolta tutte le anime dell'umanità."

"Posso fumare?" chiede padre Marulli, posando la tazzina vuota. Il nunzio, preso dal discorso, non ha neanche toccato il suo caffè.

"Prego," risponde, porgendogli l'accendino. "Non mi permetto di insegnarlo a lei che è un biblista, lo rammento casomai a me stesso: in ebraico antico Gerusalemme significa città della pace, eppure è una città dove si viene tanto per vivere quanto per morire. Generazioni di cristiani, di musulmani, di ebrei, dormono sotto le pietre bianche di questa valle, trovando nella morte la riconciliazione di cui non sono stati capaci nella vita."

Marulli tace, ascoltando con attenzione. Il nunzio è un uomo di parole. Lui, un uomo d'azione. Ma si è abituato a riconoscere nel tono gentile, perfino mellifluo, del suo diretto superiore un cinismo di cui lui non sarebbe mai capace.

"Naturalmente c'è un uomo che ci ha riconciliato con un atto che non è né vita né morte, poiché le riunisce entrambe: Gesù, il figlio di Dio, con la sua resurrezione," riprende l'illustre porporato. "La nostra chiesa più sacra, il Santo Sepolcro, da qui non riusciamo a distinguerla tra le pietre della città, è laggiù, costruita sul luogo dell'agonia e della morte di Cristo... il Monte Golgota, non è vero? Un monticello, il cui nome significa 'luogo del cranio', all'epoca della crocifissione situato appena fuori dalle mura settentrionali, presso la porta di Efraim, non è così?"

Perché mai, pensa Marulli, ha deciso di farmi una lezione di catechismo? Ma si limita a commentare: "Fui io ad accompagnarla, monsignore, quando ha visitato per la prima volta il Santo Sepolcro, ricorda?".

Non era la prima volta in assoluto, precisa seccamente il nunzio, solo la prima da quando gli è stata assegnata la Nunziatura di Gerusalemme. "Sì, un luogo straordinario, il Sepolcro di Cristo." Il tono adesso è più lieve. "Ma siamo proprio certi che il Golgota fosse là dove lo collochiamo ora?"

"Così ci insegna la nostra dottrina."

"E io non mi permetto certo di contestarla. Però so – e lei, Pietro, come direttore della École Biblique, lo sa meglio di me – che esistono altre tesi sull'argomento. Con una loro plausibilità, dobbiamo ammetterlo, perlomeno per un non credente. Senza la fede, del resto, l'intera geografia della Terra Santa potrebbe cambiare. Chi ci assicura per esempio che sia davvero Abramo, l'uomo sepolto nella tomba di Hebron? Impossibile saperlo, sono passati tremila anni dal suo funerale. Ed è storicamente provato che il tracciato odierno delle mura di Gerusalemme non è lo stesso di duemila anni fa, all'epoca della crocifissione di Cristo."

Marulli concorda, ricordando che il Golgota, come ha notato poc'anzi il nunzio, sorgeva appena fuori dalla città: col tempo Gerusalemme si è ingrandita e le mura che la cingevano hanno inglobato il luogo della crocifissione – il Santo Sepolcro adesso è all'interno della Città Vecchia.

"Già." Il nunzio si accende a sua volta una sigaretta. "Ma il Golgota era proprio nel punto in cui è stata eretta la chiesa del Santo Sepolcro? Proviamo a essere ragionevoli, qui, nel privato della mia terrazza: ebbene, nessuno può esserne certo. È più facile, a essere sinceri, dubitarne. La descrizione degli avvenimenti sul Golgota fa pensare che in realtà la crocifissione sia avvenuta nella Valle del Cedron, dove c'erano e ci sono ancora molte tombe scavate nella roccia e dove si trova anche il Getsemani, che forse è proprio il giardino privato di cui parla Giovanni nel suo Vangelo. Lo dico, e anzi lo chiedo, ripeto, a uno studioso raffinato quale è lei."

"Non sono particolarmente raffinato." Padre Marulli si alza e va a sporgersi dalla terrazza, come per vedere meglio il paesaggio sottostante prima di dire il suo parere. "Lei sa bene come la penso, monsignore: il mio approccio agli studi biblici è spesso talmente scientifico da avermi valso accuse di eresia. La posizione del Golgota e dunque del Santo Sepolcro è una mera convenzione, e non è l'unica della nostra fede. Ma accettare una convenzione non significa rinunciare alla veridicità della storia. Che importanza ha se Gesù fu chiuso in un sepolcro vicino al Golgota o altrove?"

"Nessuna o non molta, in apparenza," risponde asciutto il nunzio. Quindi nota che Luca e Matteo, nei Vangeli, riferiscono soltanto che Gesù, deposto dal crocifisso, fu collocato in una tomba lì vicino, di proprietà di Giuseppe d'Arimatea, uno dei membri del Sinedrio. Giovanni aggiunge che la tomba era circondata da un giardino e questo conferma che il terreno circostante era una proprietà privata. "Ma a questo punto sorgono altre contestazioni – sempre da parte dei non credenti, beninteso. Il Vangelo secondo Giovanni ci dice che Giuseppe d'Arimatea e un altro membro del Sinedrio, Nicodemo, visitarono il sepolcro di notte, portando con sé spezie, mirra e aloe. Avrebbero potuto essere usate per profumare il corpo, ma vi è un'altra spiegazione plausibile: entrambe le sostanze avevano e hanno anche un impiego medico, la mirra specialmente, come antiemorragico. Né l'una né l'altra, viceversa, sono conosciute come sostanze per imbalsamare i corpi."

"In ogni caso non vi fu bisogno né di curarlo né di imbalsamarlo, perché il terzo giorno Egli resuscitò e salì in cielo," lo interrompe Marulli.

"Ecco, questo è il punto. Un non credente potrebbe sostenere che Gesù non morì affatto sulla croce, che semplicemente svenne, e che in seguito fu rianimato e curato con spezie, mirra e aloe. I suoi discepoli poterono così portarlo via in segreto e nasconderlo da un'altra parte. È vero che il corpo dal Golgota sparì, ma la pietra che chiudeva il sepolcro avrebbe potuto essere stata spostata da umani, anziché dal cielo, e Gesù sarebbe potuto morire giorni, mesi o anni dopo, altrove." Il nunzio sorride e intreccia le mani in grembo. "Faccio l'avvocato del diavolo, sia ben chiaro, do solo voce alle dicerie dei non credenti."

"Lasciamolo dire a loro, dunque," replica il frate senza capire dove voglia arrivare il monsignore. "La resurezione è il fondamento del cristianesimo. Teniamocela stretta."

"Esatto. Proprio così. Teniamocela stretta. Come disse san Paolo: 'Se Cristo non è risorto dai morti, la nostra fede è vana'. Ecco, padre Marulli, allora provi a immaginare quale sarebbe, duemila anni dopo, il mezzo più semplice per rendere vana la nostra religione."

"Sostenere che Gesù non è risorto dai morti," risponde

prontamente padre Marulli. "Sennonché, così come è impossibile dare a un non credente la prova scientifica certa della sua resurrezione, è impossibile dare a un credente la prova certa che Gesù non resuscitò."

Il nunzio si schiarisce la gola, ma continua a voce bassa invece di alzarla. In verità soffia le parole come attraverso la grata di un confessionale. "Immagini per un attimo che qualcuno tiri fuori quella prova. Una prova forse scientificamente discutibile, e tuttavia fondata, credibile, comunque sufficiente a creare gravi fastidi al nostro amato pontefice che sarà qui tra pochi giorni, tra poche ore. Una prova che, non devo spiegarglielo, può intaccare la credibilità della Chiesa agli occhi di milioni, anzi miliardi, di fedeli. Se Cristo non è risorto, significa che non era figlio di Dio. Era un uomo come gli altri. Il capo di una setta di dissidenti ebrei. Un ebreo riformista, un innovatore. Poca cosa, no? Se pensiamo alla dottrina che, in Suo nome, abbiamo insegnato per duemila anni."

Padre Marulli scuote la testa, poco convinto. "Ci hanno provato già in tanti..." mormorò.

"Certo. Ci sono stati i rotoli del Mar Morto. Vi si leggeva di una setta ebraica molto simile ai cristiani. La Chiesa ha fatto ogni tipo di pressione su Israele perché non li rendesse pubblici. Finora ben pochi studiosi hanno potuto esaminarli a fondo, e guarda caso nessuno di loro ne parla. Riusciamo a intenderci bene, quando vogliamo, noi popoli dell'Antico Testamento. Ma stavolta la minaccia è più seria."

Il nunzio fa cenno a padre Marulli di avvicinarsi e accostare la sedia, la conversazione diventa un bisbiglio.

"Qualche mese fa un gruppo clandestino ultraortodosso, scavando nella cantina di una casa della Città Vecchia di Gerusalemme, ha trovato i resti di un corpo imbalsamato avvolto in un sudario. Le sembianze e le ferite portano a pensare che fosse un predicatore vissuto duemila anni or sono e spirato in croce dopo un'agonia di vari giorni. Gli haredim intendono annunciare al mondo che hanno scoperto il corpo di Gesù, imbalsamato e nascosto dai suoi discepoli, che poi inventarono la favola della resurrezione. E intendono annunciarlo il secondo giorno della visita del papa, quando Giovanni Paolo II dovrebbe andare al Muro del Pianto e poi incontrare i capi del Rabbinato – il momento più delicato e importante della sua visita, un appuntamento che il pontefice prepara da anni."

Il nunzio rammenta a Marulli la suprema importanza dell'imminente viaggio pastorale: il papa chiederà perdono agli ebrei per venti secoli di antisemitismo. Cadrà definitivamente l'accusa di deicidio nei confronti del popolo eletto con la quale i cattolici hanno contribuito a diffondere l'antisemitismo. Wojtyła dirà che gli ebrei sono i fratelli maggiori dei cattolici, a loro uniti dall'Antico Testamento. Ma la scoperta del corpo di Gesù, o di un corpo che potrebbe essere il suo, manderebbe tutto all'aria. Scoppierebbe una polemica furibonda. Addio riconciliazione tra fratelli maggiori e minori.

"Una riconciliazione che gli haredim non vogliono," ragiona il frate.

"Precisamente," conferma il nunzio. "La giudicano un subdolo tentativo di conversione. Respingono con sdegno il nostro ecumenico abbraccio. E devo dire che perfino all'interno del Rabbinato vi sono tendenze conservatrici che guardano con sospetto alle intenzioni del pontefice. Fortunatamente, i rabbini più illuminati comprendono il valore del suo messaggio. E ancora meglio, le assicuro, lo comprende il governo laico dello stato di Israele. Una netta abiura dell'antisemitismo da parte della Chiesa cattolica può far calare l'avversione verso Israele nel mondo e portare acqua al mulino della loro causa nel conflitto con i palestinesi. Dunque, il governo di Ehud Barak ha interesse come il nostro – be', forse non pari al nostro, ma ha comunque un interesse – a evitare che gli haredim mettano in scena questo imbarazzante spettacolo da ciarlatani. In più, i loro servizi segreti hanno un vecchio debito nei nostri confronti, ed è arrivato il momento di saldarlo."

"Mi sta dicendo che lo stato di Israele vorrebbe darci una mano a scongiurare una simile ipotesi?"

"Fino a un certo punto. Ci daranno una mano, appunto, ma non molto di più. Non possono certo rischiare che salti fuori un'operazione dei loro servizi segreti contro gli haredim per fare un favore alla Chiesa cattolica: ne verrebbe fuori uno scandalo in grado di travolgere l'attuale governo."

"Raramente i loro servizi segreti vengono scoperti," obietta Marulli.

"'Raramente' in questo caso non basta."

"E allora?"

"Allora ci aiuteranno, ma faremo da soli. Israele ci ha rivelato il complotto degli haredim, ora sta a noi demolirlo. Cioè sta a lei, padre Marulli."

"Io da solo contro gli haredim?"

"Non sia così modesto: non sarebbe la prima volta che fa tutto da solo, nella sua brillante carriera." Il nunzio rientra nello studio, prende una cartellina dalla sua scrivania, torna in terrazza e gliela agita sotto il naso. È l'elenco delle sue missioni per l'Entità: tutt'altro che modeste, come risultati. Il monsignore la posa sul tavolino. "Sì, sta a lei sventare il complotto, ma non da solo. Avrà un complice."

Di questo, padre Marulli si preoccuperà in seguito. Prima vuole sapere quale sarà esattamente la sua missione. Il nunzio dice che per questa volta non dovrà uccidere né rubare: "Questi due comandamenti non dovrà violarli, contento?". E poi: "Basta che distrugga la prova. La presunta prova".

"La presunta prova? Vuole dire... il corpo di Cristo?"

"Non mi faccia ridere!" sbotta il nunzio con una foga

che sorprende Marulli. "Sia io che lei, che i servizi segreti israeliani, sappiamo benissimo che quello non è il corpo di Cristo. Gli haredim sono una banda di fanatici ignoranti. Hanno trovato un mucchietto di ossa, probabilmente le hanno infilate loro stessi dentro un vecchio lenzuolo e adesso cercano di darci fastidio. Ma anche un imbroglio del genere può risultare molto sgradevole per la nostra Chiesa."

"Eppure hanno trovato un corpo..." si lascia sfuggire Marulli, come parlando a se stesso.

"E allora?" Il nunzio lo guarda con aria di sfida. Cita un noto detto: scava da qualsiasi parte a Gerusalemme e troverai i resti di qualche antica civiltà. "Allo stesso modo, uno potrebbe dire di aver trovato in una tomba nel deserto della Giudea il vero corpo di Abramo e sostenere che quello venerato a Hebron è un falso. Mi creda: abbiamo preso informazioni sufficienti. È tutto un maledetto imbroglio. Ma un imbroglio ben congegnato, che metterebbe in enorme imbarazzo il Santo Padre."

"Il pontefice ne è informato, suppongo," osserva Marulli, ma la sua è una domanda.

Il nunzio gli fa presente che il pontefice è il capo supremo dell'Entità: sottinteso, l'ordine di distruggere quel corpo viene direttamente da lui, dal trono di Pietro. Ma poi gli riassume il concetto di *deniability*, come chiamano alla Cia la formula che tanti anni prima ha permesso a Ronald Reagan di sostenere che non sapeva nulla dell'affare Iran-contras. "E magari era proprio così," conclude il monsignore. "Se qualcosa andasse storto in questa missione, non solo non c'entra lo stato di Israele, ma non c'entrano niente il papa, la Chiesa... e naturalmente neppure io."

"È stata solo una mia idea, insomma."

"Sua, e del suo complice, che la contatterà al più presto. Questo nostro colloquio è servito solo a definire alcuni dettagli della visita del papa. Non ci siamo detti altro."

Il nunzio si alza, per congedare il suo ospite. Marulli fa altrettanto.

"Ciò che non è sacro è segreto," dice stringendo la mano al monsignore.

"Ciò che non è sacro è segreto," gli risponde compiaciuto il nunzio, ripetendo il motto dell'Entità. Quel frate non gli è mai piaciuto: uno spirito un po' troppo anticonformista. Ma per i lavori sporchi è il migliore che hanno. Spera di non sbagliarsi. Appena Marulli esce dal suo studio apre un armadietto che tiene chiuso a chiave dietro la scrivania, si versa un bicchiere di whisky e lo trangugia in un sorso.

6.

Gerusalemme, 19 marzo 2000

Situato appena fuori dalla porta di Giaffa, nella parte araba di Gerusalemme, l'American Colony Hotel è da più di mezzo secolo l'albergo preferito dai giornalisti. E non soltanto dai giornalisti: anche da diplomatici, spie, negoziatori internazionali, difensori dei diritti umani, informatori, trafficanti di ogni genere, lestofanti di tutte le risme. Chiunque speri di carpire una notizia, combinare un affare, diffondere un pettegolezzo – in verità di politica, più che di amore o di sesso – viene a fare colazione nel suo patio o nel suo giardino, quando la bella stagione lo permette, o a prendere un drink nel suo bar, se fa freddo. Vi hanno soggiornato Lawrence d'Arabia e Winston Churchill, Amer Pascià e Hussein di Giordania, Ian Fleming e John Le Carré, agenti segreti della realtà e 007 cinematografici. All'ingresso, all'ombra di un palmeto, stazionano in permanenza una decina di tassisti palestinesi, pronti a contendersi i reporter stranieri da portare in giro per i Territori occupati della Cisgiordania, ciascuno promettendo un prezzo migliore, una migliore conoscenza delle stradine per aggirare eventuali posti di blocco israeliani e una totale disponibilità a raddoppiare la somma pattuita sulle ricevute destinate ai rimborsi spese. Cinque minuti dopo che nelle sale del Colony avviene un incontro clandestino, i camerieri lo riferiscono telefonicamente al servizio segreto palestinese, o a quello israeliano, o a entrambi, in cambio di piccole ricompense e favori. Al bar, a tarda notte, davanti a un doppio whisky, si intrecciano relazioni estemporanee fra uomini e donne che non hanno mai tempo per rapporti più seri: corrispondenti stranieri, attivisti di organizzazioni non governative, funzionari dell'Alto commissariato dell'Onu per i rifugiati, medici di Emergency, fotoreporter free-lance, commercianti d'armi, interpreti che si fingono spie e spie che si fingono interpreti. Finiscono a letto insieme con disinvoltura, tanto che al mattino presto le porte delle stanze affacciate sul patio si aprono e si richiudono come se si giocasse ai quattro cantoni, con gli ospiti che tornano alle proprie camere per farsi la doccia e prepararsi a una nuova giornata di lavoro. Sesso e politica sono i due temi che più appassionano i clienti del Colony, con una netta predilezione per il secondo: talvolta le discussioni al bar o in giardino vanno avanti tutta la notte, centrate sull'eterna questione, se ci sarà mai la pace fra israeliani e palestinesi. La maggior parte dei giornalisti che stanno al Colony parteggiano per i palestinesi, sia perché i giornalisti tendono a parteggiare per il più debole, sia perché quei pochi che simpatizzano per gli israeliani preferiscono soggiornare al King David, l'albergone a cinque stelle nella parte ebraica di Gerusalemme, con una splendida vista sulla Città Vecchia, una piscina più grande di quella del Colony e lo spettro di Moshe Dayan a popolare le notti al bar al posto di quello di Lawrence d'Arabia. Ogni ospite del Colony è convinto di aver capito meglio degli altri il Grande gioco mediorientale, come lo chiamavano i diplomatici dell'Ottocento, e di avere in tasca la soluzione: per arrivare alla pace, e alla sospirata creazione di uno stato palestinese indipendente, occorre una nuova Intifada, più violenza, meno violenza, un nuovo presidente degli Stati Uniti, la rottura delle relazioni tra Europa e Israele, nuove elezioni e un nuovo governo nello stato ebraico, un'alleanza tra l'Olp e

Hamas, l'intervento della Lega araba, una nuova guerra mediorientale, una nuova ondata di terrorismo, una crisi economica in Israele. E così via. La questione palestinese è, per i giornalisti del Colony, l'equivalente della formazione della Nazionale per i tifosi italiani di calcio: ognuno si sente il perfetto commissario tecnico, l'unico in grado di convocare la squadra giusta e vincere i Mondiali.

Paolo Farneti si è fatto portare al Colony non tanto perché parteggi per i palestinesi, pur avendo anche lui un'innata simpatia per i più deboli, quanto perché lo preferisce al King David – per le dimensioni, per l'atmosfera, per la qualità del servizio. Gli alberghi per lui sono come le donne, forse anche più importanti: in ogni città del mondo ne ha uno di cui si è innamorato, almeno per una notte.

Preso possesso della sua stanza ha disfatto la borsa da viaggio, ricreando meticolosamente lo stesso ambiente della sua camera d'albergo di Montmartre di tre giorni prima. Ha sistemato in bell'ordine nell'armadio gli stessi vestiti: pochi, sempre quelli, tanto negli alberghi di lusso a cui lo ha abituato il suo giornale c'è sempre il servizio express della lavanderia e non è lui a pagarlo. Su una mensola ha disposto tre libri, *Il minotauro* di Tammuz, *Bel-Ami* di Maupassant e un saggio sulla Città Santa, *Gerusalemme città di specchi* di Amos Elon. Sulla scrivania, accanto al computer, un fascio di giornali e una cartellina di ritagli e appunti: pochi, ha una memoria prodigiosa, e se ci fosse bisogno di qualche informazione supplementare la richiederà all'archivio del giornale. È appena arrivato e già deve preparare il primo pezzo: "Pieno di colore locale, che dia il senso del luogo, del momento e della portata storica dell'evento," gli ha detto al telefono il caposervizio esteri Senzani. I soliti luoghi comuni che i "culi di pietra" – come sono soprannominati i redattori che non si muovono mai dal giornale ma spiegano per filo e per segno agli inviati di lungo corso come si scrive un pezzo – ripetono puntualmente tutte le volte. "Un pezzo dei tuoi," ha detto infine Senzani, come se quello spiegasse tutto.

In realtà, Paolo crede di sapere da cosa dipende il suo successo professionale. Il direttore non lo ha mandato a seguire la visita del papa a Gerusalemme perché è davvero il migliore o l'unico in grado di raccontarla, tantomeno perché i suoi pezzi saranno memorabili, degni di passare alla storia del giornalismo: l'ha mandato semplicemente perché è il solo disponibile a mollare tutto e a partire da un giorno all'altro per qualunque destinazione. Il corrispondente da Gerusalemme si è ammalato con perfetto tempismo ed è rientrato in Italia, il vaticanista mandato al seguito del pontefice seguirà la visita soltanto del punto di vista teologico. Gli altri inviati di prestigio del giornale hanno organizzato da tempo i loro programmi. A lui i programmi è consentito guastarli anche perché una famiglia non ce l'ha: né moglie, né figli e nemmeno una fidanzata ufficiale – soltanto un'amante sposata con un marito a cui non vuole dare dispiaceri. Particolare che Paolo non ha mai confidato ai colleghi, tantomeno ai capiservizio, ai capiredattori e al direttore, ma che quelli, ne è sicuro, sono venuti a sapere lo stesso.

A parte la vacanza a Parigi sfumata, però, essere a Gerusalemme gli fa piacere, per almeno due motivi. Uno è che manca dalla Terra Santa da più di dieci anni: il caso lo ha portato altrove per troppo tempo e gli piace tornare a visitare i luoghi in cui si è trovato bene, che si tratti di un albergo, di una città o di una donna. E il secondo motivo è che... Be', non è certo che anche il secondo motivo gli faccia veramente piacere. Semmai, gli mette dentro una discreta agitazione. Anzi, a rifletterci forse è proprio questa la vera ragione per cui manca dalla Città Santa da tanto tempo: inconsapevolmente, evita di tornarci. A Gerusalemme potrebbe rivedere un uomo a cui deve molto, forse tutto: la sua vita sarebbe stata completamente diversa, se non fosse stato per lui. Ha rimandato quell'incontro troppo a lungo: ora sente che è giunto il momento di affrontarlo.

Molti anni prima, quando frequentavano entrambi la facoltà di Giurisprudenza all'Università di Bologna, era stato il suo migliore amico, il compagno inseparabile con cui condivideva tutto: esami, sbornie, ragazze, sogni, passioni, ideali. Si erano conosciuti a metà degli anni settanta, gli "anni di piombo", come sarebbero stati ricordati in seguito. Insieme erano entrati nel movimento studentesco bolognese. Nel 1977 c'erano state occupazioni in moltissime università in tutta Italia: ora non ricordava nemmeno quale fosse, esattamente, il motivo. Gli pareva che il movimento volesse cambiare i piani di studi, l'università, il governo, il paese, insomma tutto – e aveva finito per non cambiare niente. C'erano stati feroci scontri con la polizia ovunque, a Bologna un giovane era morto colpito da un carabiniere, un corteo di studenti aveva mandato in frantumi le vetrine del centro, creando un'irrimediabile frattura con il Partito comunista che amministrava la città. Decine di compagni erano stati arrestati e processati. Un giorno, nel clima di crescente controllo poliziesco in cui era sprofondata la città, il movimento aveva deciso di mettere fine all'occupazione della facoltà di Legge: si temeva da un momento all'altro un'irruzione della polizia, c'era il rischio che fossero arrestati tutti. Era stato allora che il suo migliore amico gli aveva chiesto aiuto per portare via dalle cantine della facoltà una cassetta di bottiglie Molotov, nascosta lì in previsione di qualche scontro con i celerini. Con una scusa si erano fatti prestare un'auto, una vecchia Renault 4 rossa, da un altro studente. Sarebbe dovuta essere una faccenda semplice e rapida. Paolo si era messo al volante, in via Zamboni, con il motore acceso. L'amico era sceso in cantina, aveva recuperato la cassetta di bottiglie incendiarie, l'aveva coperta di libri e cartacce, aveva raggiunto la macchina, aveva caricato la cassetta nel bagagliaio ed erano ripartiti. Non dovevano andare lontano: la prima tappa era il garage di un compagno fuori porta San Vitale, da dove in seguito qualcuno le avrebbe trasportate altrove. Ma mentre accostavano davanti al garage, Paolo aveva visto apparire alle loro spalle, nello specchietto retrovisore, il lampeggiante blu di una pattuglia dei carabinieri. D'istinto aveva aperto lo sportello e se l'era data a gambe senza dire una parola. La paura aveva avuto il sopravvento. Nel movimento studentesco era quello che allora si definiva "un cane sciolto": uno senza bandiere ideologiche, non appartenente a nessuno dei gruppuscoli – dal Manifesto ad Avanguardia operaia, da Lotta continua agli anarchici, dalla Quarta Internazionale all'Autonomia – in cui era suddivisa la variegata e litigiosa costellazione dell'estrema sinistra italiana. Il suo amico, invece, non aveva perso la calma: si era messo prontamente al volante e aveva ripreso la marcia, sperando che i carabinieri non si fossero insospettiti per la fuga di Paolo. Invece gli si erano messi alle calcagna, e dopo due isolati avevano azionato la sirena: avrebbe potuto cercare di fuggire, ma era già un miracolo che quella vecchia R4 non li avesse lasciati a piedi fin dall'inizio. Dunque aveva rallentato, accostato e consegnato i documenti. C'era una possibilità, benché remota, che decidessero di non perquisire la macchina. L'avevano perquisita. Avevano trovato le Molotov, lo avevano arrestato, ed era stato incriminato per porto d'armi improprie e tentata strage, sebbene non fosse chiaro contro chi avrebbe cercato di commetterla. Erano i tempi delle leggi speciali contro il terrorismo: le sentenze erano severe. Ma nella fase istruttoria del processo il pubblico ministero si era detto pronto a chiedere che gli venisse dimezzata la pena, se avesse rivelato l'identità del suo complice, il nome del giovane che i carabinieri avevano visto scendere in fretta e furia dalla R4 e allontanarsi di corsa. L'imputato aveva giurato che le forze dell'ordine avevano visto male: era solo. In effetti non c'erano prove, c'era solo la sua parola contro quella dei caramba. "E va bene," aveva risposto il pubblico ministero. Gli avevano dato dieci anni.

Mentre era in prigione in attesa della sentenza, Paolo aveva fatto sapere all'amico che era pronto a costituirsi, ma lui lo aveva dispensato: aveva detto che non c'era da fidarsi delle promesse del pubblico ministero, il giudice avrebbe comunque dato dieci anni a tutti e due, tanto valeva che almeno uno di loro si salvasse. E poi, lui non "tradiva": che si trattasse della loro causa, di una donna, di un amico. Assicurò che non si sentiva un eroe, che il suo non era un sacrificio in nome del comunismo "giovane e felice", il confuso ideale che li ispirava, secondo uno slogan dell'epoca: è che non si tradisce, punto e basta, faceva parte del suo codice d'onore. E il mio?, si era chiesto Farneti. Cosa prevede il *mio* codice d'onore? Ma aveva finito per accettare con riluttanza le ragioni dell'amico, che in effetti gli facevano molto comodo: non aveva nessun desiderio di passare in carcere dieci anni – o anche solo cinque, se è per questo – per un'idea che aveva abbracciato senza eccessiva convinzione, quasi per gioco, perché era nell'aria. E l'aria, lo sentiva con il fiuto che in seguito gli sarebbe stato tanto utile nel suo mestiere, stava per cambiare. Di lì a poco, infatti, il movimento studentesco si affievolì sino a spegnersi. Una generazione di attivisti politici venne falcidiata: chi dal terrorismo, che la portò in carcere; chi dalla droga, che la portò nei centri di rieducazione o six feet under. Molti se ne andarono da Bologna, diretti in India o in Perú. Paolo restò. Cambiò silenziosamente pelle. Si riavvicinò agli amici del liceo, alle passioni dell'adolescenza. Iniziò a scrivere di sport sul giornale locale, che era stato il suo sogno di ragazzo, molto più che diventare magistrato o avvocato – il motivo teorico per cui aveva scelto Giurisprudenza, peraltro senza finirla –, o peggio ancora, il rivoluzionario di professione: sotto sotto, era troppo individualista per arruolarsi in una battaglia collettiva. Poi partì per New York: altro che i paesi socialisti! Dopo qualche anno di là dall'oceano fu assunto dalla "Tribuna", tornò in Italia, si stabilì a Roma, cominciò a girare il mondo come inviato speciale e non si voltò mai più indietro. Da principio scrisse regolarmente all'amico in prigione. Poi, poco per volta, i loro contatti si diradarono e infine si interruppero del tutto. Anni dopo era venuto a sapere che la madre del suo amico, che anche lui conosceva benissimo, era morta di un tumore al rene mentre il figlio era in carcere. Paolo non aveva potuto non sentirsi responsabile: *Se non me la fossi fatta addosso, se non fossi uscito dalla macchina, forse i carabinieri non ci sarebbero venuti dietro...* Il suo non era stato un tradimento deliberato, d'accordo. Ma l'amico lo aveva discolpato. La ragione per cui aveva preferito rinunciare a un possibile sconto di pena, piuttosto che rivelare il nome del complice: "Non si tradisce un amico, punto e basta". Forse che tradire per paura rende il tradimento meno colpevole? No di certo. E allora Paolo cercava di non pensarci, mentre faceva carriera alla "Tribuna" – era ormai uno degli inviati di punta. Il disagio non lo abbandonò finché, nove anni dopo quello sventurato giro in auto con le Molotov nel bagagliaio, il suo amico fu finalmente rilasciato, con dodici mesi di anticipo, per buona condotta. Si scrissero un paio di lettere, Paolo giurò di andarlo a trovare. "Devo rivederti" – ma proprio allora il giornale lo spedì in Brasile. E poi venne un altro reportage. E un altro ancora. Non si incontrarono più. Neanche una telefonata. In seguito seppe da comuni conoscenti che il suo vecchio amico aveva preso i voti, si era fatto frate, nell'ordine dei domenicani. In prigione aveva studiato molto: il tempo non gli era certo mancato. Si era laureato in Teologia, specializzato in studi biblici: chi l'avrebbe mai immaginato? Uno come lui, un uomo d'azione. Eppure era diventato direttore della famosa École Biblique di Gerusalemme, la più importante scuola di studi biblici al mondo. E ora era venuto il momento di rivederlo.

La prima telefonata di Paolo, appena presa la camera all'American Colony, era difficile, ma doveva farla lo stesso, doveva chiamare il suo ex compagno di gioventù, l'amico che si era fatto il doppio del carcere per risparmiarlo a lui: padre Pietro Marulli.

"Devo rivederti." Sono passati più di vent'anni. Ma stranamente nessuno dei due prova imbarazzo. Nel caffè dell'American Colony è come se fossero tornati i vecchi amici del '77, sotto i portici di Bologna. Non c'entra la militanza politica, che per nessuno dei due, almeno apparentemente, ha più grande significato. C'entra qualcosa che ha a che fare con la giovinezza, con le possibilità e i sogni ancora intatti di quando si sono conosciuti, forse persino con i portici di via Zamboni. "Ti dico una cosa subito, così non ne parliamo più," lo avverte Marulli, alzando il calice per brindare all'amico ritrovato. "Non devi sentirti colpevole di niente. Ho sempre pensato che quei caramba non passavano di lì per caso. Qualcuno deve averci tradito. Probabilmente la polizia aveva un informatore in facoltà. Non fu la tua fuga dall'auto a metterli in allarme, ci aspettavano. E se avessero potuto dimostrare che eravamo in due ci avrebbero condannati anche per associazione sovversiva. Se davvero il pubblico ministero mi avesse dimezzato gli anni della pena per possesso d'armi e strage, l'avrebbe raddoppiata con il secondo reato. Non sarei uscito dal carcere un giorno prima. Anzi, forse ci sarei restato più a lungo."

È proprio così o lo dice per tranquillizzarlo? Per un lungo periodo della sua vita Paolo ha creduto di essere stato lui a tradirlo, e invece il traditore è stato un altro? Possibile? Può davvero levarsi il peso dalla coscienza, sentirsi leggero, mondato, assolto? Decide di prendere per buona quella assoluzione: viene da un frate, dopotutto, un religioso di queste cose deve pure intendersi. Cenano al Colony. E mentre mangiano, ricordano gli anni dell'università e della passione politica, le prime ragazze, le notti brave, i loro sogni. Farneti racconta i suoi inizi nel giornalismo, i primi articoli, l'assunzione nel quotidiano cittadino, l'esperienza da free-lance a New York, quindi la chiamata da parte del leggendario direttore della "Tribuna". "Non ero il migliore, ma ero di sicuro il più svelto. Quando hanno cominciato a mandarmi in giro per il mondo ero sempre l'ultimo a mettersi alla macchina da scrivere, dopo i cronisti della concorrenza, e dunque avevo più tempo di loro per trovare notizie. I colleghi lasciavano un posto per tornare in albergo a scrivere, e io ci restavo ancora, vedevo qualcosa di più, scoprivo un altro particolare della storia che stavamo tutti inseguendo. È sempre stato così. È stata questa la mia forza. E sai come sono diventato tanto veloce? Facendo il 'negro', da ragazzo, a Bologna, per i cronisti già affermati. La domenica sera, dopo le partite di calcio, riscrivevo tre o quattro volte lo stesso articolo, una per il mio giornale, una per le agenzie di stampa, una per il giornale della squadra ospite, più un trafiletto per la 'Gazzetta dello Sport'. Tutti firmati con il nome di un altro, che in cambio mi dava una piccola parte del suo compenso e poteva starsene tranquillo al bar. Bisognava fare in fretta e io sapevo fare in frettissima. Mi lamentavo, da giovane, ma più tardi ho capito che è stata la mia fortuna. Buffa la vita, non è vero?"

Marulli parla della sua vocazione religiosa. Aveva iniziato a leggere la Bibbia in carcere. Il libro dei libri, il testo da cui discende buona parte del pensiero occidentale, un'opera universale, importante come l'*Odissea*, la *Divina Commedia*, forse di più: ma quanti l'hanno letta veramente come un romanzo, dalla prima all'ultima riga? In prigione, Pietro l'aveva fatto ed era stata un'illuminazione: la Bibbia era davvero un romanzo, il romanzo dell'uomo e della vita. Racconto per eccellenza, dalla creazione alla distruzione, alla resurrezione della nostra specie. Aveva studiato ebraico e aramaico, ma soprattutto aveva scoperto un'altra dimensione di se stesso, l'esigenza di fare qualcosa per gli altri, di non sprecare la vita inutilmente. "In fondo," continua, "era quello che ci ripromettevamo da ragazzi. Se ci pensi, si passa spesso l'esistenza senza avere mai il tempo di fare i conti con la solitudine, la nostalgia, il dolore, il desiderio, la morte... Noi volevamo essere diversi, ricordi? A un certo punto ho capito che solo con una scelta radicale avrei potuto coltivare la mia diversità, riflettere su ciò che conta veramente e fare qualcosa per incidere sulla realtà. Una scelta molto più radicale del nostro piccolo movimento di studenti. Per questo mi sono fatto frate. Per questo ora sono qui."

Paolo lo guarda: non sembra affatto un frate, tra l'altro non porta il saio. È invecchiato bene, anzi non è invecchiato per niente, a parte i capelli grigi e i peli bianchi della barba che evidentemente non rade ogni giorno. È decisamente in perfetta forma. Lo è sempre stato, da ragazzo: il più forte, il più atletico, il più coraggioso. Hanno finito di mangiare da un pezzo. Non si sono detti tutto, ma si sono detti molto, dopo vent'anni di silenzio. Marulli ordina un'altra bottiglia di vino e riprende il discorso: "Ma non si trattava soltanto di questo. Ho preso i voti anche per un'altra ragione. Volevo espiare. Volevo pagare per il male che ho fatto a mia madre. Per il dolore che le ho dato facendomi sbattere in prigione per dieci anni".

"Non lo hai certo fatto apposta. Non ti sei fatto chiudere in prigione per farla soffrire." Paolo butta giù il vino: espiare e pagare per il male fatto ad altri è un argomento che lo rende nervoso.

"Non è una giustificazione sufficiente. Da ragazzi ci scagliavamo contro l'ingiustizia, ma io sono stato ingiusto verso la creatura che mi amava di più, e la più indifesa."

"Se anche fosse," risponde Farneti, incline a giustificare e ad autogiustificarsi, "sono certo che lei ti aveva perdonato."

"Sicuro che mi aveva perdonato. L'hai conosciuta, ricordi che era la bontà fatta persona. Ma quel dolore io continuo a sentirlo. Ogni vero dolore, Paolo, viene scritto su lastre di un materiale misterioso e sensibile, al paragone del quale il granito è burro. E non basta un'eternità a cancellarlo."

"Adesso parli proprio come un frate," sorride Paolo, cercando di metterla sul ridere.

"Veramente lo ha detto Dino Buzzati. Comunque è quello che sono, un frate intendo. Ma credo fermamente in quel che ti dico. Fra miliardi di secoli, la sofferenza e la solitudine di mia madre, provocate da me, esisteranno ancora. E io non posso rimediare. Posso soltanto espiare, sperando che lei mi veda."

"E pensi che ti veda? Io sono ateo, lo sai, e del resto lo eri anche tu. Scusa se te lo dico, ma faccio fatica a comprendere che una persona intelligente possa credere alla vita eterna, alla vita dopo la morte, specie una persona come te... avevi le mie stesse idee, la mia stessa concezione del mondo... Veramente, scusa se te lo dico proprio qui, a Gerusalemme, dove per di più dirigi la Scuola di Studi biblici e si respira la fede da ogni roccia."

Pietro non replica.

"Sicché pensi che la tua povera mamma ti guardi da lassù?" azzarda Paolo, a cui il silenzio non piace, a meno che non sia lui a sceglierlo per sfuggire a una situazione scomoda.

"Chissà. Certe volte, quando sono solo, provo una sensazione strana. Come se entrasse in me qualcosa che fino a poco prima non c'era, come se mi abitasse un'essenza indefinibile, e io non fossi più solo, e ogni mio gesto, ogni parola, avesse come testimone uno spirito misterioso. Ma dura poco."

Paolo è un razionalista, crede solo nella scienza, anzi in quello che può vedere con gli occhi, toccare con mano: ma il discorso di Pietro lo ha turbato. Capita a tutti, anche all'individuo più lontano dalla spiritualità, di sentire per un attimo il mistero della vita, come un vento che ti scompiglia i capelli. E forse, si dice trovando soccorso ai propri dubbi nell'unica sua fede, il giornalismo, non è un caso che qualcosa del genere capiti più spesso qui che altrove. Ha letto, su uno dei ritagli di giornali nella sua cartellina, della sindrome di Gerusalemme, una sorta di malattia per effetto della quale le persone, una volta arrivate nella Città Santa, tendono a vivere fenomeni paranormali, ad avere visioni, a sentire voci. È stato così anche per il suo amico di gioventù? Ci cascherà anche un laico di ferro, come lui?

"In ogni modo," padre Marulli cambia discorso, "ho trovato nella Chiesa l'organizzazione giusta: avrà un mucchio di aspetti negativi, ma offre anche la possibilità, per chi vuole, di fare del bene davvero, di lasciare un segno, di sacrificarsi per il prossimo."

"Insomma, hai trovato il comunismo fra le braccia di Dio," conclude Paolo, con la propensione del suo mestiere a ridurre tutto a un titolo.

"Proprio così."

"Ma hai anche trovato Dio? Voglio dire: in cosa credi?"

"Credo nel verbo di Gesù: ama il prossimo tuo come te stesso."

Paolo gli racconta che anni prima il direttore del suo giornale gli aveva proposto di trasferirsi a Gerusalemme, per fare il corrispondente dal Medio Oriente. Aveva rifiutato perché non si sentiva abbastanza spirituale per un posto simile: chissà quanti libri di teologia avrebbe dovuto leggere, non erano il suo forte. Il direttore aveva obiettato che gli sarebbe bastato leggerne uno: la Bibbia.

"Non aveva torto," osserva padre Marulli. "Te l'ho detto poc'anzi, nella Bibbia c'è tutto."

"Già. Però non mi aspettavo che proprio tu ne saresti diventato un dotto studioso. Ti ricordavo come uno che preferisce menare le mani, al tempo in cui dirigevi il servizio d'ordine di Lotta continua," risponde Paolo, e si volta per chiedere il conto.

"Due concetti che non sono necessariamente in contraddizione," replica il frate. "E a questo proposito, c'è una questione di cui volevo parlarti. Andiamo a fare due passi nella Città Vecchia, qui al Colony anche i tavolini hanno orecchie."

Illuminate dalla luna, le pietre delle mura rilucono diafane. A quell'ora le strade sono deserte. Sulla Via Dolorosa passano davanti al convento dei francescani. Poco più avanti sorge la Scuola di Studi biblici, dove lavora e vive padre Marulli. Quella strada di pietra segue il percorso fatto duemila anni prima da Gesù fino al Golgota, con la croce in spalla, cadendo e rialzandosi, frustato dai centurioni romani, dileggiato dalla folla: per la verità non è esattamente lo stesso, ma milioni di pellegrini lo percorrono con fervore e commozione, come se posassero i piedi sulle orme del figlio di Dio. Adesso i passi dei due vecchi amici risuonano nel silenzio della notte. È un rito che condividevano anche da ragazzi, a Bologna: usciti dall'ultima osteria, quando tutti gli altri erano filati a letto, loro camminavano a lungo sotto i portici, parlando, parlando, parlando, e ascoltando il rumore dei propri passi. Paolo ne sentiva il bisogno: tutti quei discorsi gli hanno fatto girare la testa. O sono state le due bottiglie di vino?

"Mi piace ancora menare le mani, se c'è l'occasione," comincia Pietro. E poi, come in una confessione, gli dice tutto. Il Vaticano, come ogni stato che si rispetti, ha bisogno di un servizio segreto: è uno stato geograficamente piccolo, ma con una popolazione di un miliardo di fedeli che ne fa una superpotenza planetaria. E come ogni servizio segreto, l'Entità, il nome di quello del Vaticano, ha bisogno di due tipi di agenti: le spie capaci di ottenere e analizzare informazioni; e gli uomini pronti a tutto, in grado di agire quando è necessario. Padre Marulli sa abbastanza della Bibbia, avendola studiata per anni prima in carcere e poi in seminario, ma l'incarico di direttore della École Biblique di Gerusalemme è una copertura: il suo vero compito è aiutare preti e suore a muoversi nei Territori palestinesi e a collaborare con lo Shin bet, il Mossad e i servizi segreti di Arafat, secondo le circostanze. La condanna per eversione, la militanza nel movimento studentesco, la leadership del servizio d'ordine, insomma il suo passato più nero – ma, in un certo senso, il più rosso – erano perfettamente noti al priore dei domenicani, quando Pietro aveva preso i voti: la Chiesa aveva bisogno di gente come lui.

"E hai anche la pistola, come James Bond?" domanda Paolo, non perdendo l'opportunità per scherzare.

"Certo. Ma non ho mai dovuto sparare un colpo. Al massimo dare qualche spintone, tirare un pugno e poi darmela a gambe."

"E quanti agenti di questa... Entità, o come diavolo si chiama, lavorano per te qui a Gerusalemme?"

"Meno di quanti immagini." Padre Marulli si ferma di botto nel mezzo della Via Dolorosa. "Paolo, una volta, quando ero in prigione, mi mandasti a dire che ti saresti sdebitato, che avrei potuto contare su di te per qualunque cosa. Te lo ricordi?"

"Me lo ricordo benissimo," risponde Farneti, e pensa,

ahi, come ogni assoluzione che si rispetti, anche questa comporterà una penitenza. "Mi dispiace solo che sia tardi per saldare quel debito."

"Ti sbagli. Non è mai tardi per saldare i propri debiti. Vieni, inginocchiamoci, prega con me."

E i due amici ritrovati, in ginocchio nel silenzio della Città Vecchia, pregano: "Padre nostro che sei nei cieli...".

7.

Gerusalemme, 20 marzo 2000

All'alba la Città Vecchia è immersa in una luce cruda che fa emergere la pietra bianca delle sue mura in tutta la sua suggestiva bellezza. Tutto tace: un silenzio incantato avvolge le torri scure, i parapetti, le cupole, le chiese cristiane, le sinagoghe, le moschee. I venditori ambulanti non hanno ancora esposto la loro mercanzia e dormono nei sottoscala di umide stamberghe; sono ancora chiuse le botteghe di souvenir che più tardi saranno prese d'assalto dai turisti; i caffè non spargono ancora nell'aria l'odore pungente del cardamomo. Non risuonano i richiami delle preghiere in arabo, ebraico e latino, non suonano campane, non cantano muezzin, non si leggono salmi della Bibbia e brani della Torah. L'antica Gerusalemme splende in quella luce accecante che sembra provenire dal deserto, anch'esso di pietra, alle sue spalle, e dalla depressione siro-africana del Mar Morto, ad appena trenta chilometri di distanza, il punto più basso del mondo: qualcuno crede che sia lì, in quella fornace sempre rovente, la bocca dell'inferno. Come per un miracolo della creazione che si ripete ogni ventiquattr'ore, la Città Santa appare immota, trafitta da un'istantanea che ne fissa rigidamente proporzioni e colori. Un tempo si diceva che Gerusalemme fosse il cuore della Terra. Dunque nulla si muove, in quella magica ora, nel cuore del nostro globo luminoso?

No, a ben guardare qualcosa si muove. Un uomo è uscito da una porticina della Via Dolorosa, proprio al confine tra il quartiere musulmano e il quartiere cristiano. Ha il bavero del pastrano alzato, perché a quell'ora l'aria fredda del deserto filtra ancora tra i vicoli della città ristagnando tra le pietre, quasi bagnate al tatto. Cammina lesto, a testa bassa, come immerso nei suoi pensieri, imbocca l'Aqabat al Kanda e gira a sinistra all'angolo della moschea che porta lo stesso nome, per poi infilarsi rapido in un dedalo di vicoli, quasi impenetrabili tanto sono stretti. Giunto di fronte a un portone in legno trae di tasca una pesante chiave, la infila nel buco della serratura, gira tre volte e apre. È difficile dire cosa sia, quell'edificio dalla forma asimmetrica, quasi soffocato dalle case circostanti. Da vicino nessuno capisce che si tratta di una chiesa, tantomeno la chiesa più importante della cristianità: solo da lontano si notano due cupole di pietra e un campanile che le sovrasta, ma nulla a che vedere con le maestose cattedrali innalzate alla gloria di Dio a Roma, Milano, Parigi, Madrid e dovunque altro sia arrivato il verbo del Signore.

Eppure quella è la chiesa del Santo Sepolcro, per il cui possesso i cavalieri crociati avevano combattuto nelle strade di Gerusalemme massacrando i saladini, eretta nel luogo presunto dell'agonia e della morte di Gesù Cristo nostro Signore. Là dentro, in una cacofonia di altari, colonne, chiostri, catacombe, scale e volte, preti e frati di ogni rito cristiano montano una guardia diffidente dinanzi alle loro reliquie, salmodiando litanie in gloria della resurrezione del figlio di Dio, del quale ogni confessione rivendica l'esclusiva. Una feroce rivalità divide cattolici, greco-ortodossi, russo-ortodossi, copti, armeni, caldei e siriaci, che si contendono ostinatamente ogni centimetro del Sepolcro, gli orari per issarsi sulla ripida scala di ferro che conduce alla gobba del Golgota, i turni per spazzare le scale e spolverare. Una rivalità così forte che da secoli il compito di aprire il portone all'alba e richiuderlo dopo il tramonto è affidato a un non cristiano, un arabo musulmano, insomma un palestinese: Wadi Abunassar, appena entrato nella chiesa, è l'ultimo erede di una famiglia che da generazioni si tramanda di padre in figlio questo mestiere, perché di mestiere si tratta, retribuito, in percentuali anche queste oggetto di minuziosa contesa fra tutte le confessioni del cristianesimo presenti nell'edificio.

È un lavoro che Abunassar svolge con orgoglio e coscienza. Non vede contraddizione con la propria fede nell'islam, come del resto gli avevano confermato gli imam della Moschea della Roccia quando vent'anni prima aveva ricevuto in eredità l'incarico da suo padre: Gesù è un profeta anche per il Corano, il profeta più importante dopo Maometto, e non bisogna dar peso al fatto che i cristiani lo considerano figlio di Dio e i seguaci di Allah no. Per la stessa ragione, del resto, anche i musulmani onorano e pregano la Madonna, madre di Gesù, e Abunassar è fermamente convinto che tra il popolo di Dio e quello di Allah ci sia una naturale alleanza, particolarmente dentro le mura della Città Vecchia di Gerusalemme, dove cristiani e musulmani si trovano spesso solidali, uniti, contro gli ebrei israeliani. In realtà cristiani e musulmani si erano fatti la guerra per secoli, prima, durante e dopo le Crociate; e gli ebrei, sotto la dominazione musulmana, avevano vissuto a Gerusalemme e altrove molto meglio che sotto i cristiani. Ma Abunassar questo non lo sa, o se lo sa preferisce ignorarlo.

Aperto il portone, il custode del Santo Sepolcro ha esaurito la prima parte del suo lavoro giornaliero, ma ama soffermarsi in quella chiesa che gli procura un salario, per quanto modesto, e dà un senso alla sua vita, addirittura – da generazioni – una sacra missione alla sua famiglia. Poco dopo di lui, a volte è proprio questione di secondi, puntualissima, una donna anziana varca la soglia della chiesa, si fa il segno della croce, si inginocchia e procede così, in ginocchio, sui duri lastroni di pietra, fino al limitare del Golgota, dove resta a pregare, senza nemmeno azzardarsi a salire, per un'ora esatta, in un bisbiglio indistinguibile di *Padre nostro* e *Ave Maria*. Non manca una mattina da cinque anni, la pellegrina: Abunassar non sa chi sia, da dove venga, quale sia la sua nazionalità o il motivo di quella penitenza. Poco più tardi, alla spicciolata, dai conventi delle vicinanze arrivano i sacerdoti delle diverse confessioni, ignorandosi e disprezzandosi vicendevolmente. Quante volte sono scoppiate risse tra i preti del Santo Sepolcro! Ogni tanto anche lui si è ritrovato in mezzo per separarli: pugni, calci, sputi, ramazze sulla testa. Non è raro che debba intervenire la polizia israeliana per pacificarli. Non è un bello spettacolo. Più si ama Gerusalemme, pensa Wadi, più si prova un odio insopprimibile verso chi ne vuole una parte per sé. "Odia il prossimo tuo come te stesso": così Abunassar irride i cristiani, accusandoli di aver trasformato il messaggio di pace e fratellanza di Gesù in sentimenti di antagonismo e potere. L'islam è una fede molto più tollerante, afferma, sforzandosi di non pensare ai conflitti altrettanto sanguinosi tra sunniti e sciiti. Ma sono dispute lontane: a Gerusalemme, perlomeno dentro le mura della Città Santa, tra i musulmani regna la concordia.

Essere testimone oculare del fanatismo dei cristiani, esserne in un certo senso il vigile guardiano, l'arbitro, il mediatore, ha sviluppato in Abunassar, per quanto sia un uomo semplice, non particolarmente istruito, un istintivo ribrezzo per ogni genere di estremismo. Quel male che trasforma gli uomini in bestie ha già toccato, purtroppo, anche la sua famiglia. Mohammed, suo primogenito e figlio prediletto, è rimasto affascinato dal germe della violenza ed è diventato un militante della Jihad islamica, uno dei gruppi fondamentalisti che si oppongono a ogni negoziato di pace con Israele. Dieci anni fa ha preso parte a un attacco contro una colonia ebraica nei Territori occupati. Due israeliani hanno perso la vita: la cellula islamica ha aperto il fuoco contro un'auto di coloni a un incrocio. Ma come sempre la reazione dell'esercito israeliano è stata rapida, efficace e al quadrato. Tutti i membri della cellula sono stati uccisi in un raid, meno uno, suo figlio, catturato, processato, condannato all'ergastolo e rinchiuso in un carcere di massima sicurezza. Era predestinato a ereditare la chiave del Santo Sepolcro e invece morirà in una galera israeliana, a meno che... Abunassar non riesce nemmeno a completare la frase: purtroppo non può immaginare un esito differente. Gli israeliani ogni tanto liberano detenuti in uno scambio di prigionieri con i palestinesi. Ma non libereranno mai un terrorista condannato all'ergastolo.

La prigionia del figlio avvelena la sua esistenza, benché di figli ne abbia altri sei – quattro maschi e due femmine – a tenergliela occupata. Determinato a scongiurare che altri seguano l'esempio del maggiore, ha inviato il suo secondogenito a studiare negli Stati Uniti presso alcuni cugini, emigrati molti anni prima e ormai cittadini americani. Arrivato nel Maryland a sedici anni, suo figlio Saeb aveva finito lì le scuole superiori, e iniziato a lavorare. Quindi aveva chiesto al padre di tornare a casa. Inizialmente Abunassar era stato felice della decisione: suo figlio era un giovane uomo maturo e posato, non aveva nulla dell'estremista, sembrava pronto ad assumere un giorno l'incarico di custode del Santo Sepolcro. Dunque, lui aveva di nuovo un erede. Ma da qualche mese Saeb è cambiato. Si è licenziato dalla scuola del quartiere, dove era uno dei maestri più amati. Sparisce da casa per ore, talvolta anche due o tre giorni di seguito. Ha cominciato a frequentare la moschea più estremista della città. Una volta è stato via due settimane, ufficialmente per partecipare a un seminario di preghiera nello Yemen. Si è fatto crescere la barba, parla poco, prega sempre. Insomma, si è completamente trasformato. Per un po' Abunassar si è augurato che diventasse un imam, che avesse soltanto scelto la via della fede. Ma qualcosa gli dice che sbaglia. Saeb non alza mai la voce, ma parla con odio di Israele e degli Stati Uniti, un sentimento diverso dall'avversione che pure molti palestinesi e lui stesso provano per lo stato ebraico e il suo potente protettore. Ma come?, gli dice, sei stato in America, i nostri cugini hanno la nazionalità americana, là hai ricevuto un'istruzione, credevo che ti fossi trovato bene. "L'America è il Grande Satana," risponde tetro Saeb, rifiutandosi di discutere. E non se la prende soltanto con America e Israele: critica aspramente perfino Yasser Arafat, capo dell'Olp, presidente dell'Autorità palestinese, padre della loro futura nazione. Abunassar teme che suo figlio abbia aderito segretamente alla Jihad, come il fratello condannato all'ergastolo, o ad Hamas, l'altro gruppo fondamentalista islamico che si oppone a ogni trattativa con Israele. Di notte se lo sogna protagonista di un attentato suicida, per immolarsi alla causa della Palestina e diventare un martire: incubi che lo fanno svegliare madido di sudore, con le lacrime agli occhi.

L'ansia per il figlio lo ha distolto dall'eccitazione generale per l'arrivo del papa, che nei giorni seguenti visiterà il Muro del Pianto, la Moschea della Roccia e il Santo Sepolcro, i luoghi più sacri delle tre religioni monoteiste. È stato interrogato dallo Shin bet, come guardiano del Sepolcro, perché i servizi di sicurezza stanno predisponendo tutte le misure per proteggere il pontefice: domani, per la prima volta, un poliziotto lo accompagnerà ad aprire il portone della chiesa e da quel momento le forze dell'ordine israeliane ne prenderanno possesso, per impedire che a qualcuno venga in mente di organizzare proprio lì un attentato contro Giovanni Paolo II, per assassinarlo nel luogo dove è morto Gesù. In un primo momento, Abunassar aveva creduto che lo Shin bet fosse venuto a interrogarlo non per la visita del papa, ma per sapere qualcosa su suo figlio Saeb. Si era perfino chiesto se non avrebbe dovuto avvertire lui stesso i servizi segreti palestinesi che il comportamento di suo figlio lo preoccupava: forse era il modo per salvargli la vita. Ma non lo aveva fatto. Non aveva detto nulla a nessuno. Un padre non può denunciare il figlio: è contro natura. Cosa può fare allora? Seduto su una scomoda panca, questa mattina non si decide a uscire dal Santo Sepolcro: osserva i sacerdoti e i frati inginocchiati che lucidano le pietre del pavimento guardandosi in cagnesco, e altri che si chiudono nei confessionali per ascoltare i fedeli. Anche lui vorrebbe confessare a qualcuno il suo tormento. Ma a chi?

Quello che Giovanni Paolo II comincia domani in Israele sarà un pellegrinaggio per "promuovere il dialogo tra le religioni" e per "servire la causa della pace" ha annunciato stamane il Vaticano, ma la Città Santa indossa l'armatura come se si preparasse a una nuova guerra. "Per proteggere il papa, e con lui i duemila giornalisti e cinquantacinquemila pellegrini che lo accompagneranno, mobiliteremo diciottomila poliziotti, ovvero i tre quarti delle nostre forze, più seimila soldati e centinaia di agenti dei servizi di sicurezza," ha dichiarato Yehuda Wilk, ispettore generale della polizia israeliana. "Nemmeno Bill Clinton ha avuto uno scudo simile, quando è venuto a Gerusalemme," precisa il superpoliziotto.

Uno scudo esagerato, per difendere un messaggero di pace e dialogo? Ufficialmente, i servizi segreti israeliani non rilevano l'esistenza di alcuna minaccia concreta, ma lo stato ebraico non vuole correre rischi, memore dell'assassinio del primo ministro Rabin, cinque anni or sono, durante un comizio nella piazza principale di Tel Aviv da parte di un estremista ebraico contrario al processo di pace con i palestinesi, e dell'attentato subìto dallo stesso Karol Wojtyła in piazza San Pietro nel 1981. "Dovesse capitare qualcosa al pontefice," commenta senza traccia di ironia un mezzobusto del telegiornale israeliano, "il mondo direbbe certamente che ogni duemila anni noi ebrei provochiamo la morte del vicario di Dio e leader della cristianità."

Qualche motivo di allarme, del resto, c'è. La televisione nazionale ha trasmesso l'altra sera le maledizioni scagliate dagli estremisti ortodossi contro il pontefice. Una settimana fa gli haredim – gli ebrei più devoti e ortodossi, quelli vestiti sempre di nero e con lunghi boccoli che gli scendono sopra le orecchie – lo avevano scritto chiaro su un muro della Città Santa: "Che Dio maledica il papa". Ieri l'altro, invece, hanno pronunciato la maledizione contro Giovanni Paolo II durante un elaborato rituale, officiato da rabbini estremisti, tra corni di montone soffiati a squarciagola e preghiere cantilenanti. Una cerimonia che equivale a una condanna a morte e che esorta i seguaci della Torah – il libro sacro degli ebrei – a uccidere "il maledetto", facendo del suo omicidio un gesto divino compiuto dagli uomini per volontà dell'Altissimo. È lo stesso rito che un gruppo di rabbini estremisti celebrò nel 1995 contro Yitzhak Rabin, pochi mesi prima che l'allora primo ministro israeliano venisse assassinato a pistolettate da un fanatico ebreo ultraortodosso di estrema destra. Il rito contro il papa si è ripetuto a Safed, cittadina nel Nord di Israele considerata santa dagli ebrei più devoti, e per di più è avvenuto davanti alle telecamere della televisione israeliana: il secondo canale lo ha trasmesso oggi, a poche ore dall'atterraggio del pontefice a Tel Aviv, come un monito alle autorità affinché prendano tutte le misure necessarie e non possano dire che non sapevano quali fossero i rischi potenziali.

Una settimana fa la polizia locale ha arrestato tre militanti dell'organizzazione ebraica clandestina Kach, un'associazione estremista messa fuori legge in Israele nel '94 dopo che un suo militante, Baruch Goldstein, aprì il fuoco con un kalashnikov sui palestinesi intenti a pregare all'interno della Tomba di Abramo, patriarca delle tre religioni monoteiste, a

Hebron, in Cisgiordania, uccidendo ventinove persone. Ora i tre militanti di Kach sono accusati di essere gli autori di atti di vandalismo contro l'eliporto di Gerusalemme, che sarà usato dal pontefice per i suoi spostamenti: qualcuno ha devastato la piazzuola d'atterraggio sul Monte Scopus, l'altura che domina la Città Santa, a un paio di chilometri dalla nunziatura, dove Giovanni Paolo II alloggerà durante il suo pellegrinaggio in Terra Santa. I vandali hanno imbrattato il terreno di slogan e svastiche – "papa, vattene via", "dov'eri durante l'Olocausto?", "Dio maledica il pontefice" – e hanno ricoperto di vernice rossa (come il sangue) uno striscione di benvenuto in ebraico preparato dalle autorità. Hanno anche strappato le bandiere giallo-bianche del Vaticano che erano state già piantate sul terreno e distrutto otto riflettori. Un volantino firmato Kach, lasciato sul posto, promette di "sabotare" il viaggio del papa, senza precisare come. Se anziché saccheggiare l'eliporto i vandali vi avessero nascosto un ordigno, ad esempio una bomba a orologeria, avrebbero potuto provocare una tragedia.

Né mancano altri segnali di ostilità. Sul quotidiano "Maariv", un controverso studioso ultraortodosso, Sefi Rachlevski, scrive che il viaggio del papa a Gerusalemme e il suo previsto incontro non solo con il premier israeliano Barak ma pure con il presidente palestinese Arafat annunciano l'approssimarsi del giorno del Giudizio universale, sulla base di un versetto biblico da interpretare così: "Satana verrà da Roma per provocare la propria sconfitta". E bisogna dire che nemmeno le massime autorità religiose ebraiche sembrano entusiaste della visita. Israel Lau, gran rabbino askenazita di Israele, ha dichiarato: "Spero di udire dal papa parole che riguardino non solo i peccati commessi da singoli cristiani contro gli ebrei, ma anche dalla Chiesa cattolica in quanto tale, che per venti secoli ha attizzato l'odio contro di noi". Lau ha inoltre auspicato che Wojtyła blocchi il processo di santificazione di papa Pio XII, "per aver taciuto mentre veniva versato il sangue degli ebrei" durante la Seconda guerra mondiale. Un altro importante rabbino ultraortodosso, Avraham Ravitz, deputato di un partito religioso di destra in parlamento, aggiunge: "Spero che il papa non esibirà croci quando andrà al Muro del Pianto, perché la croce ci ricorda le persecuzioni contro gli ebrei". Sono andato a trovarlo in parlamento. Scusi rabbino, gli dico, secondo le indiscrezioni il papa intende definire gli ebrei i "fratelli maggiori" dei cristiani, questo non vi fa piacere? "In ebraico c'è un detto: a ciascuno la sua fede," mi ha risposto. "Noi rispettiamo le religioni altrui, non cerchiamo di convertire nessuno alla nostra e ci auguriamo che il papa non faccia proselitismo durante questo viaggio. Da un punto di vista teologico, 'fratelli maggiori' non significa niente per noi. I cristiani si riconoscono nell'Antico Testamento che è, questo è vero, il nostro libro sacro, ma noi non ci riconosciamo nel Nuovo Testamento, che è il vostro libro sacro. Tra gli ebrei non c'è particolare animosità verso questa visita. C'è indifferenza. E non c'è da meravigliarsi troppo se qualcuno di noi ha sentimenti ostili verso la Chiesa cattolica, dopo tutto il male che la Chiesa ha fatto per secoli agli ebrei."

Come se tutto questo non bastasse, le forze israeliane hanno arrestato tre giovani palestinesi che volevano "commettere un attentato antiebraico per sconvolgere la visita del papa": Arafat lo aspetta a braccia aperte, ma anche tra gli arabi c'è chi odia Wojtyła. Negli ambienti radicali islamici qualcuno non vede affatto di buon occhio la visita del Santo Padre alle moschee, considerandola un "ritorno dei crociati in Terra Santa".

Insomma, l'operazione Vecchio Amico, come la chiama in codice la polizia israeliana, parte con non poche incognite e molte difficoltà. Il papa atterra domani sera all'aeroporto Ben Gurion di Tel Aviv, dove nei prossimi giorni sono attesi trecento voli charter carichi di fedeli provenienti da ventisette paesi, che porteranno nelle casse dello stato israeliano qualcosa come cento miliardi di lire – come dire che le invasioni qualche volta hanno anche conseguenze positive. A costo di creare inestricabili ingorghi, verranno chiuse al traffico da mezz'ora prima a mezz'ora dopo il passaggio del convoglio papale tutte le strade percorse da Giovanni Paolo II, che si muoverà a bordo di una speciale Cadillac corazzata e, nei percorsi brevi, sulla sua tradizionale papa-mobile antiproiettile, o anche su un mini-trattore costruito apposta per lui dall'antiterrorismo israeliano per trasportarlo negli stretti vicoli della Città Vecchia di Gerusalemme, dove la papa-mobile non passerebbe. Quanto alla sicurezza sanitaria, il papa avrà sempre al suo fianco due medici israeliani che parlano perfettamente polacco, due medici personali inviati dal Vaticano, due autoambulanze; e tutti gli ospedali di Israele sono in stato d'allerta per ogni evenienza. BENVENUTO IN TERRA SANTA, titola in prima pagina a caratteri cubitali "Yediot Ahronot", il maggior quotidiano israeliano, ma per il momento, a dare il benvenuto al pontefice sul Monte degli Ulivi, ci sono le canne di fucile di migliaia di poliziotti, in una città blindata e nervosa.

8.

Gerusalemme, 21 marzo 2000

Con la sua terrazza situata sul tetto di un fatiscente edificio di quattro piani, il Caffè della Pace offre la vista migliore della Città Vecchia. Dai tavolini si può fotografare, come una cartolina perfetta, la cupola dorata della Moschea della Roccia e si intravede il Muro del Pianto, mentre sembra di poter quasi toccare, allungando le dita, i numerosi campanili che punteggiano qui e là il quartiere cristiano. Da quel placido punto di osservazione si domina un labirinto riempito da tutto ciò di cui necessita una normale comunità: scuole, ambulatori, uffici postali, piccoli supermercati e mercatini ortofrutticoli, panifici, empori di ogni genere, meccanici per qualsiasi tipo di riparazione. Ma quale scuola frequentare, dove fare la spesa, chi chiamare se si rompe qualcosa, da quale medico far visitare un figlio se prende il morbillo, dipende dall'appartenenza a questa o quella etnia, a questa o quella religione. Nella città dell'amore, l'odio separa rigidamente un quartiere dall'altro. Soltanto al Caffè della Pace, lungo il confine tra il quartiere cristiano e quello musulmano, regna una certa aria di fratellanza, probabilmente facilitata dal vino e dalla birra che vi fluiscono a tutte le ore del giorno e della notte. Per questo è frequentato da ogni tipo di gente: turisti, commercianti stranieri, abitanti della Città Vecchia, preti, rabbini, monaci, suore, spie, diplomatici, guide turistiche, giornalisti, hippy e un buon numero di fanatici seguaci dell'una o dell'altra fede. Padre Marulli l'ha scelto per dare appuntamento a Maya e a Paolo: lì non daranno nell'occhio. Vuole farli conoscere, fare un primo sopralluogo insieme a loro, cominciare a guardarsi intorno. Due chiacchiere al caffè e poi da lì una breve passeggiata li porterà fino alla casa dove si trova il loro obiettivo.

Maya gli aveva fatto visita alla École Biblique due giorni prima.

"Io non ti farò troppe domande, e tu non farne a me," gli aveva detto. Parlano in inglese, sebbene Marulli sappia abbastanza bene l'ebraico e tutti e due se la cavino con l'arabo.

"È questa l'unica condizione?" le aveva risposto lui.

"L'unica."

"Be', ne ho una anch'io e una sola: sono grato dell'aiuto che mi è stato offerto, ma questa operazione la comando io. Se qualcosa non ti va bene, puoi ritirarti in qualunque momento."

Come al solito non indossava il saio, e come al solito non aveva esattamente i modi dell'ecclesiastico: Maya era rimasta impressionata. È anche un bell'uomo, aveva pensato. Marulli le aveva comunicato di avere in mente un piano per portare a termine l'operazione che era stata loro affidata, ma che c'era bisogno di una terza persona per realizzarlo.

"Ecco già qualcosa che non mi va bene e che mi costringerà a ritirarmi subito," aveva replicato secca lei.

"In tal caso, è stato un piacere conoscerti." Il tono di padre Marulli era stato cortese ma fermo.

Il suo bluff non aveva funzionato: sì, quel frate le piaceva proprio.

"Scherzavo. Ai suoi ordini, comandante. Quando mi porta a conoscere il nostro complice?"

"Molto presto."

"E un'altra domanda: posso chiamarti Pietro?" Il tono si

era fatto più confidenziale. "In Israele i membri di un commando non sono così formali, quali che siano le differenze di grado."

"Certo che puoi, Maya."

Convincere Farneti a condividere il loro segreto con qualcun altro è stato ancora più semplice: è bastato descrivergli Maya. Le belle donne gli sono sempre piaciute. Le sue riserve sull'operazione sono di natura diversa, ma per il momento preferisce non parlarne con l'ex compagno d'università. Stando a quello che gli ha anticipato padre Marulli, Paolo pensa di poter avere in mano il più grosso scoop della sua vita, una storia che forse non lo farebbe entrare negli annali del giornalismo ma che di sicuro farebbe venire l'acquolina in bocca al suo direttore. E quella storia lui non può scriverla. O meglio: quando Pietro gliel'ha raccontata, dopo aver recitato insieme il *Padre nostro* nella Via Dolorosa, ha solennemente promesso di non scriverla. Sì, deve molto, forse tutto, a padre Marulli. Ma è anche innamorato, pazzamente innamorato, del suo mestiere. Non vorrebbe mai tradire il suo amico, per la seconda volta per di più. Ma sarà davvero capace di reprimere l'istinto per effetto del quale, davanti a una notizia succulenta, niente e nessuno può trattenere un giornalista dallo scriverla? Boh. Ha deciso di rinviare la lotta fra quei due demoni a un secondo momento.

"Laggiù sorgeva il tempio di re Salomone," comincia a dire Pietro, sorseggiando una birra, mentre indica a Maya – che peraltro la conosce già a menadito – e a Paolo – che qualcosa ne sa anche lui – la geografia della Città Vecchia. Ma un ripasso, pensa il frate, gioverà lo stesso. "Ecco il profilo del Muro del Pianto, dove gli ebrei rivolgono le loro preghiere a Yahveh. E lassù la moschea costruita sul punto in cui Maometto volò in cielo in groppa a un cavallo alato.

Dentro la moschea c'è una roccia, sacra per l'islam, su cui si dice che sia avvenuta la creazione del mondo. Mi pare di capire che voi due non siete credenti, vero? E io naturalmente non sono qui per convertirvi. Solo per farvi capire, se non lo sapete già, in che ambiente siamo e in che ambiente ci muoveremo. Fede e mito si intersecano, a Gerusalemme, e a volte è difficile distinguerne i confini, io stesso ne sono ben consapevole. Questo alle nostre spalle, per esempio, è il Santo Sepolcro. Molti pellegrini, quando arrivano e lo vedono per la prima volta, restano delusi: come, tutto qui? Si aspettavano una chiesa maestosa, costruita sul picco di una montagna, il Golgota, appunto: invece da fuori non sembra neanche una chiesa, e il Golgota è poco più che un altare con la gobba. Eppure è il luogo della morte, sepoltura e resurrezione di Gesù Cristo, il figlio di Dio per noi cristiani. Ma fu proprio quello il punto in cui Gesù salì sulla croce? Non è detto. I confini della Città Vecchia sono cambiati più volte nel corso di migliaia di anni. Il perimetro delle mura si è modificato nel tempo. Ci sono altri sepolcri considerati il luogo in cui il corpo di Gesù fu deposto dai suoi discepoli. La Chiesa ovviamente non li riconosce, ma ora, facendo una passeggiata, andremo a vederne uno."

Si alzano, lasciano il Caffè della Pace e proseguono attraverso il suq El Alhamin tra frotte di pellegrini che hanno anticipato l'arrivo del papa. Giungono fino al punto in cui i quartieri cristiano, musulmano e armeno combaciano. Il quarto quartiere della Città Vecchia, quello ebraico, è a qualche isolato di distanza, eppure proprio lì, in un modesto vicolo chiamato El Hakkari, una bandiera con la stella di David pende dalla finestra. La strada, come il suo nome suggerisce, fa chiaramente parte del quartiere musulmano, ma in quella casa abitano degli ebrei e ci tengono anche a farlo sapere a tutti. È uno dei tanti motivi di tensione in città: un arabo muore e i suoi eredi, per un motivo o per l'altro, decidono di trasferirsi altrove, accettando di vendere o affittare la casa al miglior offerente. Questo è spesso un ebreo, o un prestanome che poi rivende o subaffitta agli ebrei, generalmente agli ultraortodossi, desiderosi di espandere la propria presenza nella Città Vecchia – specie nell'area musulmana e soprattutto in prossimità del Muro del Pianto. Succede di continuo. Succede anche al di fuori della Città Vecchia: è uno dei sistemi con cui i coloni ebrei si insediano in quartieri un tempo palestinesi e ne prendono possesso. Gli arabi dicono che con quel sistema gli ebrei hanno fondato Israele: trasferendosi in Terra Santa dopo la Seconda guerra mondiale, acquistando una casa, un terreno, un'altra casa, per poi un giorno proclamare che quei terreni, quelle case, erano il loro stato. Naturalmente non era stato così semplice, ci era voluta una decisione delle Nazioni Unite nel 1948. Ma come nel gioco del Monopoli, l'acquisto di case e terreni da parte ebraica aveva effettivamente facilitato l'atto ufficiale, quando era venuto.

"Dalle informazioni in nostro possesso", e padre Marulli guarda Maya, alludendo allo Shin bet senza nominarlo, "questa casa è stata occupata da una famiglia di haredim nove mesi or sono. Era vuota da sei settimane, gli inquilini arabi sono emigrati in Inghilterra. Non è chiaro se abbiano venduto o affittato, e a chi, la proprietà, ma quegli haredim si comportavano come se fosse diventata roba loro. Però non sono rimasti a lungo. La tensione era troppo forte, era come stare in prima linea. C'erano quotidiane scaramucce con i vicini arabi. Presto la famiglia di haredim è stata sostituita da militanti della Pattuglia della Decenza, un gruppo estremista ebraico: tipi molto più abituati a tensioni e tafferugli, che anzi, direi, sono il loro pane quotidiano. E apparentemente sono stati proprio loro, facendo dei lavori nella cantina dello stabile, a trovarvi un corpo imbalsamato. È successo circa tre mesi fa."

"Due mesi e venticinque giorni fa," precisa Maya, che ha

letto con attenzione il dossier preparato dallo Shin bet prima che venisse recapitato al nunzio.

È un edificio a tre piani, senza cortile. Da ogni finestra si intravede la sagoma scura di un haredim. Probabilmente montano la guardia. Impossibile sapere quanti ce ne siano all'interno. Padre Marulli ci è già passato davanti un paio di volte da solo e ha concluso che è difficile sorvegliare l'abitazione senza essere notati.

In quel momento si ode un salmodiare e dall'angolo della via sbuca una processione religiosa. Ce ne sono spesso, nella Città Santa, per una ragione o per l'altra, per una religione e per l'altra. Questa proviene dal quartiere armeno e si sta chiaramente dirigendo verso il Santo Sepolcro: in previsione dell'arrivo del Santo Padre, l'arcivescovo armeno di Gerusalemme, Nourhan Manougian, brandisce un crocifisso e prega con voce stentorea seguito da un codazzo di preti, chierichetti e fedeli, avvolto da nuvole d'incenso. Sono piuttosto rumorosi, gli armeni, e gli haredim della casa occupata si affacciano per vedere cosa succede. Quando la processione arriva sotto le loro finestre, dal secondo piano si sporge un giovane con i boccoli e un cappello nero a larghe falde e sputa uno scaracchio dritto in faccia all'arcivescovo, centrandolo in pieno.

"Cose che succedono," commenta padre Marulli, appiattito contro il muro di fronte. "Per gli ultraortodossi, la croce è un simbolo di idolatria e di odio verso l'ebraismo. Per i membri della Pattuglia della Decenza, Gesù non è solo un ebreo dissidente, bensì il messaggero di Satana, il responsabile di secoli di persecuzioni che gli ebrei hanno sofferto dopo la sua morte."

"Eppure adesso proteggono il suo corpo, o il suo presunto corpo," dice Farneti.

"Credo che evitino accuratamente di pronunciare il suo nome: lo considerano maledetto. Pensa che alcuni di loro non mettono mai la cravatta per non rischiare di incrociare le braccia, e per la stessa ragione non portano scarpe con i lacci. In matematica, invece del segno 'più', per le addizioni usano una T rovesciata. La croce li spaventa. La croce è il diavolo, per loro."

Nel frattempo altri giovani ebrei si sono affacciati e sputano sulla croce e sull'arcivescovo. Quest'ultimo lì per lì li ignora, anche per mettersi fuori tiro, ma poi si ferma. E circondato da tre o quattro preti piuttosto corpulenti comincia a inveire ad alta voce contro gli ebrei alle finestre. Da dove si trovano, Marulli, Farneti e Maya non possono sentire cosa dicono gli armeni, ma non devono essere esattamente dei complimenti perché subito dopo il portone della casa si apre e ne esce un drappello di haredim furibondi. Si scagliano come un solo uomo contro l'arcivescovo, strappandogli la croce di mano e rotolando a terra avvinghiati a lui. A loro volta, i preti che erano al suo fianco saltano addosso agli haredim per soccorrere l'arcivescovo. In un attimo, tutta la processione si ritrova coinvolta in una rissa che blocca il vicolo. Altri haredim escono dalla casa per dare manforte ai compagni. "Ma quanti sono!" scappa detto a Farneti. Pensando che sia un buon momento per provare a dare un'occhiata all'interno della casa, il cui portone è rimasto spalancato, Maya si avvicina all'ingresso. Ma la vista di una giovane donna non vestita come il timore di Dio richiederebbe, anche se in fondo si tratta soltanto di jeans attillati e scarpe da ginnastica, non passa inosservata. "Svergognata, bestemmiatrice, tornatene a casa!" le urlano due ultraortodossi, staccandosi dal parapiglia con gli armeni. In previsione di guai peggiori, padre Marulli si muove immediatamente per raggiungerla, ma una nuova ondata di haredim esce dalla casa, frapponendosi tra lui e Maya: devono essere almeno in trenta, là dentro. Alcuni di loro circondano Maya e la riempiono di pugni, schiaffi, sputi e calci. "Lasciatela, lasciatela!" urla

Farneti, ma le sue grida si perdono nel clamore generale. Qualcosa sibila nell'aria, colpisce un haredim alla fronte e lo fa cadere. Poi piove un altro sasso. E un altro ancora. Di colpo, una fitta sassaiola prende a cadere su tutti, haredim, armeni, Maya e i suoi due compagni. Proviene da una decina di giovani arabi arrivati fin davanti alla casa con la bandiera con la stella di David camminando lesti sui tetti piatti delle case circostanti. La grandinata di pietre fa sbandare e arretrare gli haredim. Marulli riesce a prendere Maya per un braccio e a trascinarla via. Farneti li segue. Un minuto più tardi, risuonano i fischietti della polizia israeliana e cominciano a partire candelotti lacrimogeni. Il fumo acre mette in fuga tutti: ebrei ultraortodossi, religiosi armeni, ragazzi palestinesi. La rissa è finita.

"Grazie," dice Maya appena padre Marulli riprende fiato, "ma ti assicuro che me la sarei cavata benissimo da sola. Dove lavoro io, ci insegnano il karatè e il judo anche per queste situazioni."

"E cosa aspettavi a liberarti di quei corvacci neri?" chiede Paolo.

"Metterne ko quattro o cinque non mi pareva il modo migliore per mantenere l'incognito."

"Però guarda come ti hanno conciata," continua il frate, offrendole un fazzoletto per ripulirsi dal sangue e dalla saliva. "Non dubito che te la saresti cavata, ma la prossima volta ti prego di fare solo quello che ti chiedo. Perché eri andata vicino alla porta?"

Come per difendere Maya dal rimprovero, Farneti li interrompe: "C'è un esercito di haredim là dentro, non riusciremo mai a entrare".

"Già," fa il frate, "ma se noi non riusciremo a entrare, forse quello che è successo oggi può suggerirci come fare uscire loro di casa."

9.

Gerusalemme, 21 marzo 2000

Dalla Spianata delle Moschee, Jibril Khatib, capo dei servizi di sicurezza dell'Olp, osserva la scena con un cannocchiale. "Quei ragazzi sono intervenuti al momento giusto," dice all'uomo con la kefiah al suo fianco. "Per fortuna tenevamo d'occhio la zona e li abbiamo messi subito in moto. Non potevamo permettere che una rissa tra cristiani ed ebrei creasse un incidente internazionale a pochi giorni dalla visita del papa. Abu Ammar, che Allah lo abbia in gloria," prosegue usando il nom de guerre di Yasser Arafat, "si aspetta molto da questo viaggio. L'aiuto del Vaticano potrebbe essere il riconoscimento di cui il nostro popolo ha bisogno per ottenere l'indipendenza. E dunque ci tocca perfino aiutare gli israeliani a mantenere l'ordine."

"Non pensavo che il nostro amato presidente Arafat avesse tanta fiducia nei cristiani, comandante," risponde Ahmed, l'uomo con la kefiah, suo guardaspalle.

"Non si fida per niente, infatti. Come non mi fido io. Né dei cristiani, né dei seguaci di ogni altra religione, anche se non lo ripeterei da un altoparlante davanti alle nostre moschee. Io non credo né in Dio né in Allah, lo sai benissimo. Credo solo nel nostro carismatico leader e presidente Arafat... perlomeno quando è in forma!" E Khatib si fa una sonora risata. "Ma tu," e subito torna serio, "prova a ripeterlo e ti faccio staccare la lingua."

"Sia benedetto il presidente Arafat, è grazie a lui che un palestinese laico e militante di Al Fatah come me e i fondamentalisti palestinesi di Hamas e della Jihad islamica non si fanno la guerra."

"Magari un giorno la faremo. Ma talvolta sappiamo anche collaborare, noi di Al Fatah, con i nostri avversari o nemici di Hamas, chiamali come vuoi. L'importante è non farlo sapere a Israele. Anzi, non farlo sapere a nessuno."

Khatib fuma Marlboro rosse, una dietro l'altra, e veste abiti di buon taglio occidentale. Come molti del suo popolo, è vissuto un paio d'anni in America, da giovane: i palestinesi hanno una delle diaspore più numerose del mondo, dopo quella ebraica, e in molti casi hanno anche il passaporto americano. A Khatib gli Stati Uniti sono piaciuti, almeno a se stesso può confessarlo. Dell'America gli piaccono l'abbigliamento, la disinvoltura dei rapporti, il cibo, la musica, le sigarette, l'alcol, le donne. Per conto suo, la Palestina del futuro dovrebbe prendere esempio da un'altra nazione relativamente giovane, proprio quell'America che a lui piace tanto, e diventare un paese arabo moderno ed emancipato, in cui chi vuole è libero di professare la fede religiosa, ma senza fanatici divieti, e chi non crede in Dio non deve prostrarsi ad Allah cinque volte al giorno, come lo stesso Arafat è costretto a fare, perlomeno quando qualcuno lo guarda.

Jibril era stato una delle guardie del corpo di Arafat, poi era diventato il capo della guardia presidenziale, quindi il responsabile della polizia di Ramallah, capoluogo della Cisgiordania palestinese e città più importante dei Territori occupati. Ma il suo buon inglese gli aveva permesso di intrattenere rapporti con i servizi segreti britannici e americani, quando questi avevano cominciato ad addestrare le forze di sicurezza palestinesi nei compiti di antiterrorismo, indagini, prevenzione, come previsto dagli accordi di pace firmati nel 1993 dopo la storica stretta di mano tra il premier israeliano Rabin e Arafat, con Bill Clinton nel mezzo, sul prato della Casa Bianca. A un certo punto è diventato capo supremo del servizio di sicurezza palestinese. Arafat, che pratica il *divide et impera* come stile di governo per non far emergere nessun altro dirigente in grado di fargli ombra, ha poi creato un'altra mezza dozzina di servizi segreti, una galassia di polizie rivali. Ma quella capeggiata da Khatib è la più potente ed efficiente, l'unica davvero operativa – le altre servono essenzialmente a soddisfare l'ego dei vari caporioni. E da quando è stato annunciato il viaggio del pontefice in Terra Santa, Khatib viene quasi ogni giorno in incognito nella Città Vecchia a verificare di persona che sia tutto sotto controllo.

"Da oggi mi aspetto un rapporto quotidiano dei nostri informatori." Si accende l'ennesima Marlboro. "Non voglio brutte sorprese quando il papa salirà alla Spianata delle Moschee. Non dev'esserci la minima contestazione, nessuna polemica, nessun problema. Il nostro esimio presidente Abu Ammar desidera che quel giorno si veda che il popolo palestinese accoglie il Santo Padre con calore e rispetto, ben diversamente dalla freddezza con cui lo accoglieranno i rabbini e Israele."

"Sarà fatto, comandante," gli risponde l'altro. "Ma a parte la scaramuccia di questa mattina fra armeni ed ebrei sembra tutto tranquillo, in particolare nel nostro quartiere."

Jibril non ne è altrettanto convinto. Qualcosa nel suo istinto di cacciatore gli dice che da qualche parte, magari proprio sotto il suo naso, c'è una belva nascosta pronta a colpire. Ma chi e dove sia, e quale sia la sua preda, questo l'istinto non glielo dice.

"Tu di' agli informatori di moltiplicare gli sforzi. Digli

che saranno premiati, se la visita andrà bene. E puniti, se andrà male."

Tira con voluttà un'ultima boccata e chiude gli occhi. Anche lui si darà un premio, se andrà tutto bene. Immagina una spiaggia della Florida, una bionda prosperosa, un balcone affacciato sul mare, una bottiglia di whisky su un tavolino. Poi butta il mozzicone e riapre gli occhi.

10.

Gerusalemme, 21 marzo 2000

Avvolta in un morbido accappatoio di spugna, appena uscita dalla doccia, Maya Mazin si strofina i lunghi capelli castani con un asciugamano. Il pavimento di pietra della stanza dell'American Colony è freddo, ma piacevole dopo la doccia bollente. Paolo Farneti le dà le spalle, appoggiato al davanzale della finestra aperta. Ha una voglia matta di girarsi a guardarla, ma si è ripromesso di dimostrare noncuranza. Stringe tra i denti il sigaro spento, poi le parla senza voltarsi.

"Vuoi un drink?"

"Qui?"

"Perché no? Poi ce ne prendiamo un altro in giardino. Mi pare che tu ne abbia bisogno. Il mobile bar è di fianco alla scrivania."

Si intendono nel loro inglese incerto.

"Te l'ho detto anche prima, due mosse di karatè e mi sarei liberata da sola. Ma non volevo farmi notare, visto che dovremo tornare da quelle parti. Comunque un drink mi pare una buona idea."

Maya prende una birra dal frigo-bar, la stappa, dà un sorso e si accende una sigaretta. Solo allora Paolo si gira verso di lei e va a sedersi in poltrona.

"Cosa pensi di quel che è successo oggi?" le chiede.

"A dire la verità, nel mio mestiere sono abituata a farle io le domande."

"Anch'io, ma immagino che per te sia più facile ottenere le risposte."

"Errato. Ti assicuro che fare l'agente segreto non è come nei film di 007."

"Be', nemmeno fare il giornalista è come nei film."

"Cioè?"

"Molto più banale, noioso, ripetitivo. Spesso devi creare una notizia dal nulla. Tirare su la panna montata. Lavorare di immaginazione. Se riesci a dare un'approssimazione della verità, sei un grande."

"Anch'io sono soddisfatta se arrivo soltanto vicina alla verità."

"E dove pensi che stia la verità, in questa storia?"

Maya finisce la birra, spegne la sigaretta e accavalla le gambe sotto l'accappatoio. Farneti cerca quel movimento e lei se ne accorge.

"Questo è un caso in cui non mi faccio domande così difficili," riprende l'agente dello Shin bet. "Obbedisco agli ordini. Quelli dei miei superiori, che mi hanno detto di aiutare padre Marulli. E ora quelli di padre Marulli, che mi ha spiegato dall'inizio di essere lui a comandare l'operazione. Quindi non mi chiedo cosa ci sia di vero in questa storia del corpo trovato dagli haredim. So solo che dobbiamo distruggerlo. E lo faremo, o almeno ci proveremo."

"È un bravo comandante, padre Marulli, sei in buone mani."

Maya lo squadra interrogativa, come per incoraggiarlo a dire di più. Non capisce che legame ci sia tra loro. Perché padre Marulli ha chiesto proprio a Farneti di aiutarlo in una missione così pericolosa? Un giornalista è la persona meno indicata, per mantenere un segreto.

"Io e Pietro ci conosciamo da molto tempo, te lo avrà

detto," continua Paolo, raccogliendo il silenzioso invito di lei a scoprirsi. "Ma forse non ti ha detto che nei suoi confronti ho un debito più importante di quelli che ho verso il mio giornale." Dirlo gli fa una strana impressione: come suonasse vero, ma solo in parte.

"Dunque non lo tradirai rivelando tutto in un bell'articolo."

"Dunque non sarò un Giuda. Giuda, ti dice qualcosa?"

"Mai sentito. Chi era? Io comunque sono atea. Quanto a te, se devo dar retta a quello che ha detto padre Marulli, credi solo nei giornali e nelle donne."

Paolo finge di non raccogliere la provocazione: peraltro, quel ritratto non gli dispiace.

"Sicché sei ebrea e non credi in Dio? In nessun dio?"

"Per me sono tutte baggianate. La maggior parte degli israeliani sono laici e la pensano più o meno allo stesso modo. I miei genitori, per esempio, osservano solo la ricorrenza dello Yom Kippur e quando sono con loro lo faccio anch'io. Ma credo che sia un po' come per voi cristiani andare a messa una volta all'anno, per Natale. Per quanto riguarda me, niente Shabbat, niente divieti gastronomici, niente di niente."

"E se stasera ti invito a mangiare prosciutto e frutti di mare?" Paolo ha sfoderato il suo sorriso più seducente.

Maya si fa seria. "Non accetterei se fosse in un luogo frequentato da ebrei credenti o in un giorno speciale. Il Colony non è frequentato da ebrei. Però attento, la carne di maiale è proibita anche dai musulmani."

"Mangeremo qualcosa che non offenda nessuna religione, ok? Detto questo, sono ateo anch'io."

"L'ho sentito da padre Marulli, ma basta guardarti."

"Ce l'ho scritto in faccia?"

"Hai quell'aria di distacco che hanno molti di quelli che fanno il tuo mestiere."

"Sicché non sono il primo giornalista di cui hai usato la doccia?"

Maya lo squadra, più seria di prima. Anzi, questa volta è addirittura minacciosa.

"Dai, scherzo. Ti lascio sola così ti prepari. Ti aspetto in giardino e poi andiamo a cena."

Fa troppo freddo per cenare nel patio o in giardino: Gerusalemme è a ottocento metri sul livello del mare e la temperatura è ancora bassa nelle sere di inizio primavera. Mangiano nel ristorante interno, affacciato sulla piscina che solo qualche intrepido reporter scandinavo usa durante il giorno. Dalla birra in camera passano al vino a tavola. Effetto dell'alcol o della simpatia, Maya gli racconta un sacco di cose: i contrasti fra askenaziti e sefarditi, la sua giovinezza meravigliosa a Tel Aviv tra spiagge, discoteche e amori, i tre anni del servizio militare che l'hanno resa donna matura e sicura di sé, facendole scoprire tra l'altro di avere una mira infallibile con la pistola. Paolo inserisce il pilota automatico e ripete quello che dice sempre alle donne appena conosciute, e qualche volta anche agli uomini – l'ha fatto anche con il suo amico Pietro, per riassumergli in due minuti i suoi successi di vent'anni. Le dice che nel giornalismo non conta solo saper prendere la mira ma anche sparare in fretta, come i pistoleri del Far West: chi scrive veloce ha un'arma in più rispetto ai colleghi lenti, può trasmettere due o tre articoli mentre loro ne mandano uno e la quantità per un quotidiano è importante come e più della qualità, ci sono tante pagine da riempire, e non è che i lettori le leggano poi con attenzione maniacale, il mattino dopo. Dentro di sé, in realtà, Farneti pensa di essere piuttosto bravo anche a scrivere, ma ha imparato che minimizzare i propri meriti e spiegare la sua carriera solo con la rapidità di esecuzione, e con la quantità invece della qualità, funziona per ingraziarsi qualunque interlocutore.

Un cameriere porta un piatto di *meza*, specialità libanese, e interrompe la conversazione di Paolo e Maya per spiegare la composizione di ogni portata: *hummus*, purè di ceci con burro di sesamo e limone; *baba ghannouj*, purè di melanzane abbrustolite; *falafel*, polpette fritte di ceci e fave, e un'altra mezza dozzina di intingoli colorati. Il ristorante è pieno, ma il cameriere non sembra avere fretta: gentilezza araba o indole personale, o forse entrambe.

"E tu sei veloce?" gli domanda Maya tra una forchettata e l'altra.

"Velocissimo."

"Che è anche il tuo modo di vivere?"

"Giusto. Sono adrenalinico, altrimenti non farei l'inviato speciale. Amo vivere di corsa, passare da un servizio all'altro, da un paese all'altro, da un albergo all'altro."

"Da una donna all'altra."

Paolo le versa da bere: uno Chateau Musar della Valle della Bekaa, libanese anche quello. Da un vino all'altro, a seconda di dove si trova.

"Non credo di essere un seduttore compulsivo. Ma vivo tutto nel presente, altrimenti mi sembra di sprecare tempo, incontri, emozioni."

Anche quella è una delle sue frasi standard e di solito funziona. Ogni tanto si domanda se ci crede sul serio o è solo uno slogan, anzi una formula per portarsi a letto chi capita durante i suoi viaggi di lavoro: ci siamo simpatici, si sta bene, abbiamo bevuto un po', dai, cogli l'attimo. Ma se la sua dottoressa avesse lasciato il marito e fosse andata a stare con lui, forse se ne sarebbe fregato degli incontri casuali, delle opportunità sprecate, degli attimi da cogliere e di tutte le altre baggianate. Solo che adesso non pensa alla dottoressa. Non ce l'ha mica davanti. Pensa a Maya. Dopo la doccia, con i capelli ancora leggermente umidi, senza trucco, è ancora più bella.

Finiscono di mangiare in silenzio.

Nel ristorante non c'è più nessuno, solo un cameriere che apparecchia per il giorno dopo.

È il momento, pensa Paolo, e con naturalezza mette una mano su quella di Maya: "Mi farebbe piacere se ti fermassi qui, stanotte".

Lei non sottrae la mano. Lo guarda con la stessa occhiata interrogativa di prima, quando nella sua stanza lo ha incoraggiato a parlarle del suo rapporto con padre Marulli. Per un attimo Paolo immagina che usi la stessa tecnica per interrogare i prigionieri palestinesi e si domanda se abbia anche un altro metodo, meno passivo e pacifico, per indurli a confessare.

"Sei una bella donna, e questo te l'avranno detto in tanti. Ma c'è di più."

Lei continua a tacere, guardandolo con un lieve sorriso. Le fanno piacere i suoi complimenti? O si sta solo divertendo? Nel dubbio, Paolo ingrana la marcia indietro.

"Però, guarda, sia ben chiaro, io posso dormire sul divano della mia stanza. Dico che mi farebbe piacere che ti fermassi perché non mi sembra il caso che torni a Tel Aviv a quest'ora, dopo una giornata simile."

"Chi ti dice che devo tornare a Tel Aviv?" risponde lei, sempre lasciando la mano sotto quella di lui.

"Avevi un altro appuntamento da queste parti?" la provoca Farneti ridendo. Scherzare, alleggerire la conversazione: anche quello funziona, in genere, con le donne.

"L'agenzia per cui lavoro ci dà ospitalità negli uffici di Gerusalemme, quando è necessario."

"Ma se non sbaglio non lavori più per quell'agenzia. In questa operazione sei sola, lavori in proprio."

"Questa è una congettura giornalistica che non intendo commentare."

"La mia offerta di pernottamento però è valida lo stesso."

Maya ritira la mano.

"Ti ringrazio. Ma preferisco di no."

"Niente notti fuori casa, quando sei in servizio?"

"Sei simpatico Paolo, e anche in gamba. E mi fa piacere che sei deciso a sdebitarti con padre Marulli, qualunque sia il debito che avevi nei suoi confronti. Ti fa onore..."

Se va avanti così sarò costretto a sdebitarmi davvero, pensa il giornalista: con un brivido all'idea di come reagirebbe il suo direttore, se sapesse che lui ha uno scoop in mano e non lo pubblica.

"Ma... C'è un ma, vero? Continua." Ora è lui che la incoraggia a scoprire le carte.

Maya lo guarda dritto negli occhi.

"Ma non potrei mai innamorarmi di te, nemmeno per una notte."

"E chi parlava di... Va be', lo ammetto, avevo in testa qualcosa del genere," le risponde ridendo. "Giù la maschera. Touché. Me lo avevano detto che le israeliane ti dicono le cose in faccia, però una sberla così non me l'aspettavo." Cerca di prolungare la risata, ma suona artificiale alle sue stesse orecchie: la verità è che lei lo ha messo al tappeto sul serio e adesso rialzarsi è dura.

"Non è una sberla. È un chiarimento necessario. Non vorrei che sentimenti, o anche soltanto desideri, compromettessero la nostra missione. Tutto qui."

"Bene. Capisco. Hai ragione. Very professional. Dai, ti accompagno ai taxi allora." Ora Paolo ha fretta di liberarsi di lei: è sempre così, le rare volte che gli va buca con una donna.

Escono in giardino, dove lui accende il sigaro e poi le posa il suo maglione sulle spalle. Fa veramente freddo, e lei lo lascia fare.

"Ma se non ci fosse nessuna missione, potresti innamorarti di uno come me, almeno per una notte?" Sta violando una regola che conosce bene e rispetta sempre: mai insistere con una donna che ti ha appena rifiutato, se devi tornare alla carica fai passare un po' di tempo. Ma il rifiuto di Maya lo ha ferito più di quanto si aspettasse. Aveva cominciato per gioco, come sempre, e ora non è più sicuro che fosse solo un gioco. Sperava di sentirle dire qualcosa tipo: "In tal caso, forse", se non proprio "Certamente sì".

Lo ha chiesto tra il serio e il faceto. Lei risponde di nuovo con eccessiva franchezza.

"Penso che sarebbe difficile."

Ha il tono di chi ti dice che ore sono: tranquillo, anche troppo per le circostanze.

"E perché?" chiede Paolo, sforzandosi di sorridere.

"Perché si capisce subito che non credi in niente. Tranne che nel tuo lavoro, s'intende... ah, e poi la passione per le donne."

"Non credo in Dio o in una particolare ideologia. Ma anche tu hai detto di non essere credente."

"Sono atea, però credo in chi crede. Per questo faccio il lavoro che faccio. Mi piacciono le persone, e i paesi, che si battono per un ideale."

"E io allora d'ora in avanti mi batterò per due ideali: padre Marulli, con cui ho un debito d'amicizia, e Maya Mazin, la mia donna ideale." Paolo ci attacca una risatina finale, che fortunatamente gli viene spontanea.

Stavolta ride anche Maya. "In compenso sai mettere il buonumore."

"Di solito con le donne basta quello."

"Di solito. Buonanotte."

Gli dà un bacio sulla guancia e si infila in un taxi.

11.

Gerusalemme, 22 marzo 2000

Nel minuscolo spiazzo davanti alla chiesa del Santo Sepolcro, l'arcivescovo Manougian parla con un drappello di giornalisti. "È risaputo, qui a Gerusalemme, che alcuni ultra-ortodossi sputano sulle donne che indossano una gonna da loro ritenuta troppo corta," sta dicendo l'alto prelato, ancora visibilmente ammaccato dopo la rissa del giorno prima: ha un occhio pesto, graffi sulle guance e un braccio al collo. "Si sa che quando un automobilista, magari cristiano, o straniero, si ferma nel loro quartiere per chiedere un'informazione durante lo Shabbat, appena abbassa il finestrino gli sputano in faccia. Ma quello che si sa meno, o che si dice meno, è che sputano anche sulle processioni religiose, mettono spazzatura davanti all'ingresso delle chiese, rompono le croci sopra le tombe dei cimiteri. E la polizia fa poco o niente."

Ma quella volta la polizia, un giorno dopo l'arrivo del papa, fa qualcosa. Il ministro degli Interni Yacoov Poraz condanna, definendolo "repellente", il fatto che un gruppo di haredim abbia sputato su un vescovo armeno e dà ordine di prevenire azioni del genere, presumibilmente mettendo più agenti nel quartiere cristiano e armeno della Città Vecchia. Molti ultraortodossi che vogliono recarsi al Muro del Pianto, spiega il ministro a titolo di parziale giustificazione, cercano di evitare il quartiere musulmano, dove si sentono insicuri, e per andare al Muro del Pianto passano da quello armeno, è questo che produce conflitti.

L'ex rabbino capo di Israele, Israel Lau, condanna l'incidente in termini ancora più aspri, chiamandolo "uno sputo sul volto dell'ebraismo". Avvenimenti simili, afferma in una conferenza stampa, "sono una sconsacrazione del Nome Divino e possono contribuire all'antisemitismo, violando il controllo di Israele sui luoghi santi delle tre religioni monoteiste". La protezione di ciò che è sacro ad altre religioni, aggiunge il rabbino Lau, "è una delle giustificazioni della piena sovranità di Israele sull'intera Gerusalemme", lasciando intendere che, se saltasse quella protezione, verrebbe meno anche il diritto dello stato ebraico a mantenere unita la Città Santa sotto il suo controllo: uno dei punti centrali dei negoziati di pace con i palestinesi, che hanno sempre reclamato metà della città, quella abitata da arabi, come capitale del proprio futuro stato, una concessione a cui Israele si oppone tenacemente, argomentando che Gerusalemme è "indivisibile" e che solo una democrazia come Israele può garantire a tutti libero accesso e libertà di fede nei luoghi santi.

Perfino la Lega antidiffamazione ebraica fa appello ai due rabbini capi di Israele, invitandoli a intervenire "rapidamente e con fermezza contro questa chiara violazione dei princìpi etici ebraici". Il direttore della Lega, Laura Kam Issacharoff, dichiara: "È una questione di ignoranza e di tolleranza. Non c'è rispetto per un'altra religione; e non c'è rispetto perché non viene insegnata la tolleranza a partire dalle yeshiva, i seminari ebraici. L'esempio deve venire dall'alto, per far entrare a martellate nella testa di questi giovani ebrei che un comportamento del genere è non solo offensivo ma profondamente antiebraico".

Tuttavia il rabbino Ben Aviner, capo della Yeshiva Ateret Cohanim, situata nel quartiere musulmano della Città Vecchia e considerata un centro delle idee ultraortodosse più radicali, commenta di non essere a conoscenza dell'episodio dello sputo sul vescovo armeno, che pure è finito su tutti i giornali. Una volta che un giornalista glielo ha descritto nei dettagli, il rabbino osserva che il comportamento dei giovani haredim è stato effettivamente "poco educato" e ammette che "si può essere in disaccordo con un'altra religione ma non è una ragione sufficiente per sputarvi sopra". Subito dopo, però: "Io mi considero un nemico spirituale della cristianità, una fede che idolatra simboli impuri, proibita dalla Torah e fautrice di venti secoli di antisemitismo. Sono un loro nemico perché le mani dei cristiani sono sporche del nostro sangue e non è così semplice dimenticare, non basta chiederci scusa" – un'allusione, quest'ultima, a quello che da giorni tutti i media di Israele danno per certo, cioè che il papa offrirà le sue scuse agli ebrei a nome della cristianità davanti al Muro del Pianto, un gesto riparatore che molti ultraortodossi giudicano ipocrita, truffaldino e comunque non sufficiente. "Ma è una lotta spirituale, non una lotta a colpi di sputi, quella che dobbiamo portare avanti," conclude il rabbino Aviner.

A Gerusalemme, e in particolare nella Città Vecchia, non si parla d'altro. Davanti alla casa all'angolo dei tre quartieri – ebraico, musulmano e armeno –, dalle cui finestre pende la bandiera con la stella di David, la casa da cui sono partiti gli sputi, è circolata per qualche ora una ronda di due poliziotti, ma poi se n'è andata più in là: il capo della polizia di Gerusalemme ritiene che la loro presenza possa contribuire a scatenare incidenti, anziché limitarli. Viene stabilito che le processioni religiose d'ora in avanti avranno una scorta di poliziotti, e quello basterà. In ogni caso non ci sono arresti. E la casa non viene perquisita, perché anche quello sembrerebbe un atto provocatorio nei confronti degli haredim, decide il capo della polizia.

Dentro alla casa, alla stessa ora, Nathan Ziu Rosenthal ripete le parole del rabbino Aviner alla ventina di ultraortodossi barbuti seduti davanti a lui. "Noi odiamo la croce," prosegue. "È un simbolo di idolatria. E di odio verso l'ebraismo. Il messaggio del rabbino Aviner è chiaro: ci dà ragione. Giustifica il nostro comportamento. Noi abbiamo deciso che non basta predicare contro le violazioni della Torah, occorre perseguirle, punirle, estirparle, per convincere chi non le rispetta ad andarsene dai nostri luoghi santi. I musulmani hanno la Mecca, noi non vogliamo andare alla Mecca a suonare il corno e a ondeggiare nella preghiera a Yahveh: lasciamo la Mecca agli islamici. I cristiani hanno Roma, noi non chiediamo di insediarci sul trono di Pietro e annunciare che la loro fede è una truffa: lasciamo Roma ai cristiani. Ma Gerusalemme è nostra dalla notte dei tempi. E devono lasciarcela."

Tutti annuiscono, qualcuno applaude, si levano esclamazioni di approvazione.

Nathan ha ventinove anni, è magro ma muscoloso, con uno sguardo fiammeggiante che saetta dal nero carbone della barba e dei boccoli. È stato eletto capo del gruppo segreto all'interno della Pattuglia della Decenza un anno fa e da allora l'attività del gruppo è raddoppiata. "Ma quando il rabbino afferma che la lotta dev'essere spirituale, dà implicitamente appoggio a quello che noi ci accingiamo a compiere," continua. "L'annuncio che faremo tra due giorni, fratelli, impedirà al papa di proclamare le sue ipocrite scuse, rivelerà la Chiesa di Roma per l'impostora che è e mostrerà finalmente al mondo quale sia il popolo eletto."

Ci sono altri applausi e invocazioni a Dio. Si trovano al secondo piano dell'edificio, in una grande stanza completamente spoglia: un tempo dev'essere stata un salotto o una camera da pranzo, ma il precedente inquilino ha portato via tutti i mobili. Sulle pareti si notano i segni lasciati dai quadri.

Gli haredim l'hanno riempita con materassi e coperte militari: dormono lì, quando montano la guardia di notte.

"Non abbiamo mai avuto un'occasione migliore," riprende il capo quando torna il silenzio. "Questa è un'operazione infinitamente più importante della scoperta dei rotoli del Mar Morto e delle tombe di Gesù, di suo fratello, di Maria Maddalena e del loro figliolo. Noi non odiamo Gesù in quanto tale. Egli era un ebreo, uno di noi, anche se un ebreo dissidente. Vogliamo solo dimostrare che il terzo giorno non è resuscitato in cielo, e dunque non era il figlio di Dio, non era il Messia. Dopo averlo trafugato dal Golgota, spostando la roccia, i suoi discepoli lo portarono qui, forse ancora vivo, forse già morto. Decisero di imbalsamarlo perché lo adoravano, da idolatri quali erano, e lo nascosero per dare un senso alla sua promessa di resurrezione. Il cristianesimo fu un imbroglio dal primo momento."

Qualcuno apre le finestre e nella stanza giungono i rumori della via di sotto. Nathan Rosenthal guarda i suoi uomini: di alcuni si fida, di altri meno. Sa che molti sono facilmente eccitabili: l'ipersensibilità è un presupposto imprescindibile del fanatismo con cui lo seguono, ma può anche diventare un problema. "Se vogliamo però che questo piano abbia effetto, dobbiamo mantenere la calma ancora per quarantott'ore," li ammonisce. "Vi prego di astenervi da attacchi come quello di ieri. Se un'altra processione religiosa passerà qui davanti, restate all'interno, non affacciatevi alle finestre, non fate nulla che possa sembrare una provocazione. Non vogliamo che sia la polizia a scoprire il corpo, potrebbe anche farlo sparire per mettere tutto a tacere in nome dei rapporti con l'Occidente cristiano."

Rosenthal è consapevole di avere molti nemici, o almeno avversari, anche tra gli ebrei. Ma confida che, col tempo, porterà anche loro a sostenere la sua causa. Israele è la Terra Promessa dal Signore agli ebrei: né gli arabi, né l'America, né l'Europa, possono spezzare questa santa alleanza. Ci sono sempre stati i profeti che vedono più lontano degli altri, nella storia del mondo: è un profeta anche lui e un giorno tutti gli ebrei, non soltanto i membri della Pattuglia della Decenza e gli haredim, lo riconosceranno come tale. L'idea di quello che lo aspetta lo inorgoglisce e lo commuove. Vede il suo nome, Nathan Ziu Rosenthal, scritto con lingue di fuoco nell'albo dei leader di Israele. È pronto a concludere il suo sermone.

"Non badate alle parole del rabbino Lau e della Lega antidiffamazione ebraica, quella è soltanto politica, a cui anche gli ebrei devoti sono costretti per i compromessi a cui devono scendere con i cristiani. Ma noi siamo la luce, l'avanguardia del movimento di Davide e di Salomone, e solo noi fra due giorni riporteremo l'ebraismo alla grandezza che merita."

"La Tribuna", 23 marzo 2000
dal nostro inviato a Tel Aviv PAOLO FARNETI

Lo abbiamo atteso per ore sulla pista dell'aeroporto Ben Gurion di Tel Aviv. E finalmente, eccolo. L'uomo vestito di bianco si affaccia in cima alla scaletta dell'aereo, la scende lento, sofferente, esitante: è solo il peso dei suoi anni e delle sue malattie, o anche la consapevolezza del passo storico che sta per compiere mettendo piede in Terra Santa? Si accendono i riflettori, scattano i flash dei fotografi, parte la musica della banda d'onore: verso un cielo livido, carico di pioggia, si alzano le note di *Gerusalemme d'oro*. Seguono comandi, scatti militari, picchetti d'onore. Quanti fucili e baionette per accogliere il pellegrino che viene da Roma. Il presidente israeliano Weizman, anch'egli vecchio e fragile, ex pilota militare, eroe di guerra, è il primo a stringere la mano al Santo Padre ai piedi della scaletta. Poi è il turno del primo ministro, Ehud Barak, la cui aria serafica e il cui aspetto pingue nascondono la tempra del più coraggioso e decorato militare nella storia di Israele. Due uomini di guerra e l'uomo della fede: eppure sembrano uniti da un abbraccio sincero, importante e reciprocamente benvenuto.

Ora giungono tre bambini in calzoni corti: portano al papa una ciotola di terra d'Israele, lui si inchina, la bacia, come fa sempre in ogni viaggio all'estero. Appoggiato al suo bastone, faticosamente, Wojtyła si issa sul podio. "Shalom", pace, è la sua prima parola. "Shalom, shalom, shalom," ripete tre volte, in ebraico, l'anziano pellegrino. "Sono emozionato di trovarmi qui," afferma. "Tutti noi sappiamo quanto sia importante e urgente la necessità di pace e di giustizia in questa terra. L'opinione pubblica mondiale segue con molta attenzione il processo di pacificazione, che coinvolge tutti i popoli della regione nella difficile ricerca di una intesa duratura che porti giustizia per tutti. Ma non sono venuto per parlarvi solo della pace fra i governi, bensì anche di quella fra i cuori e le anime."

In cielo esplode un tuono: è la risposta dell'Altissimo alla sua invocazione. Cominciano a cadere fitti goccioloni d'acqua. Qualcuno apre un grande ombrello e si mette di fianco al pontefice per ripararlo, ma lui, con un gesto perentorio, lo allontana. Non ha paura della pioggia. Non vuole ripararsi dal cielo santo di Gerusalemme.

"Cristiani ed ebrei," continua il papa, "devono compiere sforzi coraggiosi per rimuovere tutte le forme di pregiudizio. Dobbiamo lottare per presentare sempre e ovunque il vero volto degli ebrei e dell'ebraismo, come anche dei cristiani e del cristianesimo." È una dichiarazione di scuse? O è anche una richiesta di riceverne? Cosa vuol dire? Non c'è tempo per i chiarimenti. Il presidente Weizman gli dà il saluto di Israele con un discorso breve e vigoroso: "Siamo andati errando sulle orme degli antenati del popolo d'Israele, ma in tutti gli anni del nostro esilio il nostro spirito non si è spezzato, non si è placato l'anelito per Sion, per Gerusalemme, cuore del popolo d'Israele, città dell'eternità, città riunificata, la città dei re d'Israele e dei profeti di Israele, capitale e vanto dello stato di Israele". Wojtyła non risponde: non muove neanche il capo. Sì, va bene, e allora?, sembra dire il suo sguardo. Cosa c'entra questo comizio in difesa di Gerusalemme ebraica con il mio viaggio, con le mie parole di fratellanza universale? Ma non è questo, evidentemente, il momento di polemizzare, deve pensare il papa.

Ai piedi della tribuna incontro Michel Sabbah, vescovo cattolico di Gerusalemme, un arabo, un palestinese. Lui, a differenza del papa, a polemizzare è pronto: "Su Gerusalemme, quella del presidente Weizman non è certo l'ultima parola. Quando verrà il momento di trattare, si tratterà. Metà di quella città è araba, ci vivono centocinquantamila palestinesi, non si può incorporarli per sempre nello stato israeliano. E per milioni di musulmani Gerusalemme è Al Quds, la città da cui Maometto salì al cielo. Weizman dev'esserselo dimenticato".

E ora, nel comitato ufficiale di benvenuto, prende la parola uno scrittore, un grande scrittore israeliano, Yoram Kaniuk. Quando scende dal palco, chiedo anche a lui un parere sull'arrivo del pontefice: "Se la Santa Sede riuscirà con questa visita a superare l'aspirazione a far decadere Israele, allora essa darà avvio a un millennio nuovo e diverso. Se invece questa visita fallirà, allora dovremo aspettare altri duemila anni. Il che non è poi così tremendo, gli ebrei sono grandi esperti in fatto di attesa". Ma lei, gli chiedo, cosa prova a vedere il papa in Israele? "Dico la verità. A vedere questo vecchio signore claudicante, appoggiato a un bastone, circondato da medici, che viene da noi, la mia paura più grande è che abbia in mente di farci uno scherzo, e cioè che abbia voglia di morire anche lui in Terra Santa, come fece il suo amato Gesù. Gli ebrei hanno già patito abbastanza per via della morte del Messia dei cristiani, sarebbe dura convivere con un'altra morte, duemila anni dopo."

Ma Gesù, insisto, chi era per lei? "Era un ebreo, su questo non c'è dubbio, soltanto quel folle di Arafat insiste a definirlo un palestinese, per fomentare ancora di più l'antisemitismo e l'accusa di deicidio nei nostri confronti. Il papa parlerà della buona novella portata da Gesù, ma viene a recitarla nel luogo di cui milioni di cristiani hanno detto per secoli: è qui che gli ebrei hanno ucciso il figlio di Dio e per questo sono maledetti dal mondo!"

Eppure sembra, obietto, che vi chiamerà fratelli maggiori. "La Chiesa non è soltanto figlia di questa terra, è anche il bastone che ha sottomesso gli ebrei piegandoli dentro la terra in tutto il mondo. Fa bene il papa a venire dai nostri due popoli, da arabi ed ebrei, e a chiedere la pace, ma deve anche capire che la vicenda cristiano-ebraica è più antica di qualsivoglia conflitto attualmente in corso in Terra Santa. Mio nonno non ci avrebbe creduto, ma si sarebbe arrabbiato a vedere il capo della Chiesa venire dagli ebrei; mio padre se ne sarebbe meravigliato, ma non ci avrebbe creduto neanche lui. Io lo vedo con i miei occhi, il successore di Paolo, quel bravo ebreo che vide una luce sulla via di Damasco e si convertì alla nuova religione, lo vedo arrivare nella regione in cui è sbocciata la Chiesa cristiana e penso: chissà se un giorno si troverà la radice comune delle due fedi nate dallo stesso padre? E se qualcosa di grande avverrà, come ad esempio che un rabbino e un prete tornino a essere ebrei, soltanto un po' diversi l'uno dall'altro?"

Come erano uguali ma diversi Gesù e i farisei? Questo intende il romanziere israeliano? Risuona in cielo il rombo di un altro tuono. Ma il papa non c'è più, l'hanno già portato via i servizi di sicurezza israeliani, sulla sua papa-mobile corazzata a prova di bomba.

12.

Striscia di Gaza, 24 marzo 2000

Si era immaginato che durante la visita del papa il giornale non lo avrebbe spostato di un centimetro da Gerusalemme, e invece la sera prima, appena trasmesso il suo pezzo, lo aveva chiamato il caporedattore dicendogli che il direttore voleva una bella intervista allo sceicco Yassin, leader spirituale di Hamas, nella Striscia di Gaza.

"E come vi è venuto in mente?" si informa Farneti.

"Il direttore ha sentito dire che anche la concorrenza è sulle tracce dello sceicco," gli spiega il caporedattore. "Potrebbe essere questione di giorni, forse di ore. Dobbiamo arrivare per primi. Dai Paolo, non deluderci."

Non deluderci? Non deluderci! Se sapessero che segreto gli sta nascondendo lo crocifiggerebbero, altro che rimanere delusi. Ma al momento non lo sanno, e fortunatamente non lo sa neanche la concorrenza. Una notizia è importante nella misura in cui la concorrenza non ce l'ha ma vorrebbe pubblicarla. Prendere un buco, come si dice nel gergo dei giornali quando gli altri hanno una notizia e tu no, è questa la cosa più orribile che possa capitare a un inviato. Ricorda benissimo il servizio che gli aveva fatto vincere l'unico premio della sua vita: a Mosca, durante un tentato golpe, era entrato insieme a un collega del "Corriere della Sera" dentro il parlamento cannoneggiato dai carri armati e aveva intervistato i capi della rivolta asserragliati dentro. Più coraggioso o più pazzo di lui, il collega del "Corriere" si era buttato dentro il palazzo in fiamme. E tu, non hai avuto paura di finire morto ammazzato sotto le bombe, andandogli dietro?, gli avevano chiesto al telegiornale qualche giorno dopo. "Sì," aveva risposto con sincerità Paolo, "ho avuto paura. Ma avevo ancora più paura di quello che mi avrebbe detto e fatto il mio direttore, se l'intervista con i capi ribelli sotto le cannonate fosse uscita solo sul 'Corriere' e non anche sulla 'Tribuna'."

La stessa paura si ripresenta adesso con il capo di Hamas. Se ci arrivasse prima un altro giornale, le urla del direttore si sentirebbero fino a Gerusalemme. Paolo ricorda vagamente la storia dello sceicco Yassin. Paraplegico fin da bambino a causa di una grave malattia, ma dotato di uno spirito di ferro che gli ha consentito di diventare la guida spirituale di Hamas – il movimento fondamentalista islamico responsabile di tanti attentati –, Ahmed Yassin era stato accusato da Israele di sobillare il terrorismo palestinese, arrestato, processato e condannato all'ergastolo. Era in prigione da anni, quando la sorte gli aveva sorriso: il Mossad aveva tentato di assassinare ad Amman, in Giordania, il capo del braccio armato di Hamas, Khaled Meshal, che viveva lì in esilio. Avevano tentato di ucciderlo con un'iniezione di veleno, un po' come il famoso attentato con l'ombrello compiuto dal Kgb a Londra negli anni della Guerra fredda. Solo che nel caso del Mossad le cose erano state più complicate. Meshal era andato in coma, ma non era morto. Sarebbe potuto morire nei giorni seguenti, dopo una lunga agonia, ma sarebbe anche potuto sopravvivere. L'attentato era avvenuto nella capitale dell'unico paese arabo, oltre all'Egitto, con cui Israele aveva firmato un trattato di pace. E mentre quella con l'Egitto era considerata una "pace fredda", ovvero al massimo un patto di non belligeranza, le relazioni con re Hussein di Giordania erano assai migliori: assassinargli sotto il naso un palestinese, sia pure capo di Hamas, era un modo per imbarazzare il re davanti a tutto il mondo arabo e al suo stesso popolo, considerato che tre quarti della popolazione giordana era di etnia palestinese (ma non il re, un beduino del deserto). Era stato dunque l'equivalente di una dichiarazione di guerra nei confronti di un vicino con cui si era costruita faticosamente una pace.

La reazione giordana infatti era stata pesantissima. Hussein aveva minacciato di strappare a pezzettini il trattato con Israele. Aveva posto due condizioni per non farlo: la prima era l'invio urgente ad Amman dell'antidoto per salvare la vita a Meshal; la seconda era la liberazione del capo spirituale di Hamas: lo sceicco Yassin. Condizioni pesantissime, ma Israele non aveva scelta: la posta in gioco era troppo alta. Aveva accettato entrambe. Meshal aveva ricevuto l'antidoto, si era ristabilito e aveva continuato la sua attività in esilio da un luogo più sicuro: Damasco. Intanto, rilasciato dal carcere, Yassin era tornato a Gaza, accolto da una folla festante di un milione di persone e dallo stesso Arafat, che in realtà lo detestava – lo considerava un potenziale avversario per la leadership palestinese – ma che in quel caso aveva dovuto abbracciarlo e baciargli i piedi.

Sennonché, con la passione per la dietrologia che in Medio Oriente è una seconda natura, non tutti erano poi così sicuri che Israele fosse uscito sconfitto da questo imbarazzante episodio. Che Meshal fosse vivo o morto, poco cambiava ai fini della lotta contro un'organizzazione terroristica come Hamas, che sarebbe andata avanti anche senza di lui. E questo il Mossad doveva saperlo benissimo. Ma che lo sceicco Yassin tornasse libero cambiava l'equilibrio delle forze tra i palestinesi. Arafat avrebbe avuto un avversario interno, un leader che criticava la sua linea di trattativa con Israele e che godeva di immenso prestigio agli occhi della popolazione palestinese, un prestigio ora aumentato dagli anni della prigionia. Inoltre, a differenza di Arafat, lo sceicco viveva poveramente, in una catapecchia, come i suoi seguaci. E a differenza dell'Olp, i cui capi avevano fama di corrotti e facevano la bella vita in ville da milionari, Hamas forniva scuole, ospedali, pasti, assistenza sociale a migliaia, se non decine di migliaia, di palestinesi, raccogliendo a questo scopo elemosina e finanziamenti. Perciò con il ritorno di Yassin il consenso per Hamas aumentava, specie a Gaza, dove viveva lo sceicco. Il danno per Arafat era duplice, perché mentre lui, dopo essere stato considerato a lungo dall'Occidente un terrorista, era stato accettato come interlocutore di pace e aveva stretto la mano al premier israeliano Rabin davanti a Clinton, lo sceicco Yassin era ancora considerato un terrorista dagli Stati Uniti e dalla maggior parte dei paesi europei. Dal punto di vista di Israele – o perlomeno del precedente premier israeliano, il conservatore Netanyahu, che aveva architettato il tentato omicidio di Meshal e poi accettato di liberare Yassin – non sarebbe potuta andare meglio: il negoziato perdeva forza, i palestinesi erano divisi, l'America e l'Europa preoccupate da Hamas e Hamas se non altro spaventata da quello che il Mossad era in grado di fare ai suoi leader. Capire chi aveva davvero vinto e chi perso, nel gioco di specchi mediorientale, era come al solito difficile – se non impossibile.

Il corrispondente della "Tribuna" da Gerusalemme ha certamente dei recapiti per rintracciare Yassin e chiedergli un'intervista; fa parte dei suoi necessari contatti con i palestinesi. Ma tra le cosiddette grandi firme della stampa vige, tranne rare eccezioni, un'invidia assoluta: nessuno o quasi è disposto a regalare uno scoop a un collega, nemmeno – o tantomeno – a un collega del proprio stesso giornale. Il fatto che in quel momento il corrispondente della "Tribuna" sia in malattia in Italia e che Farneti temporaneamente lo sostituisca non è un motivo sufficiente per derogare da questo incrollabile principio del giornalismo. Paolo se ne rende perfettamente conto. Non prova nemmeno a chiedere aiuto al collega che sta sostituendo, ben sapendo che, anzi, la notizia che lui è sulle tracce di Yassin potrebbe spingere il corrispondente a creargli degli ostacoli, magari a sputtanarlo tra i palestinesi come possibile spia israeliana – qualunque cosa, pur di impedirgli di fare il bel colpo dell'intervista. Farneti preferisce domandare aiuto a un paio di colleghi stranieri al bar dell'American Colony, gente che se ha una notizia gliela passerà, sia perché lui non rappresenta un concorrente diretto – scrive per un giornale di un altro paese –, sia perché gli stranieri, americani esclusi, sembrano più solidali tra loro. È fortunato: un inglese gli dà il numero di telefono di uno stringer – così si chiamano in gergo i palestinesi che, per una cifra pattuita, accompagnano i giornalisti stranieri nei Territori occupati, fungendo da interpreti, guide e collaboratori.

Farneti chiama lo stringer a Gaza: sta già lavorando per una tivù francese e non può aiutarlo, ma gli dà il telefono di un altro palestinese che può essere libero. Questi risulta a sua volta occupato con l'inviato di un grande quotidiano giapponese (senza la stampa estera la disoccupazione sarebbe indubbiamente più alta, a Gaza), ma ha un fratello disposto a dargli una mano. C'è però il fattore tempo. L'intervista va fatta prima che il papa salga alle moschee della Città Vecchia. E naturalmente prima che a Yassin arrivi la concorrenza. L'idea del direttore, per quanto di difficile realizzazione (i direttori non chiedono mai cose di facile realizzazione), non è male, riconosce Farneti: i pareri del rabbinato li hanno già sentiti, perché quelli fanno conferenze stampa a ripetizione, Arafat si prepara ad accogliere il pontefice come un fratello, ma Hamas tace. Sarà interessante sentire cosa pensa lo sceicco Yassin del capo dei crociati che riconquista Gerusalemme senza colpo ferire.

Ma il fratello dello stringer, amico di uno stringer, amico di un altro stringer conosciuto tramite un collega straniero, non fa progressi, nonostante la promessa di centinaia di dollari per i suoi servigi (perlomeno i giornali non badano a spese, per le missioni impossibili). "Ti consiglio di venire a Gaza, con te qui sarà più facile premere su Hamas per convincere lo sceicco a darci l'intervista," gli dice il palestinese al telefono. Farneti conosce abbastanza bene gli stringer, ce ne sono in tutti i paesi del mondo: sono come parassiti che vivono sul corpo di un altro animale. È chiaro perché il palestinese vuole averlo lì: per succhiargli il maggior numero possibile di dollari, che l'intervista con Yassin riesca a ottenerla o meno. A quel punto Paolo ha un'idea. Telefona al suo amico Marulli e gli spiega tutto: dice che deve assentarsi per un giorno e gli chiede se, attraverso i suoi canali riservati, può combinargli un incontro con lo sceicco facendogli perdere meno tempo possibile. Così potrà ritornare subito a Gerusalemme, per aiutare lui e Maya a portare a termine la loro missione.

"Fammi provare," risponde padre Marulli, senza meravigliarsi della richiesta.

Richiama dopo un'ora e dice che è tutto sistemato. "Per la verità sono rimasto sorpreso io stesso della velocità con cui lo sceicco ha accettato di vederti. Ho parlato con un suo collaboratore, naturalmente, non con Yassin in persona. Non è la prima volta che mi fanno dei favori, così come io ne faccio a loro quando posso, ma non era mai capitato che mi accontentassero tanto in fretta. Si vede che tu o il tuo giornale, o entrambi, siete davvero importanti."

Farneti non dice niente. Hamas non conosce certamente lui e forse nemmeno il suo giornale, ma non è da escludere che conosca il suo direttore: le cui vie sono notoriamente infinite, quasi come quelle del Signore.

"Ti chiedo di rientrare stanotte, però. Dopodomani è il

gran giorno. Oggi spiegherò a Maya il mio piano, quando torni lo spiego anche a te. Avremo bisogno di almeno venti-quattr'ore per prepararci."

Fino a quel momento Pietro non gli aveva detto che avrebbe incontrato l'israeliana da solo, senza di lui, e la cosa un po' lo ingelosisce. Gli viene in mente che era così anche all'università, trent'anni prima: si sentiva più figo, più spiri-toso e più interessante, ma le donne gli preferivano quasi sempre Pietro.

Larga dieci chilometri e lunga trenta, la Striscia di Gaza è un rettangolo palestinese che confina a nord e a est con Israe-le, a ovest con il Mar Mediterraneo e a sud con l'Egitto: quest'ultimo, teoricamente, sarebbe un corridoio aperto ver-so l'esterno, trattandosi di un paese arabo che appoggia la lotta del popolo palestinese per l'indipendenza, ma in realtà è quasi sempre chiuso in virtù degli accordi di pace tra Il Cairo e Gerusalemme – e del miliardo di dollari l'anno di aiuti economici e militari che gli Stati Uniti versano al regime del presidente egiziano Mubarak in cambio della sua dispo-nibilità a cooperare con Washington e, almeno un poco, con lo stato ebraico. Secondo i rapporti dell'Onu, Gaza è il terri-torio con il più alto tasso demografico al mondo. Qualcuno lo chiama il più grande campo di concentramento della Ter-ra. Al suo interno ci sono una dozzina di piccoli insediamen-ti ebraici, protetti come bunker dall'esercito israeliano con un sistema di strade riservato ai coloni e di controlli dal cielo e dal mare: l'ala più fanatica del movimento dei coloni, spes-so mescolata a quello degli ultraortodossi, poche migliaia di persone in tutto, ma agguerrite e determinate a vivere in mezzo al nemico, con i propri figli, pur di non abbandonare quel misero lembo di terra. Negli spazi lasciati liberi dai co-loni e dall'esercito, invece, vivono un milione di palestinesi, in condizioni da Terzo mondo – poca acqua, poco lavoro, poche comunicazioni con l'esterno. Farneti non è mai stato a Gaza, è anche curioso di vederla. Prende un taxi al Colony e in un paio d'ore percorre il tragitto fino al check point Eretz, che dà accesso alla parte palestinese della Striscia.

Il tassista si ferma a un parcheggio intasato da altri taxi, auto private, camion e dice che lo aspetterà lì – facendo continuare a scorrere il tassametro, naturalmente. Farneti scende e si avvia a piedi. Il check point è costituito da una zona di controllo israeliana seguita da un lungo tratto di terra di nessuno, un corridoio, ai cui lati corrono alti muri sormontati da filo spinato, che conduce al punto di ingresso controllato dai palestinesi. Quelli di loro che rientrano da una giornata di lavoro o da visite in Israele, dove un sesto della popolazione è araba, sono in attesa da ore sotto il sole dietro le transenne. Giornalisti, diplomatici e vip passano da un altro ingresso. Anche lì Paolo è sottoposto a un esame meticoloso con il metal detector, della sua persona e di tutto quello che porta con sé, poi viene interrogato da una soldatessa israeliana che verifica la sua tessera stampa, vuol sapere chi incontrerà a Gaza, cosa intende fare e quanto fermarsi.

"Preparo un servizio su come è vista da qui la visita del papa, un pezzo di colore," risponde.

Dice che come tutti ha uno stringer ad attenderlo: è vero, ma per precauzione non ha ancora detto neppure allo stringer che ha già appuntamento con lo sceicco. Non si può mai sapere: sentendosi scavalcato, potrebbe cercare di ritardargli l'appuntamento per scroccargli qualche dollaro in più.

Lo fanno passare e prosegue a piedi lungo la terra di nessuno, costeggiata da torrette militari, sentendosi esposto come un bersaglio anche troppo facile se una delle due parti volesse aprire il fuoco. Al posto di guardia dei palestinesi l'atmosfera è molto diversa. Un soldato con la giubba sbottonata fuma una sigaretta seduto su una panca, all'ombra. Non si alza nemmeno, dà un'occhiata distratta al suo documento, commenta "Italian journalist, good" e gli fa cenno di andare oltre. Lo stringer lo aspetta poco più in là con un'auto e un autista, anche quelli a pagamento, naturalmente. Comincia subito a dire che l'intervista non è ancora organizzata ma che ci sono buone speranze, è stato un lavoraccio e...

"Portami a casa dello sceicco," dice Farneti. "Ho avuto un colpo di fortuna grazie a un diplomatico italiano che lo conosce," mente.

"Sono certo che anche le mie pressioni hanno contribuito, ti stavo appunto dicendo che avevo buone speranze..."

"Ne sono certo anch'io," lo interrompe Farneti. Tanto dopo negozieranno sul prezzo, come al suq per un tappeto. E comunque non sono soldi suoi. Darà a quel povero palestinese quello che vuole, o quasi, tirando un po' sul compenso solo per non deluderlo, perché tanto lo fanno tutti e le contrattazioni sembrano dare più gusto alla vita, da queste parti.

Lo sceicco vive davvero in una casupola miserabile. Paolo si aspettava che fosse circondata da miliziani di Hamas e superprotetta, ma in apparenza c'è solo un uomo di guardia, che apre loro la porta, e un giovane che funge da segretario: se altri siano nascosti all'interno non saprebbe dirlo, ma non arrivano rumori di alcun genere. Lo sceicco del resto è un intoccabile: per i palestinesi è come il papa e se gli israeliani lo hanno liberato di prigione, perché mai dovrebbero tornare ora per eliminarlo? Intorno alla casa ci sono cani randagi, carretti tirati da smunti somarelli, distese di rifiuti, carcasse di automobili, catapecchie altrettanto miserabili, anche se da molti tetti spuntano antenne satellitari. La tecnologia dà perfino a Gaza una finestrella sul mondo.

Attende cinque minuti in una stanza di passaggio, quindi è ammesso nella camera di Yassin. Lo sceicco ha appena finito di pregare. Farneti nota che il pavimento della camera è di terra battuta, sembra veramente di stare nella tenda di un capo sioux. Yassin è in sedia a rotelle, avvolto in un caffetano bianco che lo copre come un lenzuolo da capo a piedi. È piccolo, gracile, inerme, con un naso a becco che gli dà la fisionomia di un rapace, un falco o un corvo. Parla con un soffio di voce, difficile da udire anche da distanza ravvicinata. Eppure ha modi regali ed emana autorevolezza. Fa chiedere dal segretario se Farneti gradisce del tè o dell'acqua, Paolo ringrazia e accetta un bicchiere di tè. Apre il taccuino e inizia con le sue domande, pensando che è ben strano che quell'uomo malaticcio sia il leader spirituale di quello che l'Occidente considera il più sanguinario e pericoloso movimento terroristico del Medio Oriente.

Sceicco Yassin, è la sua prima domanda, in inglese, cosa prova all'idea che Giovanni Paolo II entrerà nella sacra moschea di Gerusalemme da cui Maometto è asceso al cielo? Lo stringer traduce in arabo la sua domanda e poi la risposta dello sceicco. "Le porte della moschea sono aperte a tutti. Per noi è importante che il papa vada sulla Spianata: così vedrà con i suoi occhi la grave situazione della moschea al Aqsa, si renderà conto che è letteralmente circondata dai soldati israeliani, vittima di un'occupazione militare che rende problematico per i fedeli raggiungerla. Vedrà anche, ci auguriamo, che tutta Gerusalemme est è nelle stesse condizioni. E se il pontefice si mette nei nostri panni, capirà cosa proviamo."

E se andasse alla Spianata delle Moschee con la croce al collo, sarebbe un rigurgito delle Crociate?

"Per nulla. Anche il profeta Maometto ospitò nelle moschee molte autorità cristiane che indossavano la croce. E poi le Crociate sono lontane, furono un conflitto fra le potenze europee e i musulmani, ma non c'è mai stata guerra fra i cristiani di Palestina e l'islam. È vero che abbiamo vissuto in armonia, fino al 1917, anche con gli ebrei, quando la dichiarazione Balfour riconobbe loro il diritto a un focolare in Palestina e finirono per prendersela tutta. Ma oggi noi non lottiamo contro gli ebrei per ragioni religiose: il nostro conflitto è solamente politico."

Ma sono più le cose che vi uniscono o quelle che vi separano, con gli altri figli dell'Antico Testamento?

"Tutti noi abbiamo una radice comune in Abramo. Ma se due fratelli cominciano a lottare per il possesso della stessa terra e uno dei due uccide l'altro, è inevitabile che venga dimenticato tutto quello che avevano in comune."

Prima di andare in moschea, continua Paolo, il pontefice visiterà il Muro del Pianto. Cosa pensa di questo omaggio dei cristiani all'ebraismo, a cui si aggiungerà la visita del papa al museo dell'Olocausto?

Di nuovo lo stringer traduce la sua domanda e la risposta, che arriva secca e prontissima: "Ne penso male, perché Israele lo strumentalizzerà per giustificare la sua politica di occupazione, per ottenere il sostegno dell'Occidente cristiano nei negoziati con gli arabi, per strappare altri risarcimenti e aiuti di miliardi di dollari in nome dell'Olocausto e così continuare a rafforzarsi militarmente. Il popolo ebraico ha trovato un modo formidabile per raccogliere la solidarietà del mondo: l'Olocausto domina completamente i media internazionali, in Germania non si parla d'altro da sessant'anni e se si cambia argomento è solo per parlare dei risarcimenti per miliardi di dollari agli ebrei. Ebbene, le Crociate sono durate duecento anni, non cinque come la Seconda guerra mondiale, e sono stati uccisi molti più musulmani che ebrei sotto il nazismo. Ma delle Crociate e di risarcimenti a noi non parla nessuno".

Il papa considera lo sterminio di sei milioni di ebrei un crimine contro Dio. E lei?

"Sei milioni? Furono molti meno. E poi quanti genocidi

non vengono denunciati? Pensiamo a quello commesso dalla Russia in Cecenia, contro dei musulmani. Perché si insiste a parlare solo dell'Olocausto? Noi siamo contro ogni crimine, contro ogni genocidio. Ma non è colpa nostra se Hitler odiava gli ebrei."

Farneti gli domanda allora come giudica le scuse che il papa si appresta a porgere a Israele per le persecuzioni cristiane e per aver fomentato l'antisemitismo.

"Non si può scaricare sulla Chiesa la responsabilità di quanto è accaduto agli ebrei nella Seconda guerra mondiale. La Chiesa e il regime autore dell'Olocausto erano due entità ben distinte," risponde lo sceicco, alzando un po' la voce e senza di fatto rispondere alla domanda. "Ma Israele ingigantisce e sfrutta l'Olocausto per legittimare agli occhi del mondo intero le sue persecuzioni contro gli arabi, come se ci fosse una relazione tra le due cose, come se l'Olocausto desse agli ebrei una giustificazione per maltrattarci."

La domanda seguente è se il negoziato di pace tra l'Autorità palestinese di Yasser Arafat e Israele abbia a suo dire qualche chance di successo.

"Sarà un completo fallimento. A meno che i palestinesi non concedano a Israele tutto quello che vuole. Qualunque progresso nella trattativa può avvenire solo a spese nostre, perché Israele non concederà mai niente."

È soddisfatto, gli domanda allora Farneti, del sostegno espresso da Wojtyła ai vostri diritti?

"In realtà il papa prova a soddisfare entrambe le parti. Il riconoscimento dei nostri diritti da parte del Vaticano mi fa piacere, ma al papa chiederei di esprimere altrettanta solidarietà ai musulmani che soffrono in Cecenia, Kosovo, Estremo Oriente."

Farneti tiene per ultima la domanda più difficile: da due anni Hamas non è molto attiva, la stagione degli attentati è per caso al tramonto?

"Hamas è sempre attiva. Le nostre azioni hanno meno successo a causa della stretta cooperazione tra i servizi segreti di Israele e l'Autorità palestinese, che è costretta a collaborare con lo stato ebraico dalle pressioni dell'America e dalla falsa promessa che questo produrrà un accordo di pace. Ci danneggia anche l'atteggiamento di certi paesi arabi, come l'Egitto e l'Arabia Saudita, succubi dell'America. Ma posso assicurare che la nostra resistenza contro l'occupazione israeliana continuerà fino al giorno della liberazione. Non smetteremo mai di difendere i nostri diritti dall'aggressione israeliana. Mai."

E cosa pensa, insiste Paolo, del terrorismo internazionale islamico, di al Qaeda, di Osama bin Laden?

"Noi non abbiamo proclamato la guerra santa contro l'Occidente. Non siamo in guerra contro tutti, bensì solo per affermare i nostri diritti contro Israele. La lotta di al Qaeda non ci riguarda."

Ma approva o disapprova le sue azioni, come gli attentati contro le ambasciate e gli edifici degli Stati Uniti?

"Le disapprovo."

E in cosa differiscono dai vostri attentati?

"I nostri sono attentati per liberare la nostra terra. Israele ha i caccia per bombardare e i carri armati, noi rispondiamo con le armi di cui disponiamo."

Farneti ringrazia e chiude il taccuino. Poi lo riapre, sovrappensiero: "Ancora una domanda, sceicco, se permette. Ha un messaggio personale per il papa, da leader spirituale a leader spirituale?".

Yassin non ha bisogno di riflettere. "Hamas non ha nulla contro i cristiani e rispetta l'autorità che il papa ha su un miliardo di cattolici. Gesù è per noi un grande profeta, onoriamo la memoria sua e di sua madre la Madonna. Non capiamo del tutto perché la Chiesa di Roma voglia ora piegare il capo davanti al popolo che ha ucciso questo grande profeta. Ma se il papa venisse a trovarmi sarei lieto di mostrargli come vivono i palestinesi di Gaza, e forse allora cambierebbe idea su Israele."

La penna di Farneti corre sul taccuino. È una buona intervista. Vede già il titolo in pagina: LO SCEICCO DI HAMAS INVITA IL PONTEFICE A GAZA. Il direttore sarà contento: "Avete visto che ho fatto bene a mandare a Gaza quel briccone di Farneti e non qualcuno degli analisti con la pipa che volevate mandarci voi?". Gli pare di sentirlo alla riunione del giorno dopo in redazione.

È quasi sempre l'ultima domanda, quella che fai sulla porta, quando sei in piedi ed è il momento dei saluti, quella che ti dà il titolo, quando l'intervistato ha abbassato la guardia ed è rilassato, pensa con compiacimento.

Ma lo sceicco fa un gesto, come per fermarlo, e bisbiglia qualcosa al suo segretario, che a sua volta bisbiglia molto rapidamente qualcosa all'interprete. Questi sgrana gli occhi, poi traduce.

"Lo sceicco chiede di rimanere un momento solo con te. Vuole dire una preghiera per la cooperazione fra musulmani e cristiani. Vuole che poi tu lo scriva sul giornale, che avete pregato insieme per il dialogo fra le vostre due religioni."

Be', questo al direttore piacerà ancora di più, pensa Farneti, già immaginando come descriverà la scena di loro due che pregano insieme: oddio, pregare con un uomo accusato di terrorismo non è il massimo della deontologia professionale, si dice, ma in Italia non andiamo troppo per il sottile. Ne verrà un bel racconto, e da noi è questo che conta, non la deontologia. Peccato non avere un fotografo a portata di mano. Pazienza, tanto lo sceicco non è il tipo da mettersi in posa.

Quando il segretario e lo stringer escono dalla stanza, Yassin gli prende una mano, la stringe forte e dice qualcosa in arabo. Suona effettivamente come una preghiera. Lo sceicco tiene gli occhi chiusi. Poi li riapre e parla di nuovo. Stavolta in inglese, però, lasciandolo esterrefatto.

"Sappiamo che a Gerusalemme c'è una minaccia contro il Santo Padre. Dica a padre Marulli che faremo in modo che venga fermata."

Farneti è così strabiliato che vorrebbe chiedergli di ripetere, per essere certo di non esserselo sognato. Ma non ce n'è bisogno. Lo sceicco ripete la frase, più lentamente, aumentando la stretta intorno alla sua mano: Paolo nota che ha unghie lunghe, quasi effeminate ma un po' sporche, che gli fanno male sulla pelle.

Poi Yassin lascia la presa e richiama il segretario con un gridolino soffocato.

"Allah o Akbar", sono le sue ultime parole, dirette a nessuno in particolare. Allah è grande.

Farneti ha per un attimo la tentazione di rispondere con il segno della croce, ma pensa che potrebbe essere male interpretato.

Un'ora e mezzo più tardi, giunto di nuovo al check point Eretz, scopre che Israele, per ragioni non chiarite, ha deciso di chiudere il passaggio fino all'alba.

"Non c'è un altro modo di uscire dalla Striscia?"

"Legalmente no," gli dice lo stringer. "Potresti provare a passare il confine in un altro punto, ma a parte che rischi di farti sparare dai soldati israeliani che ti scambierebbero per un terrorista, hai lasciato il tuo nome all'ingresso e finché non esci sarai considerato dentro. Verresti arrestato quando cercherai di andartene da Israele."

Questo significa dormire una notte a Gaza. Non è un problema, ci sono alberghi sul lungomare, e anche abbastanza confortevoli, gli assicura lo stringer. Ma lui ha fretta di comunicare a padre Marulli il messaggio finale di Yassin. Non può dirglielo al telefono, sicuramente gli israeliani glielo hanno messo sotto controllo. Lo chiama e si limita a questo: "Devo parlarti di una cosa importante. Sarò da te domattina presto".

"D'accordo," risponde il frate, piuttosto laconico, come se in quel momento avesse altro a cui pensare.

Poi Farneti, seduto alla scrivania di una stanza d'albergo affacciata sul Mediterraneo, apre il suo computer. Mentre scrive, dimentica ogni altra cosa: la missione con Pietro e Maya, i pericoli che correrà, la sua amante, a cui non telefona da giorni, lontana a Roma. Finisce l'articolo in un batter d'occhio: è pur sempre la pistola più veloce del West. Anche nella Striscia di Gaza.

13.

Gerusalemme, 24 marzo 2000

"Ti ho portato quello che mi avevi chiesto," dice Maya al citofono dell'École Biblique. Senza rispondere, padre Marulli preme il pulsante che apre il portone e la fa entrare. Sono le sei del pomeriggio. C'è stato un acquazzone improvviso, un'ora prima, poi è spuntato di nuovo il sole, quel sole pallido che precede il tramonto e che dà un riflesso scintillante alle pietre bagnate della Città Vecchia. L'antico edificio, che ora ospita dotti domenicani e accademici di ogni parte del mondo desiderosi di studiare la Bibbia, brilla come se fosse stato appena lucidato. Se Maya guardasse con attenzione, sotto la patina lucente lasciata dalla pioggia noterebbe le crepe del tempo: di lì sono passati musulmani e crociati, ottomani e inglesi, ciascuno adibendo l'edificio a un uso diverso. Ma Maya ha altro a cui pensare.

"Ho sempre preferito Tel Aviv a Gerusalemme," dice a padre Marulli appena lo vede, senza nemmeno salutare, come riprendendo un discorso appena interrotto: lui ormai ha capito che è fatta così, va per le spicce, non perde tempo in convenevoli. "Gerusalemme, la presunta città dell'amore, a me sembra piuttosto la città dell'odio. Odio tra arabi ed ebrei, tra ebrei laici ed ebrei religiosi, tra cristiani, arabi ed ebrei: qui si odiano tutti. No, la vera città dell'amore è Tel Aviv, dove sono cresciuta io." Maya si siede e padre Marulli la imita, lo sguardo fisso allo zaino che lei ha posato per terra, dove probabilmente è racchiuso quello che lui le ha chiesto. Sono nella cella di Pietro: una stanza piccola ma confortevole, con il letto, un tavolino ingombro di libri, un armadio e una grande finestra. Le pareti sono spoglie, a eccezione di un crocifisso. Marulli ha preferito ricevere Maya lì piuttosto che nel suo studio di direttore della scuola: non è difficile capire il perché. Accende il bollitore elettrico per preparare un tè, "Continua," le dice, e si dispone ad ascoltarla.

"Gerusalemme è una città eterna, carica di storie, di edifici antichi. Tel Aviv è una città giovane, ha solo cent'anni di vita. Cent'anni fa, a parte il piccolo porto di Giaffa, dove ora sorgono i grattacieli c'erano solo dune di sabbia. E a parte i grattacieli il resto della città, come ben sai, è fatto di case tirate su alla buona, frettolosamente. Ma non solo perché non c'era tempo di farle meglio. È che, secondo la gente del posto, non ne valeva la pena: con una guerra ogni dieci anni e la continua minaccia di essere sopraffatti, con il rischio, se non l'alta probabilità, che tutto venisse spazzato via molto presto, che senso aveva chiamare degli architetti e spendere tempo e denaro per costruire case più belle e più solide?"

Mentre la luce della sera comincia ad avvolgere la stanza sorseggiano il tè che Pietro ha versato in due tazze spaiate, soffiando sul liquido bollente. Il cielo è violaceo, quasi nero.

"Eppure, questo senso di provvisorietà ha giovato al carattere degli abitanti della città." Maya stringe le mani attorno alla tazza. "Siamo tipi pragmatici. Ci godiamo la vita momento per momento, viviamo il presente, senza pensare al passato e tantomeno al futuro."

"*Carpe diem*, dicevano i romani," commenta padre Marulli.

"Ecco, non avrei saputo ripetere l'espressione, ma la conosco, e il senso è quello. E quali sono le cose pratiche, le cose belle, su cui concentrarsi? L'amore, sia fisico che spirituale. Lo sai, vero, che i giovani a Tel Aviv fanno l'amore molto liberamente? E che si prendono e si lasciano senza tante storie? Perché non c'è tempo da perdere in pianti, litigi e vendette. Se due non vanno più d'accordo, meglio cercare subito un'altra soluzione. Finché sei in tempo. Finché sei vivo."

Perché gli racconta queste cose? Pietro non ne è sicuro, ma gli sembra di intuire qualcosa. Gli sembra che Maya voglia confidarsi. O addirittura confessarsi. Un istituto, la confessione, che hanno solo i cattolici. L'alternativa è andare dallo psicanalista.

"E anche tu hai fatto così?" le chiede. "Anche tu hai amato liberamente?"

"Sì, anch'io. Prima del servizio militare ho avuto tante storie: ero carina, dicevano i miei compagni di scuola, e anche molti di loro erano carini... E poi durante il servizio militare, come capita spesso alle soldatesse più attraenti, dopo un paio di relazioni con i miei compagni di unità mi sono innamorata di un ufficiale, e appena finito il militare ci siamo sposati e..."

"E avete fatto tre figli."

"No," ride lei, "abbiamo abbassato la media nazionale. Drasticamente. Sotto le armi io sono diventata adulta, non vedevo più in lui il pigmalione. E lui non vedeva più in me l'allieva. Abbiamo divorziato. Poi sono entrata a far parte di un'agenzia del nostro servizio di sicurezza e quello è diventato il mio matrimonio, la mia vita..."

Si blocca, come incerta se dire ancora di sé o cambiare argomento, e poi prosegue: "Ma quello che volevo dirti è che Tel Aviv è una città di amori, di passioni, di tolleranza. Ci sono ebrei di ogni parte del mondo e di ogni orientamento, la maggioranza non sono religiosi e non osservano le norme della Torah, li vedi il sabato incolonnati in macchina, fanno tutte le cose proibite nel giorno di festa, toccano denaro, mangiano frutti di mare. È una città cosmopolita, internazionale, disinibita – per me è così che dev'essere Israele e un giorno lo sarà davvero. Però...".

"Però..." Pietro nota che ha cambiato argomento: non parla più di sé, bensì di Israele. Sono la stessa cosa, per lei?

"Però stasera, mentre venivo da te, quando ho visto la Città Vecchia bagnata dalla pioggia e asciugata dal sole, ho dovuto ammettere che è davvero molto bella. A te piace Gerusalemme, vero?"

"Sì, mi piace," risponde Marulli, "anche se hai ragione tu: non è la città dell'amore, della gioia, della pace. È la città dei conflitti. Eppure vedi, Maya, è proprio questo il motivo per cui piace a me. Da quando ero giovane sono sempre stato attirato dallo scontro, dalla contrapposizione, perché penso che solo così si possa migliorare il mondo."

Maya lo ascolta attenta. "Un prete che cerca lo scontro: non è un po' strano?"

"Non tanto, in realtà. Il primo cristiano a intendere così la sua missione si chiamava Gesù, anche se in effetti era un ebreo e seguiva la vostra religione, che forse voleva soltanto modificare, evolvere un po'."

"E per questo ti sei fatto prete."

"Frate. Ma non soltanto per questo. È una lunga storia. Vieni, andiamo a mangiare qualcosa in refettorio."

"Si meraviglieranno, i tuoi domenicani, vedendoti con una donna."

"I domenicani sono l'ordine più liberale della Chiesa cattolica. I francescani sono combattivi, per questo la custodia dei luoghi santi è stata affidata a loro: all'occorrenza menano le mani senza farci sopra troppa filosofia. I gesuiti sono grandi intellettuali, bravissimi a spaccare in quattro il proverbiale capello. Ma i domenicani sono i più aperti. I più progressisti. Nessuno si meraviglierà vedendoti. E a quest'ora, comunque, la maggior parte dei miei fratelli si è già ritirata per la notte." Non precisa che, cenando in refettorio con una bella donna, attira l'attenzione meno che ricevendola nel suo studio. Pietro è sempre prudente, prova a calcolare e prevedere tutto: per questo l'Entità l'ha mandato in quel nido di serpenti che è Gerusalemme.

A tavola, consumando una cena frugale a base di zuppa, pomodori e formaggio, padre Marulli racconta per sommi capi a Maya la sua esperienza di militante dell'estrema sinistra, l'arresto per possesso di bottiglie Molotov (evitando di dire chi c'era con lui quel giorno sulla R4), la lunga prigionia, la morte di sua madre e il desiderio, quasi la necessità, di rompere gli schemi una volta riacquistata la libertà.

"Avevo bisogno di trovare un partito, un movimento, un esercito di cui sentirmi parte. E avevo anche bisogno di espiare. Mi sentivo responsabile della morte di mia madre. Le ho dato un dolore enorme. Nell'ultimo periodo della sua malattia mi sono augurato più volte che morisse in fretta, e lo spiegavo a me stesso con il desiderio di mettere fine alle sue sofferenze. Ma in realtà ero io che volevo smettere di soffrire, di sentirmi in colpa, ero io che volevo liberarmi del dolore di mia madre, che mi era diventato insopportabile."

Tace. Si emoziona sempre quando parla di sua madre. È successo anche qualche giorno prima con Paolo, ma l'amico non se n'è accorto. Non vuole che se ne accorga Maya. Avrebbe bisogno di una sigaretta, in refettorio però non si fuma. Oppure di un bicchiere di vino da buttare giù in un sorso, e in tavola c'è solo acqua.

"In Occidente vi siete allontanati troppo dal dolore e dalla sofferenza," dice Maya, salvandolo dall'imbarazzo. "Cercate disperatamente una vita anestetizzata dal male, ma il male è ovunque, non si può sempre evitare... fa parte della vita. La maggior parte di voi ha perso l'abitudine, un tempo innata nell'uomo, di sopportare il dolore, di conviverci, di accettarlo come parte del proprio destino. Per questo vi agitate tanto, soffrite, e aggiungete dolore al dolore. Da noi in

Israele è diverso. Siamo arrivati qui con la ferita non rimarginabile dell'Olocausto. Poi c'è stata una guerra ogni dieci anni, in cui abbiamo avuto più morti – in proporzione alla nostra piccolissima popolazione, che nel 1948 era di appena un milione di abitanti – di America e Russia messe insieme nella Seconda guerra mondiale. Ma grazie a tutto questo da noi il dolore è diventato il fedele compagno dell'esistenza quotidiana. Ci conviviamo benissimo. Pensa ai sopravvissuti dei lager nazisti, che riescono ancora a lavorare, fare l'amore, mangiare, perfino a ridere, nonostante quei numeri tatuati sul braccio e i ricordi atroci."

"Hai ragione," commenta lui. "Dici cose giuste."

"E tu per liberarti del dolore sei entrato nell'Entità."

"Sssh," ride Marulli.

"Be', posso capire." Ride anche lei. "Il Vaticano ha bisogno di gente in gamba, che sappia far funzionare il cervello e le mani, all'occorrenza, dunque chi meglio di un ex rivoluzionario galeotto?"

"Vuoi sapere il nostro motto? 'Ciò che non è sacro è segreto.' Dunque non parliamo più di queste cose." Pietro non ride più, ora.

"Mi piace. Lo proporrò ai miei superiori, naturalmente senza dire che è copiato dalla Chiesa cattolica."

"Torniamo nella mia cella," risponde serio Marulli. È turbato. Da lei. "Dobbiamo discutere il piano per dopodomani. Avrei voluto parlarne insieme a te e a Paolo, ma stasera farà tardi per un impegno di lavoro."

"Già, ha anche un lavoro, lui, oltre a fare la spia a tempo perso per darti una mano. E a corteggiare le donne."

Pietro apre la porta e le cede il passo. "Immagino che abbia corteggiato anche te."

"Se lo conosci bene, non hai bisogno che ti risponda." Maya lo fissava sorridendo, in piedi al centro della stanza.

"E com'è andata?" si informa lui in tono neutro.

"Purtroppo non conosci ancora abbastanza bene *me*, altrimenti non me lo avresti chiesto. Ma questo non è un confessionale, vero padre Marulli?"

Così dicendo, Maya gli si avvicina, gli mette le mani sulle spalle e lo bacia sulla bocca: appoggia le labbra alle sue, senza aprirle, aspettando che sia lui a farlo per primo e ad attirarla a sé. Pietro le infila la lingua in bocca. Poi Maya si stacca da lui, ma solo per condurlo verso il letto. Lo fa sdraiare. Si spoglia rapida, lo spoglia lentamente. Riprendono a baciarsi, fanno l'amore. Riprendono a baciarsi, rifanno l'amore. Poi lei dice che ha voglia di fumare. E che darebbe qualsiasi cosa per una birra: "I domenicani sono così aperti da averne un paio in frigorifero?".

"Ebbene sì," risponde Pietro. Esce dalla cella e torna con birre e sigarette.

"Hai una donna, qui a Gerusalemme?" chiede Maya, dopo una sorsata e un tiro.

"Ne ho avute. È uno dei vantaggi di stare lontani dal Vaticano. Puoi vestire in borghese e non devi rispettare il voto di castità, che Gesù del resto non aveva mai richiesto e probabilmente nemmeno osservato."

E adesso lei, accucciata su un fianco, lo sta fissando davvero da molto vicino. È un letto a una piazza e mezzo: non può fare a meno di chiedersi se ci abbia mai dormito con una donna. O forse padre Marulli ha le sue avventure lontano dall'École Biblique?

"Mai lunghe relazioni, però," continua Pietro. "C'è un impedimento che si intravede in fondo: il mio rapporto con Dio."

"In cui tu credi." Visti da vicino, gli occhi di Maya sono più dorati che castani.

"Non credo che il mondo sia nato in sei giorni." Pietro si tira la coperta sul petto. "Credo nel Bene e nella possibilità di farlo entrare nei cuori della gente, anche nei più duri: è una visione della fede che mi ha insegnato un nostro cardinale, un uomo speciale che ora ha lasciato il suo posto a Milano perché è anziano e molto malato e vuole passare gli ultimi anni che gli restano a Gerusalemme, dice che è da qui che veniamo. Credo che un uomo chiamato Gesù predicasse la stessa cosa. Se fosse o meno il figlio di Dio, per me non ha molta importanza. Non mi interessa ciò che potrà essere nella vita eterna. Mi interessa provare a migliorare la vita terrena."

"E se fosse il tuo Gesù, quello che gli haredim hanno trovato in quella casa?"

"Sai quanti Gesù sono stati rinvenuti negli ultimi cinquant'anni? C'è un'industria del falso e dell'imbroglio, attorno al cristianesimo. Ma un imbroglio ben congegnato può dare più fastidio della Verità scesa dal cielo. Per questo dobbiamo fermarlo."

Bevono la birra. Finiscono di fumare.

"E tu hai un uomo a Tel Aviv?" le chiede.

"Copio la tua risposta. Ne ho avuti, dopo il divorzio. E anche adesso vedo qualcuno. Ma non con regolarità, né con particolare interesse... più come un amichevole, piacevole passatempo."

"*Carpe diem*, cogli l'attimo, anche in questo caso."

"Sì. E bisogna goderseli gli attimi, senza cadere nell'errore di volerli prolungare più del possibile – è questo che di solito fa naufragare le relazioni. Dopo un mese non sono più come il primo giorno, figuriamoci dopo sei mesi o due anni."

"Bene, mi pare che per stasera siamo stati abbastanza saggi. Dovremmo dormire un po'. Possiamo rinviare a domattina la discussione sui dettagli del piano. Sono un comandante domenicano, cioè aperto a critiche e suggerimenti. Sentirò il tuo parere."

Maya ride. "E poi farai come ti pare."

"Certo!"

Si addormentano abbracciati, rischiarati dalla luce della luna.

Quando il mattino dopo, ripartito di buon'ora da Gaza, Paolo arriva trafelato alla École Biblique, gli pare di riconoscere il posteriore molto interessante di una donna che si allontana lungo la Via Dolorosa.

"Hai avuto visite questa mattina presto?" chiede malizioso a padre Marulli.

"No," risponde il frate tranquillo. Sta riordinando delle carte nel suo studio.

"O forse ieri sera tardi?"

Pietro lo ignora, controllando il mittente di alcune buste ancora da aprire. "Non dovevi parlarmi di una cosa importante? Cosa è successo a Gaza? Com'è andata l'intervista con lo sceicco? Non abbiamo tempo da perdere."

Farneti gli riferisce la frase dello sceicco Yassin: una minaccia contro il Santo Padre, e Hamas farà in modo che non si compia.

"Si riferiva al complotto degli haredim per screditare il cristianesimo?" domanda Marulli, più che altro a se stesso.

"Non lo so, ma tutto farebbe pensare di sì."

"E se invece si trattasse di altro?"

Discutono se è il caso di avvertire anche Maya. Pietro ritiene che sia meglio di no. "Senti, i casi sono due. Se saranno i palestinesi a sgominare il complotto della Pattuglia della Decenza, vuol dire che sanno tutto, che vigilano sulle nostre mosse e che noi stessi sapremo prima di domattina che la nostra azione non è più necessaria. Ma mi auguro che sappiano quello che fanno, perché uno scontro armato tra haredim e Hamas sul corpo di Cristo non migliorerebbe certo l'atmosfera della visita del papa."

Farneti non riesce a trattenere un risolino: non solo perché è un pensiero buffo, ma anche per il retropensiero dell'articolo che ne tirerebbe fuori, se potesse scriverlo. *Entrerai nei libri di storia, nei manuali di giornalismo* – gli pare di sentire la voce del suo direttore. E di colpo smette di ridere, sudando freddo all'idea che il direttore scopra che lui gli sta tenendo nascosto qualcosa.

"La seconda possibilità è che Yassin si riferisse a un'altra minaccia contro il papa e volesse dirmelo per tranquillizzare la Chiesa. Lo sceicco sa che sono un agente dell'Entità. Bene, lo comunicherò al nunzio, che è il mio diretto superiore. Ma per il momento il nostro piano va avanti. Io non prendo ordini dallo stato di Israele, né da Hamas."

Ora sì che sembra un comandante, pensa Paolo: sicuro, impavido, determinato. Proprio come quel giorno delle Molotov a Bologna tanti anni fa.

"Cos'hai? Sembra che tu abbia visto un fantasma," gli chiede padre Marulli, notando che lo guarda in modo strano.

"Non è niente."

"Allora ascolta bene cosa faremo domani."

Silenzio. Tenebre. Poi, una fiamma che brilla nell'oscurità. Brucia in mezzo alla sala dei nomi, dentro al memoriale dell'Olocausto, all'interno della Città Santa di Gerusalemme, capitale dello stato di Israele. Qui si viene per ricordare l'eterno dolore: sei milioni di morti, uomini, donne, bambini ebrei sterminati dalla Shoah nei lager nazisti, nel folle progetto hitleriano di annientare un intero popolo. Israele è nato dal "settimo milione", come lo ha definito un giornalista israeliano: il milione dei sopravvissuti al genocidio. Gli scampati alla strage più grande della storia.

Noi giornalisti aguzziamo la vista nel buio rischiarato appena dalla fiamma. Nella sala del memoriale ci sono le autorità. Un po' più indietro, una piccola rappresentanza di sopravvissuti: hanno un numero tatuato su un braccio, il segno che li accomuna e li distingue. E davanti a tutti, solo un vecchio con le spalle curve. C'è lui, l'anziano pontefice polacco, che salvò gli ebrei quando poté, durante la sua giovinezza. E che ora è venuto qui a chiedere scusa per l'antisemitismo ispirato dalla Chiesa di cui è il capo. Tutti lo fissano, circoscritto dal fascio di flebile luce, chiuso tra pareti di marmo nere. Neri anche il pavimento e il rettangolo di ferro che copre come una pietra tombale le ceneri raccolte ad Auschwitz, Mauthausen, Treblinka, Bergen-Belsen. La scenografia ci dà i brividi. Ecco, Wojtyła si avvicina al braciere. Depone ai piedi della bara una corona di semplici margherite. A lungo osserva muto la fiamma. Trasuda genuina emozione. Sembra barcollare: non è solo la stanchezza dovuta all'età e al viaggio. Sente su di sé il peso dei secoli e della storia. Ce la farà? "Rendo omaggio ai milioni di ebrei spogliati della dignità umana," comincia. "Come vescovo di Roma, come successore dell'apostolo Pietro, io assicuro al popolo ebraico che la Chiesa cattolica, motivata dalla legge evangelica della verità e dell'amore, e non da considerazioni politiche di alcun tipo, è profondamente rattristata per l'odio, gli atti di persecuzione e le manifestazioni di antisemitismo dirette contro gli ebrei dai cristiani in ogni tempo e in ogni luogo."

La Chiesa cattolica è rattristata. Profondamente rattristata, dice il papa. Ma non chiede scusa agli ebrei, non ancora. Non domanda perdono a nome di Santa Romana Chiesa, non ancora. "La chiesa rifiuta ogni forma di razzismo," continua il pontefice davanti alla fiamma perenne di Yad Vashem, che ricorda i sei milioni di ebrei massacrati nel cuore dell'Europa cristiana. "Che il nostro dolore per la tragedia sofferta dal popolo ebraico nel ventesimo secolo conduca a un nuovo rapporto tra cristiani ed ebrei."

Tra i superstiti che gli fanno ala c'è Jerzy Kluger, ebreo polacco, amico d'infanzia di Wojtyła, testimone vivente del fatto che questo papa non ha mai condiviso il germe maligno dell'antisemitismo. Che è amico degli ebrei.

Il papa ha ripreso a parlare, con voce soffocata dalla fatica, dal tempo, dalla responsabilità. "Il silenzio di questo luogo nutre la mia memoria di tanti ricordi. Ricordi personali, ricordi di amici ebrei periti nell'Olocausto e di altri sopravvissuti. Non vi sono parole abbastanza forti per deplorare la terribile tragedia della Shoah. Io sono venuto a Yad Vashem per rendere omaggio ai milioni di ebrei che, spogliati di tutto, persino della dignità, furono uccisi nell'Olocausto. Siamo sopraffatti dai lamenti strazianti di così tante persone. Le nostre esperienze spirituali esigono che sconfiggiamo il male con il bene."

Ha finito. È sfinito. Il discorso è entrato nelle case degli israeliani, attraverso la tivù e la radio. Il papa è commosso. Sembra commosso anche il primo ministro dello stato ebraico, Ehud Barak, l'eroe di guerra. "Santo Padre, voi avete fatto più di chiunque altro per determinare lo storico cambio di atteggiamento della Chiesa cristiana verso il popolo ebraico e per curare le ferite aperte di secoli," dice il premier al microfono. "La vostra visita a Yad Vashem rappresenta l'apice di questo storico viaggio di guarigione spirituale. Voi avete innalzato la bandiera della fraternità con il mea culpa dei mali commessi dai seguaci della vostra fede contro gli altri, specialmente contro il popolo ebreo. Apprezziamo profondamente questo nobile gesto. Vi accogliamo in amicizia, fratellanza e pace, qui a Gerusalemme, capitale d'Israele." E il premier conclude: "Siate benedetto in Israele".

È una benedizione laica, proveniente da un guerriero che rispetta la tradizione ma non crede in Dio. Ma il passo è storico, da entrambe le parti. Wojtyła ha cominciato bene il suo viaggio forse più importante. Ora deve concluderlo altrettanto bene. La parte più difficile ancora lo aspetta.

14.

Gerusalemme, 25 marzo 2000

El Wadiha è un vicolo scuro e angusto che dal quartiere arabo della Città Vecchia corre perpendicolare fino al quartiere ebraico, conficcandosi sul piazzale dove nel 1967, riconquistata Gerusalemme nella Guerra dei Sei giorni, Israele aveva demolito decine di abitazioni per fare posto ai fedeli che volevano pregare davanti al Muro del Pianto. A meno di cento metri dal Muro in linea d'aria, sul vicolo si apre una porticina. Oltre la porticina, una scala buia porta fino al quarto piano. Il quarto piano è in realtà una soffitta, disabitata, con le travi a sorreggere il tetto. Nella soffitta si apre una finestrella, dalla quale si intravede la sommità del Muro del Pianto e, subito sopra, la maestosa cupola della Moschea della Roccia. È così stretta che a prima vista ci passerebbe soltanto una testa, ma in realtà un uomo particolarmente magro e dotato di una certa agilità issandosi sul cornicione può passarvi attraverso e, puntando i piedi, arrampicarsi sul tetto. Qui, da dietro un comignolo, si gode una visuale migliore della piazza sottostante e del Muro.

L'operazione non è semplice, perché c'è il rischio di perdere l'equilibrio e sfracellarsi sull'acciottolato quattro piani più sotto: con la possibilità di sopravvivere, se si è fortunati, e la certezza di non camminare mai più. Saeb Abunassar l'ha appena compiuta, è arrivato dietro il comignolo e ora sta appiattito sul tetto, con un fucile da tiratore scelto steso al suo fianco. Un compagno più anziano, che quando lui è salito in cima gli ha passato l'arma dalla finestra, chiusa dentro un sacco, ora lo attende nella soffitta con il cronometro in mano. Dopo due minuti, Saeb rientra nella stanza.

"Sembra tutto a posto, se Allah lo vuole," dice.

"Che Allah ti abbia in gloria. Non sei rimasto sul tetto più di sessanta secondi," risponde il compagno, che si chiama Abdullah.

"Basteranno. Hai cronometrato bene i tempi?"

L'altro dice di sì e ripete il piano per l'ennesima volta. "Non appena il convoglio del papa arriva sulla piazza, tu ti prepari. Quando l'uomo di Roma si avvicina al Muro per pregare, esci allo scoperto e ti arrampichi sul tetto. Avrai un paio di minuti in cui sarà perfettamente solo, un facile bersaglio bianco contro la parete scura. Tutti gli occhi saranno puntati su di lui."

Saeb sembra dubbioso. "Gli occhi del servizio segreto israeliano non guarderanno il mio bersaglio. Scruteranno ogni centimetro della Città Vecchia."

"Ma il corridoio fra i comignoli è perfettamente riparato," replica il suo compagno. "Non potranno vederti nemmeno con gli elicotteri, se resterai fermo sotto la stuoia color mattone che abbiamo preparato. L'unico momento in cui sarai esposto è il passaggio dalla finestra al tetto. Stamattina ci hai messo otto secondi. Sincronizzati i tempi, in quel momento i nostri fratelli provocheranno una diversione sul lato opposto della piazza. Nessuno guarderà da questa parte."

"Mi nascondo sul tetto, quando il papa è davanti al Muro prendo la mira, sparo e rientro: quello è l'altro momento in cui possono vedermi."

"Ma avrai già compiuto la tua missione. E se tutto si svolgerà secondo i nostri piani, anche se ti vedessero rientrare dalla finestra non faranno comunque in tempo a prenderci.

Ripetimi cosa farai dopo avere sparato." Abdullah dà ordini, non spiegazioni. Saeb obbedisce.

"Lascerò il fucile sul tavolo. Scenderemo le scale fino in cantina. Ci infileremo nel cunicolo che porta al tunnel delle fogne. Saremo fuori dalle mura della Città Vecchia in due minuti e mezzo. Un pullmino ci aspetterà dietro la porta di Giaffa. Prima che gli israeliani comincino le perquisizioni saremo al sicuro in Giordania, passando il fiume Giordano quaranta chilometri a nord del ponte di Allenby, nel punto in cui i nostri fratelli avranno tagliato la recinzione."

Abdullah annuisce. "Dobbiamo conoscere a memoria ogni passo, affinché la nostra mano non tremi."

"Funzionerà," dice convinto Saeb.

"E se non funzionerà ci faremo esplodere con i giubbotti imbottiti di tritolo. Entreremo nel paradiso di Allah portandoci dietro un po' di Satana israeliani. Non ci prenderanno vivi."

Non c'è altro da aggiungere. Hanno ripetuto quel piano un'infinità di volte, prima al sicuro, nel profondo della Cisgiordania, poi nella soffitta con vista sul Muro del Pianto. Forse si salveranno. Forse diventeranno martiri. La prospettiva della morte aleggia nella stanza. Hanno detto tutto. Recitano una breve preghiera, accucciati su un tappeto, poi Abdullah tira fuori il cibo che si è portato dietro, pita e verdure al formaggio. Mangiano in silenzio.

"Saeb, vorrei chiederti una cosa personale," dice Abdullah dopo un po'. E, ricevuto un cenno di assenso, continua: "Sei mai stato con tuo padre dentro il Santo Sepolcro?".

Saeb non si sorprende: tutti i palestinesi sanno dell'incarico che si tramanda nella sua famiglia e molti ne sono incuriositi. È un onore o un fardello?

"Qualche volta mi portava con sé, quando ero ragazzo, prima che partissi per l'America."

"E che effetto ti faceva?"

"I cristiani sono strana gente. Costruiscono magnifiche chiese al loro Dio in tutto il mondo, e qui, nel luogo dove è stato crocifisso, si accontentano di una specie di caverna, spoglia. È come se non lo amassero abbastanza, non lo amassero veramente. Quando li avremo scacciati da Gerusalemme, sul luogo del Sepolcro edificheremo una grande moschea e la dedicheremo al vero Gesù, il profeta venuto prima di Maometto."

Abdullah annuisce soddisfatto. Il ragazzo dà sempre le risposte giuste. Lo sceicco che li guida da lontano lo ha scelto bene.

Dalla Spianata risuona la preghiera del muezzin.

"Questo sarà il futuro dei nostri figli e dei figli dei nostri figli," continua Saeb come in estasi. "Ma il nostro presente sarà già glorioso grazie alla missione che stiamo per compiere. In un colpo solo, causeremo un grave danno alla Chiesa di Roma, a Israele e all'America che li protegge."

Ma poi è assalito nuovamente dal dubbio. "Abdullah, cosa pensi che succederà dopo che ho sparato?"

"Ci vorrà un po' di tempo per risalire a noi. Non so quando il divino Osama vorrà rivendicare la nostra azione. È possibile che all'inizio vengano incolpati i gruppi fondamentalisti palestinesi. O magari gli ebrei ultraortodossi: non gradiscono affatto la visita del papa, e noi lo colpiremo proprio mentre sarà davanti al loro Muro. Non penseranno subito che l'obiettivo è un altro: impedirgli di salire poi verso la nostra sacra moschea e portare la croce nel cortile della sacra mezzaluna, come al tempo delle Crociate."

"E dopo?" insiste Saeb. "Cosa succederà *a noi*, intendo. Mi porterai dove hai promesso?"

"Certo. Dalla Giordania raggiungeremo il Pakistan e da lì, attraverso le montagne, l'Afghanistan. Il divino Osama ci riceverà e per un po' resteremo sotto la sua protezione. La mia gioia è grande nell'attesa."

"Che Allah lo abbia in gloria. E che ci dia l'opportunità di servirlo ancora."

"Uno con la tua mira servirà sempre ad al Qaeda. Hai imparato in America a sparare così bene?"

"Ognuno di noi nasce con una dote innata e la mia è la vista," rispose Saeb. "Ma è vero, è stato in America che ho imparato come utilizzarla al meglio. I miei cugini mi portavano a un poligono di tiro, si divertivano a sparare ai bersagli. Si accorsero subito che ero il migliore."

"Gli americani considerano sparare un divertimento."

"Sono stupidi, gli americani, molto più di quanto noi immaginiamo. E a starci insieme si corre il rischio di diventare come loro: i miei cugini volevano vivere come gli americani, perciò mi portavano a sparare. Ma io ero guidato dalla luce di Allah."

"Ascoltami." Gli occhi di Abdullah sono accesi da un fuoco che li fa sembrare enormi. È chiaro che vuole impartirgli una lezione. "Gli americani sono eccitati dalla diversità. Non capiscono che il loro seme si è disperso e che la loro debolezza proviene proprio da questo, dalla troppa diversità. Cristiani e musulmani, ebrei e buddisti, bianchi e neri, gente di ogni razza, lingua e tradizione... come possono sentirsi parte di uno stesso paese, di una stessa nazione, di una stessa cultura? Non c'è una sola razza di animali nella foresta che si comporti così, e il motivo è chiaro: va contro le leggi della natura."

"Ma anche Allah," obietta Saeb, "sia benedetto il suo nome, converte gente di ogni razza."

"Sì, ma dopo la conversione noi musulmani diventiamo tutti suoi figli. Seguiamo tutti le stesse leggi, adottiamo gli stessi costumi, vestiamo alla stessa maniera e non abbiamo più altra patria che l'islam. E allora le differenze originarie scompaiono."

Sciacquano i piatti nel minuscolo lavandino e si preparano a dormire.

"Ora preghiamo," dice Abdullah.

Inginocchiati entrambi in direzione della Mecca, sono assorbiti dalla preghiera al cielo e per un po' sembrano dimenticare tutto: dove sono, chi sono e quale grande compito li aspetta l'indomani.

15.

Gerusalemme, 26 marzo 2000

Stivaletti con i tacchi alti, minigonna di pelle nera, top aderente che lascia scoperto l'ombelico e mette in evidenza il seno, occhialoni neri da vamp. Non è l'abbigliamento più adatto per una passeggiata sul selciato scivoloso della Città Vecchia. Ma a Gerusalemme ci sono anche turisti stranieri mezzi matti, e lo scopo è che Maya sembri una di loro. Da parte sua, Paolo pensa che sia stupenda. Ma perché ha il batticuore? Non è mai così agitato quando è in missione. E dire che si è trovato in mezzo a sparatorie e terremoti, rivoluzioni e minacce mafiose, dimostrazioni di piazza e cariche di polizia, ma anche nelle situazioni più rischiose il mestiere gli faceva da scudo, lo faceva sentire protetto, come se potesse volare alto nel cielo sopra le teste di quelli di cui avrebbe raccontato le gesta, come il cantore di un poema antico. No, adesso il cuore gli batte forte come, come, come... Sì, ecco, forse proprio come vent'anni prima, quando aveva aiutato il suo compagno Pietro a caricare la cassetta di bottiglie Molotov sulla R4 rossa e aveva guidato fino a fuori porta San Vitale, e poi di colpo gli si era gelato il sangue nelle vene vedendo il lampeggiante blu della gazzella dei carabinieri ed era fuggito senza scambiare una parola con Pietro, tradendolo, come un vigliacco...

E se invece fosse proprio Maya il motivo della sua agitazione? Non sono molte le donne che gli dicono di no: il fascino del giornalista in prima linea, l'uomo di mondo, non proprio bello ma con una faccia da simpatico gaglioffo... Le fa ridere, per cominciare, ha imparato che è la tecnica più efficace per vincere le resistenze delle signore, anche di quelle inizialmente più restie. Paolo pensa spesso che evidentemente la maggioranza degli uomini sono di una noia mortale, seriosi e sussiegosi: con le donne parlano sempre di sé, senza capire che le donne adorano parlare, gli uomini basta che facciano domande e ascoltino, dimostrando sufficiente interesse. Non l'ha fatta ridere abbastanza, Maya? Avrebbe dovuto farla parlare di più? Non ce n'è stato il tempo. Lei gli ha detto di no con brutale semplicità, ci è rimasto male: ma non è solo questione di orgoglio maschile ferito. È che quella donna gli piace. Ha fatto il confronto con la sua dottoressa romana, che pure fisicamente lo attrae moltissimo e lo irretisce con il suo non concedersi mai del tutto: dev'essere quello, il trucco che funziona con lui. Ebbene, anche a paragone della dottoressa, Maya vince a mani basse: è non solo più bella e più sexy, ma anche maledettamente più intrigante. E ora l'avrà per sé, almeno un po', anche se solo per finta – ma davvero per finta poi? Pietro ha parlato chiaro: "Dovete farli impazzire di rabbia. Dateci dentro". Strano, scommetterebbe che è scattato qualcosa tra il suo amico frate e l'agente israeliana. Forse si sbaglia? O a quei due piacciono i giochi perversi, tipo provocarsi e ingelosirsi a vicenda? Sta per diventare uno strumento della loro relazione?

Paolo si riscuote. Cosa cazzo c'entrano, tutte quelle elucubrazioni, con il complotto da cui possono dipendere il destino della cristianità e le relazioni fra Israele e Roma? Dà un'ultima occhiata alla chincaglieria del negozio: quante cianfrusaglie hanno comprato! Vasetti, portacenere, piccole ciotole, fodere per i cuscini, bustine di stoffa, borsette, collane, braccialetti, orecchini... Controlla l'orologio, è il momento. Carichi di sacchetti, escono dalla bottega di souvenir del palestinese, che si è mangiato Maya con gli occhi per tutto il tempo che hanno fatto shopping, e si avviano verso la casa di via El Hakkari. La strada sembra tranquilla: solo qualche altro turista come loro, diretto probabilmente al Muro del Pianto. Non un poliziotto nei paraggi: caso fortunato o provvidenziale aiuto dei colleghi di Maya? Le finestre del secondo piano sono spalancate, anche quel giorno si intravedono all'interno le sagome scure degli haredim: devono essere quasi pronti per il grande giorno, là dentro.

Paolo spinge Maya contro il muro di fronte alla casa. Lei appoggia le borse per terra, solleva gli occhiali e gli mette le mani sui fianchi. Lui le dà un bacio, rapido, furtivo. Lei gli infila le mani sotto la camicia per toccargli la pelle. Un altro bacio, questa volta più lungo. "Dacci dentro," sibila Maya, ripetendo le parole di Pietro. "Avanti, playboy, fammi vedere di cosa sei capace," e incolla la bocca alla sua, ficcandogli dentro la lingua. Poi si stacca, gli prende la testa, lo spinge a baciarla sul collo. Fa scendere una mano e gliela mette sul sesso, che è già duro, stringendolo forte. E comincia a mugolare di piacere, mentre anche le mani di Paolo la toccano, sul seno, sul ventre, sulle cosce, tra le gambe. Geme Maya, forte, sempre più forte, come in preda a un'eccitazione incontrollabile. Non ci vuole molto per richiamare alla finestra due haredim. Gridano qualcosa in ebraico. Poi in inglese: "*Bitch, stop, go away, shame!*". Loro due continuano, prima indifferenti, poi accelerando come se dovessero mettersi a scopare in mezzo alla strada. Paolo ha abbassato lo slip di Maya fino a metà delle cosce, strofinando le dita sulla fica umida. I gemiti di piacere di lei crescono di intensità.

Cominciano ad arrivare gli sputi. Paolo li sente sulla nuca, sulle spalle. È eccitato e spaventato allo stesso tempo. Per un attimo pensa che si limiteranno a quello, a gridare e a sputare, e che il loro show non servirà a niente. Allora fa in modo che Maya sollevi prima una gamba e poi l'altra e le sfila del tutto le mutandine alzandole in pugno, come un segno di sfida e di vittoria. Lo strepitio che segue gli fa capire che stanno per arrivare: del resto, di cosa devono preoccuparsi gli haredim? Di cosa devono aver paura? Hanno il corpo imbalsamato pronto per essere presentato al mondo e non si preparano a violare alcuna legge dello stato ebraico: soltanto la legge della cristianità, che non sarà mai più la stessa.

Sente il portone che si apre e sbatte contro lo stipite, poi passi di corsa e urla scalmanate in ebraico. "Ancora un momento e poi lascia fare a me," gli sussurra Maya all'orecchio. Ora i passi sono più vicini. "Scappa!" E Paolo si stacca dall'abbraccio appena in tempo per evitare che il primo haredim gli piombi addosso. Dopo averlo mancato, quello ondeggia a vuoto e cade, finendo a terra, a quattro zampe, con il volto all'altezza delle cosce nude di Maya: lei resta appoggiata al muro e con tutta la forza che ha gli sferra un calcio in faccia, stendendolo. Un secondo haredim è rimasto a bocca aperta a guardare, ma Maya gliela richiude con un preciso colpo di karatè: avambraccio diritto sullo sterno, taglio della mano sul naso. Il terzo ha già rallentato la sua corsa, ma è lei ad andargli incontro, lo afferra con una presa di judo e lo fa volare sulla sua testa rannicchiandosi. Un quarto riesce ad agguantarla, ma solo per un momento, perché lei si divincola con due colpi ai fianchi e lo centra in mezzo agli occhi con una ginocchiata. Lavoretto facile, pensa lei: quei ragazzi sono così rammolliti, stando tutto il giorno a pregare e a studiare, che li fa cadere come birilli. Messi ko i primi quattro, un'altra mezza dozzina di uomini in nero restano a fissarla torvi, interdetti, appena fuori dal portone, indecisi sul da farsi. Allora Maya gira loro le spalle, si alza la minigonna di pelle nera e mostra loro il sedere nudo, poi fugge nella direzione opposta a quella di Paolo. Dall'ingresso della casa le risponde un ruggito. Almeno una decina di haredim si lanciano al suo inseguimento, mentre altri tre o quattro corrono già da un pezzo dietro a Paolo.

In quello stesso momento, dal tetto della casa di fronte un'ombra vola con un salto attraverso il vicolo, planando dentro la finestra spalancata della casa. È vestito di nero dalla testa ai piedi, il volto coperto da un passamontagna pure nero: il colore degli haredim. Padre Marulli non sa dove sia il corpo, ma esclude che sia ai piani superiori: la cosa più logica è che sia ancora nel sotterraneo, considerato che spostare un corpo vecchio di duemila anni, seppure imbalsamato, non dev'essere facilissimo. E il luogo in cui è stato trovato è il più adatto per presentarlo ai media di tutto il mondo. Lo Shin bet non è stato così assente come ha fatto credere a Maya all'inizio, ha scandagliato la casa da cima a fondo con speciali telecamere a raggi infrarossi in grado di individuare il calore prodotto dai corpi ed è giunto alle stesse conclusioni: le maggiori fonti di calore provengono da sotto terra, dove probabilmente i membri della Pattuglia della Decenza montano la guardia e si preparano ad allestire lo show.

Il primo a vedere Pietro è un haredim smunto e pallido: non fa in tempo a cacciare neanche un grido, il frate gli spara sul volto lo spray paralizzante che gli ha portato Maya – un dono dello Shin bet anche quello, come le informazioni sullo spionaggio elettronico dell'edificio – e lo mette fuori combattimento. Non ce ne sono altri al secondo piano, composto da due stanze, la stanza in cui è atterrato Marulli e una più piccola, più i servizi. In strada, Pietro ha contato almeno una ventina di membri della Pattuglia della Decenza distratti da Paolo e Maya, dentro non devono esserne rimasti molti. Scende rapido le scale, senza fare rumore. Al pianterreno ce ne sono due sul portone ancora aperto: la sorpresa di veder arrivare uno sconosciuto rallenta la loro reazione quel tanto che basta al frate per paralizzarli con la bomboletta. Pietro scosta i corpi, richiude il portone a doppia mandata per impedire agli haredim di rientrare e si infila nelle strette scale che portano di sotto, in cantina.

Nathan Rosenthal lo ha preceduto. Il capo del gruppo segreto all'interno della Pattuglia della Decenza era in cantina a sorvegliare gli ultimi preparativi, quando ha sentito il trambusto e le urla causate dalle effusioni tra Maya e Paolo. Ci sono telecamere puntate per riprendere il sarcofago, riflettori che illuminano a giorno la stanza, un cordone che gira intorno alla mummia: tutto è pronto per il grande annuncio. Nathan ha inviato due haredim di sopra per vedere cosa sta succedendo con l'ordine di tornare subito a fargli rapporto, ma non li ha più visti. Ora la casa è di nuovo silenziosa, un po' troppo silenziosa. Decide di salire lui stesso al piano di sopra a controllare. Rosenthal si accorge del frate un attimo prima che il frate si accorga di lui: sono le Nike nere ai piedi di Pietro a dargli l'allarme, nessuno porta nulla di così occidentale tra gli haredim, la gamba che scende la scala deve per forza essere di un estraneo. Ancora prima di vedere il resto del corpo, Nathan ci si butta sopra aggrappandosi al polpaccio dello straniero, e i due uomini rotolano lungo le scale fino al fondo della cantina. Nella colluttazione, padre Marulli perde la bomboletta di spray paralizzante. L'haredim è il primo a rialzarsi e gli tira un calcio in faccia, ma il frate ha il tempo di scansarlo e riceve la botta sul petto: cade di nuovo, all'indietro, e Nathan gli salta addosso. Restano avvinghiati a lottare, senza un'imprecazione, nella stanza si sente solo il loro respiro affannoso. L'ebreo è più giovane e incredibilmente muscoloso per essere un ultraortodosso: ma c'era da aspettarselo, i membri del gruppo segreto si allenano regolarmente in palestra. Nathan è sopra il frate, lo ha spinto a ventre in giù, gli tiene le braccia dietro la schiena e gli serra il collo in una morsa che rischia di soffocarlo. L'haredim sente che il suo misterioso avversario incappucciato comincia a offrire meno resistenza e la curiosità di vedere con chi ha a che fare ha il sopravvento: cercando di strappare il passamontagna nero di Marulli, allenta per un attimo la presa e Pietro ne approfitta per rovesciarselo di dosso, balzando verso la bomboletta che giace a terra a un metro da lui. Rosenthal si è già rialzato. Gli tira addosso una sedia, ma lui la scansa. Nathan raccoglie una mazza da baseball appoggiata al muro e si fa sotto, menando un gran colpo diretto al viso, lo manca ma ne tira un altro di ritorno alle gambe, facendo accasciare Pietro con un grido di dolore, il primo da quando si sono messi a lottare. Rosenthal fa un passo avanti, alza la mazza per tirare il colpo decisivo alla testa, su quella maschera nera, ma è il suo avversario a levarsela: il gesto lo lascia sbalordito con la mazza a mezz'aria e Marulli ne approfitta per raccogliere la bomboletta e spargargli addosso una spruzzata paralizzante.

Quanto tempo è passato? Cosa sta succedendo là fuori? Pietro si avvicina a quella che sembra una bara: dentro vede un corpo avvolto in un sudario. Solleva il velo e si ritrae, non sa se inorridito o sconvolto: sembra lo spettro di Cristo, un uomo imbalsamato dalla pelle scura, i capelli crespi, certo molto diverso nei lineamenti dall'immagine di Gesù tramandata dall'iconografia rinascimentale, ma con una ferita al costato, una corona di spine in testa e i fori lasciati dai chiodi sulle mani e sui piedi. Gesù? È quello l'uomo chiamato Gesù, vissuto duemila anni fa e poi messo sulla croce, dove era morto o perlomeno aveva perso conoscenza, dopo aver gridato "Padre, perché mi hai abbandonato?". Un brivido lo scuote da capo a piedi. Anche lui, come Rosenthal, rimane come paralizzato. Ma proprio allora sente i primi colpi al portone, poi altri, sempre più forti: gli haredim che inseguivano Maya e Paolo devono essere tornati indietro. Nathan e gli altri tre di cui lui stesso si è liberato non rimarranno addormentati ancora a lungo. Basta per risvegliarlo dal torpore. Non pensare, agisci, si dice il frate. Non pensare, agisci. Estrae di tasca una boccettina, il secondo gadget che Maya gli ha recapitato due giorni prima, la apre e comincia a cospargere il corpo imbalsamato di un liquido colloso, che appena a contatto con la mummia produce uno sfrigolio sinistro. Non c'è tempo di restare a vedere l'effetto che produrrà. La sua presenza lì sotto non è più richiesta e gli haredim già premono contro il portone, una grandinata di pugni e calci che presto lo sfonderà. Pietro risale al pianterreno e si avvia verso le scale – intende andarsene per la stessa via da cui è venuto, dalla finestra – proprio mentre il portone cede e una decina di corpi neri si catapultano come furie nell'ingresso. Gli haredim lo vedono e lo inseguono su per le scale. Marulli arriva di sopra per primo, la finestra è ancora aperta, il tetto è davanti a lui, ancora un passo e lo raggiungerà, un balzo e uscirà di lì: ma scivola e uno degli ultraortodossi alle sue spalle gli mette le mani addosso. La bomboletta gli sfugge di mano. Gli sono sopra in due, in tre, in quattro. È finita, pensa Pietro, e come in una visione ha davanti quello che accadrà, lo scandalo di un frate impazzito che distrugge una mummia, la mummia del Cristo non risorto. Ma l'ha poi distrutta? Il potente acido fornito dallo Shin bet ha davvero fatto sparire ogni minima traccia di quel corpo? È meglio che lo ammazzino. Dà un violento strattone, mena un colpo alla cieca cercando di liberarsi, comincia a gridare insulti in ebraico, a bestemmiare contro Dio, il Dio degli ebrei, per provocarli, per aizzarli a farla finita subito, e quelli come impazziti calano su di lui pugni e calci, ecco, ha ottenuto lo scopo, non ci vorrà molto...

Un lampo riempie la stanza di luce e fa perdere la vista a tutti. A piedi scalzi per muoversi meglio – si è tolta gli stivaletti durante la fuga –, ormai seminuda, con un paio di occhiali protettivi, Maya è volata nella stanza dal tetto della casa di fronte, esattamente come Marulli pochi minuti prima, facendo esplodere una granata accecante. Raccoglie la bomboletta che il frate aveva lasciato cadere, lo tira in piedi, lo sospinge giù per le scale scavalcando i corpi degli ultraortodossi piegati dal bruciore agli occhi, lo trascina fuori come un cieco, poi di corsa verso il suq.

"Paolo ci aspetta là in fondo," gli dice. "Sono tornata a vedere perché non arrivavi e ho capito che la via migliore era dai tetti. Fra un minuto riacquisterai la vista, ti bruceranno ancora gli occhi ma non sarai più cieco. Corri, Pietro, corri! Non abbiamo molto tempo!"

In lontananza si sentono i fischietti dei poliziotti. Paolo li aspetta vicino al banchetto di un venditore ambulante: ed è la prima cosa che vede Pietro. I due amici si abbracciano, ma già l'ambulante ha alzato una botola sul selciato e sta facendo segno ai tre di infilarsi dentro: obbediscono senza discutere. Lo Shin bet non ha lasciato Maya del tutto sola, pensa il frate. Poi gli vengono in mente le parole dello sceicco Yassin: e se fosse stata Hamas, invece dello Shin bet, ad aiutarli?

Si ritrovano in un tunnel che scende ripido sotto terra, sempre più stretto, seguendo l'ambulante. Nessuno dice una parola. E a un certo punto Marulli capisce dove sono: è il tunnel aperto dieci anni prima dal ministero israeliano dell'Archeologia proprio sotto la Spianata delle Moschee. Questa galleria attraversa le fondamenta di quello che è stato il Tempio di Salomone e poi di Erode, il sacro tempio dell'ebraismo. Ma sono anche le fondamenta della Spianata dove ora sorgono le moschee dell'islam, le due più sacre ai musulmani dopo quelle della Mecca. I lavori di apertura del tunnel hanno provocato disordini, violenze, decine di morti e centinaia di arresti tra i palestinesi, che accusavano Israele di voler far franare le moschee per riappropriarsi illegalmente della Spianata e ricostruire il Tempio di Salomone. Il frate non c'è mai stato: soltanto rare visite guidate vengono organizzate in quella galleria contesa. Ringrazia di avere recuperato la vista in tempo per vedere quello spettacolo unico al mondo. Le pareti sono decorate con mosaici, monili e monete antiche, ma ci sono anche ossa, ossa umane – qui un cranio, lì uno scheletro intero – che nessuno si è mai azzardato a toccare: non c'è bisogno di scavare in una cantina, come avevano fatto gli haredim, per ritrovare corpi vecchi di duemila o più anni, a Gerusalemme. È come procedere in un cunicolo che porta indietro nel tempo, dentro un museo dell'antichità e della religione, ma di quale religione poi? Di lì forse è passato anche Gesù? E Abramo? E Isacco e Ismaele, suoi figli, fratelli fondatori di due fedi destinate a farsi la guerra per millenni invece che vivere insieme in pace sopra quel piccolo pezzo di terra conteso, come magari avrebbe ordinato Abramo loro padre? Poi cominciano a risalire e di colpo l'ambulante che faceva loro da guida spalanca un'altra botola. Vedono la luce del sole. Si ritrovano all'aperto. L'uomo che li ha salvati li fa passare, poi torna dentro. "Shalom," gli dice Maya, guardandolo fisso negli occhi. "Salam," risponde quello, con una strizzata d'occhio. "Amen," commenta padre Marulli, trascinando via i suoi due compagni verso la porta di Erode, oltre le mura, in salvo, fuori dalle insidie della Città Vecchia.

Nathan Rosenthal riapre gli occhi. Sotto la luce dei riflettori, la bara è ancora al suo posto. Ma quando si avvicina al sarcofago si accorge con orrore che è vuoto: di quel corpo imbalsamato non resta più niente. Nemmeno un granello di polvere. Non c'è più alcuna traccia di Cristo, né del sudario che lo avvolgeva. Gesù è scomparso. O forse è risorto, come direbbe un cristiano.

16.

Gerusalemme, 1967 anni prima

Giunti al luogo chiamato Golgota, che vuol dire luogo del cranio, i soldati gli diedero da bere vino misto a fiele. Gustatolo, Lui non volle bere. Quando l'ebbero crocifisso, si spartirono le sue vesti tirandole a sorte e restarono lì seduti a fargli la guardia. Al di sopra della sua testa avevano posto la scritta della sua condanna: "Costui è Gesù, il re dei Giudei". Poi crocifissero insieme a Lui due ladroni, uno a destra, l'altro a sinistra. I passanti inveivano scuotendo il capo: "O tu che dici di poter distruggere il tempio e riedificarlo in tre giorni, salva te stesso. Se sei figlio di Dio, scendi giù dalla croce!". Allo stesso modo i sommi sacerdoti, insieme agli scribi e agli anziani, sbeffeggiandolo dicevano: "Ha salvato gli altri, non può salvare se stesso. Se è il re d'Israele, disceda ora dalla croce e crederemo in lui. Ha detto 'sono il figlio di Dio', ha confidato in Dio, che Dio lo liberi, se lo ama". Nello stesso modo lo sbeffeggiavano i due ladroni, che erano stati crocifissi al suo fianco. Dall'ora sesta fino alla nona si fece buio su tutta la terra. Verso l'ora nona, Gesù a gran voce gridò: "Eli, eli, lemà sabachtani?". Cioè, "Dio mio, Dio mio, perché mi hai abbandonato?". Poi emise di nuovo un forte grido ed esalò lo spirito. Ed ecco il velo del tempio si squarciò in due da cima a fondo, la terra tremò e le rocce si spaccarono, le tombe si aprirono e molti corpi dei santi che vi giacevano resuscitarono. Il centurione e quelli che con lui facevano la guardia a Gesù, alla vista di quel terremoto e di quanto accadeva furono presi da grande spavento e dicevano: "Costui era davvero figlio di Dio!". Quando fu sera, venne un uomo ricco di Arimatea, di nome Giuseppe, il quale era anch'egli discepolo di Gesù. Egli andò da Pilato e gli chiese il corpo di Gesù. Pilato ordinò che gli fosse consegnato. Giuseppe quindi prese il corpo, lo avvolse in una sindone pulita e lo depose nel proprio sepolcro, che da poco aveva scavato nella roccia. Fece rotolare una grossa pietra all'entrata del sepolcro e se ne andò. Il giorno seguente i sommi sacerdoti e i Farisei si recarono insieme da Pilato per dirgli: "Signore, ci siamo ricordati che quel seduttore, quando era ancora in vita, affermò, 'Dopo tre giorni risorgerò'. Ordina perciò che la tomba sia custodita fino al terzo giorno, perché c'è pericolo che vengano i suoi discepoli, portino via il corpo e poi dicano al popolo: 'Egli è risorto dai morti'. Allora questa ultima impostura sarà peggiore della prima". Rispose Pilato: "Voi avete un corpo di guardia, dunque andate e prendete le precauzioni che credete". Essi andarono e assicurarono il sepolcro, sigillando la pietra e mettendovi un corpo di guardia. Passato il sabato, al sorgere del nuovo giorno venne Maria Maddalena con l'altra Maria, a fare visita al sepolcro. Ed ecco vi fu un gran terremoto, un angelo del Signore sceso dal cielo si avvicinò, rotolò la pietra e si mise a sedere su di essa. Alla sua vista le guardie rimasero sconvolte e diventarono come morte. L'angelo disse alle donne: "Non temete, voi! So che cercate Gesù crocifisso. Non è qui, è risorto, come vi aveva detto. Andate e dite ai suoi discepoli che egli è risorto dai morti e vi precede in Galilea, là lo rivedrete. Ecco, v'ho detto".

(*dal Vangelo secondo Matteo*)

Lo condussero così al luogo detto Golgota, che significa luogo del Cranio. Volevano dargli del vino aromatizzato con mirra, ma egli non lo prese. Lo crocifissero e si divisero le sue vesti, tirando a sorte per quel che ciascuno doveva prendersi. Era l'ora terza quando lo crocifissero e l'iscrizione con la causa della condanna recava scritto: "Il re dei Giudei". Insieme a lui crocifissero pure due ladroni, uno alla sua destra e uno alla sua sinistra. Quelli che passavano l'insultavano, scuotendo il capo e dicendo: "Eh! Tu che distruggi il tempio e in tre giorni lo riedifichi, salva te stesso, scendendo dalla croce". Similmente anche i capi dei sacerdoti con gli scribi si facevano beffe di lui dicendo tra loro: "Ha salvato gli altri, non può salvare se stesso. Il Cristo, il re d'Israele, scenda ora dalla croce, affinché noi vediamo e crediamo". Perfino quelli che erano stati crocifissi con lui lo insultavano. Giunta l'ora sesta, si fece buio su tutta la terra fino all'ora nona. All'ora nona Gesù esclamò a gran voce: "Eloi, eloi, lama sabactani?". Che si traduce: Dio mio, Dio mio, perché mi hai abbandonato? Un tale corse a inzuppare una spugna di aceto, la pose su una canna e gli dava da bere, dicendo: "Vediamo se viene Dio suo padre a tirarlo giù". Ma Gesù, emesso un gran grido, spirò. Allora il velo del tempio si squarciò in due, dall'alto fino al basso. E il centurione che gli stava di fronte, vistolo spirare gridando a quel modo, esclamò: "Quest'uomo era davvero figlio di Dio!". Vi erano pure alcune donne che stavano osservando da lontano. Tra esse: Maria Maddalena, Maria madre di Giacomo e Salomè, le quali lo avevano seguito e servito quando era in Galilea, e molte altre che erano state con lui a Gerusalemme. Fattasi ormai sera, il giorno prima del sabato Giuseppe d'Arimatea, distinto membro del consiglio, il quale aspettava anch'egli il regno di Dio, venne, si fece coraggio, entrò da Pilato e gli chiese il corpo di Gesù. Pilato si meravigliò che fosse già morto. Perciò, chiamato il centurione, gli domandò se fosse morto da tempo. Informato dal centurione, concesse il cadavere a Giuseppe, il quale, comprato un panno di lino, fece deporre Gesù, lo avvolse col panno di lino e lo pose in un sepolcro che era stato tagliato nella roccia. Quindi sulla porta del sepolcro fece rotolare una pietra, mentre Maria Maddalena e Maria di Giuseppe stavano a osservare dove veniva riposto. Trascorso il sabato, Maria Maddalena, Maria madre di Giacomo e Salomè comprarono gli aromi per andare a imbalsamare Gesù. Era il primo giorno della settimana, vennero al sepolcro appena spuntato il sole, dicendo fra di loro: chi ci aiuterà a far rotolare la pietra dal sepolcro? Ma alzato lo sguardo, osservarono che la pietra era stata rotolata, benché fosse molto grande. Entrate allora nel sepolcro, videro un giovane che se ne stava seduto a destra, rivestito di una veste bianca e si spaventarono. Ma egli disse loro: "Non spaventatevi. Voi cercate Gesù, il Nazareno, che è stato crocifisso. Egli è risorto. Non è più qui. Andate e ditelo ai suoi discepoli". Ma quelle, uscite dal sepolcro, fuggirono prese dal tremore e dallo stupore, e per un po' non dissero nulla a nessuno, perché avevano paura.

(*dal Vangelo secondo Marco*)

Quando giunsero sul posto detto luogo del Cranio, crocifissero lui e i due malfattori, uno a destra e l'altro a sinistra. Gesù diceva: "Padre, perdona loro, perché non sanno quello che fanno". Intanto, spartendo le sue vesti, i soldati le tirarono a sorte. Il popolo stava a guardare. I capi del popolo invece lo schernivano dicendo: "Ha salvato gli altri, salvi se stesso se è il Cristo di Dio, l'Eletto". Anche i soldati lo schernivano, si accostavano a lui per dargli dell'aceto e gli dicevano: "Se tu sei il re dei Giudei, salva te stesso". Sopra il suo capo c'era anche una scritta: "Questi è il re dei Giudei". Uno dei malfattori, che erano stati crocifissi, lo insultava: "Non sei tu il Cristo? Salva te stesso e noi!". Ma l'altro lo rimproverava: "Non hai proprio nessun timore di Dio, tu che stai subendo la stessa condanna? Noi giustamente, perché riceviamo la giusta pena per le nostre azioni, lui invece non ha fatto nulla di male". Poi aggiunse: "Gesù, ricordati di me, quando verrai nel tuo regno". E Gesù gli rispose: "In verità ti dico: oggi tu sarai con me in Paradiso".

Era quasi l'ora sesta, quando si fece buio su tutta la terra fino all'ora nona, essendosi eclissato il sole. Il velo del tempio si squarciò a metà. E Gesù gridando a gran voce disse: "Padre, nelle tue mani raccomando il mio spirito". Detto questo, spirò. Il centurione, vedendo l'accaduto, glorificava Dio: "Certamente quest'uomo era giusto". Anche tutti quelli che erano convenuti per questo spettacolo, davanti a questi fatti se ne tornarono a casa battendosi il petto. Tutti i suoi amici e le donne che lo avevano seguito fin dalla Galilea se ne stavano lontano, osservando tutto ciò che accadeva. C'era un uomo di nome Giuseppe, membro del sinedrio, uomo giusto e buono, che non si era associato alla loro deliberazione e alla loro azione. Era nativo di Arimatea, una città dei Giudei, e aspettava il Regno di Dio. Egli si presentò a Pilato e chiese il corpo di Gesù. Lo depose dalla croce, lo avvolse in un lenzuolo e lo mise in un sepolcro, scavato nella roccia, dove non era stato posto ancora nessuno. Era la vigilia di Pasqua e già cominciava a sorgere il sabato. Le donne che erano venute con Gesù dalla Galilea seguirono Giuseppe e videro il sepolcro e come vi era stato deposto il corpo di Gesù. Poi se ne tornarono a casa per preparare aromi e unguenti. Il giorno di sabato osservarono il riposo, come prescrive la legge. Il primo giorno della settimana, di buon mattino, si recarono al sepolcro, portando gli aromi che avevano preparato. Trovarono che la pietra che chiudeva il sepolcro era stata rimossa, ma, entrate, non trovarono il corpo del Signore Gesù. Se ne stavano lì senza sapere che cosa fare, quando apparvero loro due uomini, con vesti splendenti. Le donne, impaurite, tenevano il volto chinato a terra. Ma i due uomini dissero loro: "Perché cercate tra i morti il vivente? Non è qui, è resuscitato". Tornate dal sepolcro, le donne raccontarono tutto questo agli undici apostoli e agli altri. Ma queste parole parvero ad essi come una allucinazione e non credettero alle donne. Pietro però, alzatosi, corse al sepolcro. Guardò dentro e vide solo bende. E se ne tornò indietro meravigliato di quanto era avvenuto.

(dal Vangelo secondo Luca)

Presero dunque in consegna Gesù. Egli, portando la croce da sé, uscì verso il luogo detto del Cranio, in ebraico Golgota, dove lo crocifissero e con lui altri due: uno da una parte e uno dall'altra, e Gesù nel mezzo. Pilato aveva scritto anche un cartello e l'aveva fatto porre sopra la croce: "Gesù il Nazareno, il re dei Giudei". I soldati, quando ebbero crocifisso Gesù, presero le sue vesti e ne fecero quattro parti, una per ciascun soldato, e anche la tunica. Vicino alla croce di Gesù stavano sua madre e la sorella di sua madre e Maria Maddalena. Dopo ciò, sapendo che tutto era compiuto, Gesù disse: "Ho sete". C'era là un vaso pieno di aceto. Fissata dunque una spugna imbevuta di aceto a un ramo d'issopo, glielo accostarono alla bocca. Quando ebbe preso l'aceto, Gesù disse: "Tutto è compiuto" e, chinato il capo, rese lo spirito. I Giudei, perché i corpi non rimanessero sulla croce di sabato – quel giorno di sabato era infatti solenne –, chiesero a Pilato che spezzassero loro le gambe e venissero rimossi. Vennero dunque i soldati e spezzarono le gambe del primo e dell'altro che erano stati crocifissi con lui. Venuti da Gesù, siccome lo videro già morto, non gli spezzarono le gambe, ma uno dei soldati con un colpo di lancia gli trafisse il fianco e ne uscì subito sangue ed acqua. Dopo questo, Giuseppe di Arimatea, che era discepolo di Gesù, ma segreto per paura dei Giudei, chiese a Pilato di togliere il corpo di Gesù. Pilato lo concesse. Venne dunque e tolse il suo corpo. Venne anche Nicodemo, il quale già prima era andato da lui di notte, portando una mistura di mirra e di aloe di circa cento libbre. Presero dunque il corpo di Gesù e lo avvolsero con bende insieme agli aromi, secondo l'usanza di seppellire dei Giudei. Nel luogo in cui fu crocifisso c'era un orto e nell'orto un sepolcro nuovo, in cui non era ancora stato deposto nessuno. Là, dato che il sepolcro era vicino, deposero Gesù. Il primo giorno della settimana, Maria Maddalena si recò di buon mattino al sepolcro, mentre era ancora buio, e vide la pietra rimossa dal sepolcro. Corse allora e andò da Simon Pietro e dall'altro discepolo che Gesù amava e disse loro: "Hanno portato via il Signore e non sappiamo dove l'abbiano posto". Partì dunque Pietro e anche l'altro discepolo e si avviarono verso il sepolcro. Correvano ambedue, ma l'altro discepolo precedette Pietro nella corsa e arrivò per primo al sepolcro. Chinatosi, vide le bende che giacevano distese; tuttavia non entrò. Arrivò poi anche Simon Pietro ed entrò nel sepolcro: vide le bende che giacevano distese e il sudario che era sopra il capo, a parte, ripiegato in un angolo. Allora entrò anche l'altro discepolo, vide e credette. Non avevano infatti ancora capito che egli doveva resuscitare dai morti. Maria invece era rimasta fuori dal sepolcro, in pianto. Mentre piangeva, si chinò verso il sepolcro e vide due angeli biancovestiti, seduti: uno in corrispondenza della testa e l'altro dei piedi, dove era stato deposto Gesù. Essi le dissero: "Donna, perché piangi?". Rispose loro: "Hanno portato via il mio Signore e non so dove l'abbiano posto". Detto ciò, si voltò indietro e vide Gesù che stava lì, ma non sapeva che era Gesù. Egli le disse: "Donna, perché piangi? Chi cerchi?". Quella, pensando che fosse l'ortolano, rispose:

"Signore, se lo hai portato via tu, dimmi dove lo hai posto e io lo andrò a prendere". Le disse allora Gesù: "Maria!". Quella gli rispose in ebraico: "Rabbuni!" (che significa maestro). Gesù le disse: "Non mi trattenere, perché non sono ancora salito al padre. Va' piuttosto dai miei fratelli e di' loro: 'Salgo al Padre mio e Padre Vostro, al Dio mio e Dio vostro'". Maria Maddalena andò ad annunciare ai discepoli: "Ho visto il Signore" e riferì quanto le aveva detto.

(dal Vangelo secondo Giovanni)

17.

Gerusalemme, 26 marzo 2000

Non capiscono nemmeno che stanno morendo. Non ne hanno il tempo. Rientrati dalla preghiera serale nella moschea, Saeb e Abdullah aprono il portone, lo richiudono e cominciano a salire le scale: di colpo, la fioca lampadina che le illumina si spegne. Nello stesso istante mani robuste fanno calare un cappio attorno al loro collo e stringono sempre più forte: la vita fuoriesce dai loro corpi senza un grido. I due uomini si accasciano sulle scale e lì vengono lasciati. La soffitta è già stata sgomberata: non è rimasto niente, il fucile, le munizioni, il cronometro, si sono portati via tutto e hanno anche fatto pulizia, in modo che non resti neppure un'impronta. I killer si tolgono i guanti, sfilano il cappio dalle due vittime, riavvitano la lampadina sulle scale e scompaiono. Provvederanno i vicini a dare l'allarme. L'intera operazione è durata meno di cinque minuti.

Sono in tre, vestiti di scuro. I due che hanno ucciso Saeb e Abdullah torreggiano sul terzo uomo, più piccolo e tarchiato. Attraversano il suq arabo, dove quest'ultimo compra una mela e comincia a mangiarla per strada. Un'auto li attende alla porta di Giaffa: salgono a bordo e l'auto si dirige verso i Territori palestinesi. Al posto di blocco israeliano, l'uomo tarchiato che siede dietro esibisce un tesserino: un ufficiale esce da una casamatta, lo riconosce, scambia un saluto, e fa segno di lasciarlo passare.

Mezz'ora più tardi entrano a Ramallah, capitale dell'Autorità palestinese nei Territori occupati. Il confine con Israele non è riconoscibile, quella terra avidamente contesa è identica da una parte e dall'altra: campi di ulivi, pecore, capre, qui e là un cammello con le tende dei pastori beduini. L'uomo tarchiato guarda il panorama scorrere dal finestrino e pensa: America. Pensa al panorama che piace a lui. Shopping center, bar con le insegne al neon, grattacieli, alberghi di lusso. Luci, asfalto, cemento, moltitudini. Ma il destino lo ha fatto nascere in quella landa desolata e ora deve pure cercare di farne uno stato. Chissà se in futuro riuscirà a ottenere l'incarico che agogna: ambasciatore alle Nazioni Unite. A New York. In America. Sarà accettabile un ambasciatore che frequenta bar e bordelli? Se Arafat lo volesse, sì. E lui non è certo il primo alto funzionario palestinese con qualche peccatuccio da confessare ad Allah.

Ramallah gli piace ancora meno. Il deserto di pietra di quella che gli ebrei continuano a chiamare Giudea e Samaria ha, almeno, una sua bellezza: i wadi in secca, gli ulivi sulle alture, i canyon da cui emerge all'improvviso un monastero, lo scintillio del Mar Morto sullo sfondo. È spettrale, ma pur sempre uno spettacolo unico, particolare. La città che molti palestinesi considerano piacevole e moderna, la più ricca dei loro Territori, invece lo deprime profondamente. I ristoranti tutti uguali. Le case basse con il tetto piatto e le palazzine tirate su alla bell'e meglio da qualche speculatore. Le antenne satellitari su ogni balcone. Non un giardino. Gaza è peggio, molto peggio, su questo deve convenire, ma almeno a Gaza c'è il mare. Qui non si sa dove guardare. E quel che gli piace meno di tutto è la Mukhata, il palazzo presidenziale del loro leader supremo. Durante l'occupazione britannica era stata una prigione. Ne mantiene ancora l'atmosfera. Arafat lì dentro si sente importante, quasi un capo di stato, senza rendersi conto che gli israeliani lo hanno chiuso in un carcere, con intorno un deserto: un'Alcatraz mediorientale, da cui in pratica è impossibile fuggire.

Il piazzale della Mukhata è pieno di uomini in divisa che vorrebbero avere un aspetto marziale ma che per qualche ragione non ce l'hanno per niente. Vedendolo scendere dall'auto gli rivolgono uno stanco saluto militare. I visitatori fanno sempre anticamera prima di essere ricevuti da Arafat: il presidente lo fa apposta, anche quando non ha impegni, convinto di dimostrare in questo modo il suo potere. È noto che concede interviste ai giornali stranieri più importanti alle tre del mattino, dopo aver tenuto un reporter o una troupe televisiva ad attendere la sua chiamata in un malinconico albergo di Ramallah per un'intera settimana. Ma per lui l'attesa è breve.

"È sempre un piacere vederti," dice Yasser Arafat allargando le braccia e baciando Jibril Khatib sulle guance.

"È sempre un piacere servire il mio presidente," risponde con deferenza il capo del servizio di sicurezza. Tutto è smisuratamente grande nell'ufficio del leader dell'Olp: un'immensa scrivania di metallo, una poltrona girevole di pelle che sembra un trono, due soffici divani disposti ad angolo che sembrano fatti apposta per farci sdraiare sopra delle odalische, un tavolo da riunioni che potrebbe servire per un pranzo di nozze.

"E come lo hai servito oggi?" chiede Arafat, facendolo accomodare su un divano più piccolo, a lato della scrivania, davanti a un tavolino con acqua minerale, bibite e pasticcini. È notoriamente golosissimo, come dimostra una pinguedine incipiente che non gli dà certo l'aspetto del guerrigliero.

"Come il mio presidente e la nostra causa meritano," replica Khatib. "L'operazione per assassinare il Santo Padre è fallita. La cellula di al Qaeda è stata sgominata."

"Te ne sono grato," commenta Arafat, che naturalmente è a conoscenza dei risultati dell'azione già da ore ma vuole sentirli di nuovo lo stesso dalla viva voce del suo capo dei servizi segreti. "Dobbiamo esprimere gratitudine anche allo sceicco Yassin, senza la cui segnalazione, forse, non saremmo venuti a conoscenza di questo complotto."

"Forse lo avremmo saputo con qualche giorno o qualche ora di ritardo, Abu Ammar." Khatib usa il nom de guerre del presidente con fare adulatorio – come peraltro fanno tutti –, in modo da sottolineare che non c'è alcuna stizza nella sua risposta. Mentre chiaramente ce n'è. "Ma lo avremmo saputo. Non ci sono segreti che sfuggano ai nostri uomini dentro la Città Vecchia."

"Certo, certo. Non è una critica al migliore dei miei agenti. Ma dobbiamo ammettere che abbiamo un debito verso Hamas."

"Anche loro ne hanno nei nostri confronti, mio presidente. Si può essere rivali, anche farsi la guerra, pur restando fratelli, e siamo tutti palestinesi. Direi che, tra Hamas e Olp, ora il conto è più o meno in pari. E poi, eliminando quella cellula di al Qaeda abbiamo fatto un favore allo sceicco Yassin. Hamas non gradisce concorrenti sul terreno dell'islamismo, specie da gente che vuole solo il tanto peggio, tanto meglio, come Osama bin Laden."

"Hamas vuole la stessa cosa che vogliamo noi: uno stato palestinese," risponde Arafat in tono ispirato, come se parlasse a un'intera platea. Non guarda nemmeno più il suo interlocutore negli occhi. "L'unica differenza è come arrivare allo scopo."

Ce n'è anche un'altra, pensa Khatib: con quale leader, arrivare allo scopo. Yassin e Arafat si detestano. Lo sceicco considera il capo dell'Olp un inguaribile corrotto, e non ha tutti i torti, ragiona il capo dei servizi di sicurezza, che sulla corruzione del suo leader sa tutto. Deve sforzarsi per non sorridere. Si è distratto, perdendo un paio di passaggi del discorso che Arafat stava facendo all'invisibile platea. Ma non ha importanza, è quasi sempre lo stesso.

"Ebbene," Abu Ammar sembra sul punto di concludere, "l'assassinio del papa non avrebbe certo giovato alla nostra causa. Il Vaticano sa di avere in noi un alleato contro le prevaricazioni dello stato di Israele e noi abbiamo sempre avuto un alleato nel Vaticano. Tra poche ore vedrò il Santo Padre a Betlemme. Sarebbe bello potergli dire che gli abbiamo salvato la vita."

"Ma non è possibile," osserva compunto Khatib, come per completare il ragionamento, e anche un po' per ammonire il presidente a non cedere, come fa spesso, alla tentazione di vantarsi di qualsiasi cosa, vera o falsa che sia.

"No, non è possibile, non oggi, non così. Ne riparleremo dopo la sua visita. Magari ci sarà modo di far sapere qualcosa alla Santa Sede. Potresti fare una chiacchierata con il nunzio, tra qualche settimana. O con quel frate della École Biblique che è il loro agente nei Territori."

"Ai tuoi ordini, Abu Ammar."

"Allah è grande," dice Arafat, inghiottendo vorace un altro pasticcino.

"Lunga vita al mio presidente," risponde Jibril Khatib, e si accommiata.

Poco più tardi, nel cortile della Mukhata, il capo del servizio di sicurezza si accende l'ennesima Marlboro e dice all'autista di portarlo "al solito posto". Arafat festeggia il successo dell'operazione con i pasticcini e la gazzosa; lo sceicco Yassin, nella sua catapecchia di Gaza, probabilmente festeggia con una preghiera. Lui preferisce farlo con due ragazze e una bottiglia di whisky, nel miglior postribolo di Ramallah. Un cesso di città, ma anche nei cessi si trova qualche puttana decente.

La chiamano "la buchetta della posta di Dio". Tra le fessure del Muro del Pianto, centinaia, migliaia di biglietti di carta, piegati e ripiegati fino a diventare piccolissimi, testimoniano la devozione degli ebrei al Creatore: vengono qui, pregano e lasciano anche una preghiera scritta, che può essere una promessa, una richiesta, una semplice invocazione o anche solo una comunicazione. Parlano con Dio. Ce ne sono così tanti, di biglietti, che ogni due mesi il Rabbinato li fa raccogliere e depositare in un'apposita urna sacra, in modo da fare posto ai nuovi: esiste perfino un sistema per inviarli da lontano, con e-mail che un servizio speciale del Rabbinato stampa e poi deposita qui, tra le fessure del Muro.

Ma ora tra le fessure c'è un biglietto particolare, vergato a mano con bella calligrafia su un foglio di pergamena con le insegne giallo oro del Vaticano. L'autore non è un ebreo, bensì il capo di Santa Romana Chiesa, il pontefice massimo, Giovanni Paolo II. Il biglietto porta la sua firma in latino, *Joannes Paulus p.p. II*, e la data *Gerusalemme, 26 marzo 2000*. Joaquín Navarro-Valls, il portavoce del papa, più tardi ci ha rivelato il testo del messaggio: *Dio Padre, Tu hai scelto Abramo e i suoi discendenti per portare il Tuo Nome alle nazioni. Noi siamo profondamente rattristati per il comportamento di coloro che nel corso dei secoli hanno causato sofferenze ai Tuoi figli e, mentre chiediamo perdono, vogliamo impegnarci a vivere in autentica fraternità con il popolo dell'alleanza, i nostri fratelli maggiori.*

È il pentimento che il papa cristiano aveva lungamente promesso. È la pronuncia della parola magica dopo venti secoli: perdono. Perdono per aver accusato per generazioni gli ebrei della morte di Gesù. Perdono per aver lanciato contro di loro, per secoli, gli strali dell'antisemitismo. Perdono per tutto il male che i cristiani hanno fatto ai loro "fratelli maggiori". È il momento culminante della visita del papa, la rappacificazione tra due fratelli, il cristiano e l'ebreo, il minore e il maggiore, come riconosce lo stesso pontefice. Ma è una giornata lunga, quasi eterna, quella di Wojtyła. Spazia tra Israele e Palestina, tra cristianesimo, ebraismo e islam. Ve la racconto dall'inizio.

Mattino. Il pontefice entra al Santo Sepolcro. C'era già stato una volta, quando era un semplice prete polacco. Ora vi torna da patriarca della Chiesa cristiana. "Mi inginocchio davanti al luogo della Sua sepoltura," dice in piedi davanti al Golgota, baciando la pietra tombale. "Questa tomba è vuota," continua il papa dicendo messa, "essa testimonia l'evento centrale della storia umana: la resurrezione di Cristo. Su questa tomba nessuno potrà dubitare della potenza dello Spirito della Vita, che aiuterà a superare le divisioni fra i cristiani e a costruire un futuro di riconciliazione, unità e pace tra tutte le fedi del Libro."

Poi, sotto un sole a picco, visita il Muro del Pianto. Pietre possenti che giacciono da duemila anni, da prima della morte di Cristo. Pietre che rimandano all'alba dell'uomo. Sono le fondamenta del Secondo Tempio ebraico, rifatto da Erode il Grande, il luogo dove il popolo di Israele ha venerato l'Altissimo e a cui ha sempre agognato tornare. E che è ridiventato suo, dopo la guerra del '67, quando in sei giorni gli ebrei sbaragliarono tutti i loro nemici e il settimo riposarono, come in un racconto della creazione biblica rivissuta. C'è un'immagine famosa che ricorda quel giorno: i parà israeliani, appena entrati nella Città Vecchia riconquistata, tolgono l'elmetto e guardano il Muro del Pianto con occhi lucidi di commozione. Dal 1948, dalla creazione del loro stato e dalla guerra d'indipendenza che ne risultò, con la spartizione della Palestina, mai più l'avevano visto, mai più gli si erano avvicinati. Ora anche Wojtyła è al cospetto del Muro occidentale, il Kotel, come lo chiamano gli ebrei. Viene accompagnato fino a metà della piazza da un insigne rabbino, il ministro israeliano Michael Melchior, che gli dice solennemente: "A questo Muro non hanno cessato di guardare i figli del nostro popolo nei tormenti dell'Inquisizione, nei vagoni bestiame diretti ai lager, nel fuoco della battaglia". Il papa medita in silenzio, solo. Poi si avvicina, posa la mano su una pietra, la accarezza, ve la trattiene a lungo. Quindi estrae dalla tunica la pergamena, la apre, la legge bisbigliando una preghiera, come se anche lui comunicasse con l'Altissimo, e la infila in una fessura del Muro. Anche per lui, adesso, quello è il confessionale del cielo, il luogo da cui è possibile parlare con Dio.

Quindi, è la volta delle moschee. Giovanni Paolo II sale fino alla Spianata, sorretto dai suoi. Porta la croce davanti alla moschea al Aqsa, ma non vi entra, in segno di rispetto. È accolto dal gran muftì Sabri e da Faisal Husseini, rappresentante dell'Olp, il quale gli dice che Gerusalemme è stata araba per quindici secoli e apparterrà ai musulmani per l'eternità. La stessa rivendicazione, rovesciata, che Wojtyła aveva udito poco prima dal ministro israeliano Melchior. Tutti la vogliono, questa città santa e divisa. Poi Giovanni Paolo II sale sulla papa-mobile, percorre gli otto chilometri che separano Gerusalemme, il luogo della morte e resurrezione di Cristo, da Betlemme, il luogo della sua nascita. Ma Betlemme è già palestinese, fa parte dei territori su cui l'Olp ha piena autonomia di governo dopo l'avvio dei negoziati di pace, pur senza potersi ancora proclamare uno stato. È lì che lo attende il presidente Arafat, in kefiah bianco-nera da combattente. Come all'aeroporto Ben Gurion di Tel Aviv, anche qui due bambini offrono al papa una ciotola di terra da baciare: è l'implicito riconoscimento della sovranità palestinese, dirà più tardi Arafat dal podio, ma sarebbe ben strano, nota il suo portavoce, che il papa non baciasse la terra in cui è nato Gesù. Picchetti d'onore, bandiere, fanfare sottolineano il momento storico. Arafat sprizza scintille di gioia e di orgoglio: quanto ha atteso questa visita! Parla per primo, il capo dell'Olp, esaltando Gesù, il bambino della mangiatoia di Betlemme, come un "profeta di pace" per la cristianità e per l'islam. Cita il Vangelo, elogia i "costruttori di pace" su entrambi i fronti e conclude rivolto al Santo Padre: "Questa Terra Santa da tanto tempo sofferente ha bisogno delle vostre preghiere e dei vostri sforzi". Perlomeno si astiene dal sostenere che Gesù era palestinese, come si compiace di fare solitamente: davanti al papa non se la sente di spararla così grossa. Il pontefice gli risponde con un breve discorso: "Nessuno può ignorare quanto il popolo palestinese ha dovuto soffrire negli ultimi decenni. Il vostro tormento è davanti agli occhi del mondo. È andato avanti troppo a lungo. Avete diritto a una patria. Pace per il popolo palestinese! Pace per tutti i popoli della regione!". È il messaggio che Arafat voleva sentire.

Che giornata, per l'anziano pontefice. Finalmente è finita. Anzi no, non ancora. C'è un fuori programma. Ritornando verso il suo alloggio alla nunziatura di Gerusalemme, il papa chiede di fare nuovamente tappa al Santo Sepolcro. La visita del mattino, quella ufficiale, non gli è bastata. Vuole tornarvi in forma più intima, privata. E quando il papa esprime un desiderio, tutti obbediscono. La chiesa sta per chiudere. Bisogna dire al custode arabo – che ne detiene le chiavi per evitare litigi tra le varie confessioni cristiane, ciascuna gelosa dei suoi spazi – di tenerla aperta più a lungo del solito. Vengono fatti sgomberare in fretta e furia, per ragioni di sicurezza, gli ultimi turisti e pellegrini. Giovanni Paolo II entra, fa un segno di croce, poi si arrampica lentamente sulla scala di ferro che porta in cima al Golgota. Panico: se cadesse? Morirà? Vuole morire qui, anche lui, sul Golgota, come Gesù? La sicurezza israeliana ondeggia, incerta, ma sembrerebbe quasi sacrilego che un soldato o un poliziotto sorregga il papa. Allora si fanno avanti tre cristiani: padre Luis Terrato, frate superiore del Santo Sepolcro, un greco-ortodosso, e Stanislao, il fedele segretario polacco del papa. Lo puntellano, lo sospingono, finché Wojtyła, come un alpinista esausto, arriva in cima. Sdraiato col ventre sulla nuda roccia del Golgota, rimane lì, sul luogo del calvario di Cristo, immobile, assorto, impenetrabile, per una buona mezz'ora. Che sia morto?, si domandano nel panico i poliziotti israeliani di sotto. Se così è, poi però resuscita: si scuote dal torpore della preghiera, piano piano ridiscende, all'indietro, di nuovo sorretto dai tre. Ora la messa è davvero finita. Andiamo in pace.

18.

Gerusalemme, 27 marzo 2000

Padre Marulli sale alla nunziatura con un peso sul cuore. Non ne capisce esattamente il motivo. Ha compiuto la sua missione. L'obiettivo è stato centrato – o almeno così lui presume da quanto ha letto sui giornali. Secondo i resoconti della stampa israeliana, la polizia ha fatto irruzione nella casa di via El Hakkari poco dopo la loro fuga. Gli agenti hanno arrestato Nathan Rosenthal e i suoi compagni della Pattuglia della Decenza accusandoli di violazione della quiete pubblica e aggressione nei confronti di una coppia di turisti americani, tali Andy e Alicia Williamson, di Lexington, Kentucky, solo perché i due, in viaggio di nozze nella Città Santa, si sono scambiati un bacio passando sotto la casa degli haredim. I signori Williamson hanno sporto denuncia, ma lo shock è stato tale che sono immediatamente ripartiti per gli Stati Uniti. L'abitazione, continuano i giornali, è stata perquisita da cima a fondo e la polizia ha rinvenuto una pistola priva di regolare licenza, un fucile da caccia, tre coltelli, svariati randelli e mazze da baseball, una quantità di materiale propagandistico e un antico sarcofago vuoto, nello scantinato. Gli haredim hanno dichiarato di aver trovato il sarcofago qualche mese prima durante gli scavi per dei lavori di restauro, ma sono stati denunciati anche per questo, perché in base alla legge avrebbero dovuto segnalare subito il ritrovamento del reperto archeologico al ministero della Cultura.

Il giorno prima, usciti dalla Città Vecchia, padre Marulli, Maya e Paolo si erano diretti all'American Colony. Nella stanza d'albergo di Farneti si erano lavati, avevano rattoppato contusioni e ferite, si erano cambiati d'abito. Avevano tutti fretta di tornare alle rispettive postazioni. Non c'era stato neanche il tempo per un brindisi. Paolo doveva seguire la storica giornata del papa e scrivere il suo articolo più importante; Maya aveva da fare rapporto ai suoi superiori; padre Marulli non voleva perdersi perlomeno la visita del pontefice al Santo Sepolcro, l'unico momento in cui lo avrebbe visto, anche se sapeva che sarebbe stato difficile avvicinarlo. I tre si erano dati appuntamento per il giorno dopo.

Ma adesso, prima di rivedere i suoi compagni, il frate deve incontrare il nunzio apostolico e raccontargli com'è andata. È andata bene, anzi benissimo. E allora perché si sente un peso sul cuore?

Pensa a Maya, alla loro notte insieme. Si domanda se è cambiato qualcosa in lui in questi ultimi giorni, a causa della missione e dell'incontro con quella donna. Lei, con il suo pragmatismo, lo ha turbato. E il suo discorso sul dolore lo ha colpito: ha ragione Maya? È venuto il momento di imparare a conviverci senza drammi? Ha espiato abbastanza la morte di sua madre, è maturo per cominciare una nuova vita, ammesso che non sia troppo tardi? È questo che gli pesa sul cuore? Di colpo, il saio da domenicano che ha indossato per la cerimonia al Santo Sepolcro – e che il mattino dopo si è rimesso, senza un motivo, invece dei soliti abiti borghesi – gli pare fatto di piombo: deve toglierselo e non metterlo più?

Il nunzio lo riceve nel suo studio, seduto alla scrivania, ingombra di giornali.

"Mi complimento con lei, padre Marulli."

"Ma non le ho ancora riferito niente, monsignore."

"Sì, ma la visita del papa è stata un pieno successo. Ho visto il pontefice, ieri sera. Era stanco ma raggiante. E stamane ho letto i giornali: quell'arresto di haredim in una casa al confine con il quartiere cristiano... c'è il suo zampino, vero?"

Aprono le finestre: il rumore del traffico entra prepotente nella stanza. Il nunzio accende anche la radio, fa segno a Marulli di avvicinarsi a lui e lo ascolta come se fosse seduto dentro un confessionale. Il frate gli riferisce tutto, tralasciando soltanto la notte d'amore con Maya.

"Eccellente," commenta il nunzio quando ha finito. "Lei è stato formidabile. Ma certo, anche quella donna, che tempra! Mi piacerebbe congratularmi con lei di persona. Dev'essere un tipo piuttosto interessante, non è vero?" Il tono è vagamente insinuante.

"Molto interessante, monsignore, glielo confermo," risponde secco il frate.

"Be', non riuscirà a farmi sentire in colpa, sa? Nostro Signore non ha mai detto che non si possono guardare le donne, ha detto solo che noi preti non possiamo averci rapporti." È la sua frase preferita, la ripete sempre alle cene e ai party suscitando grande ilarità, perlomeno tra chi la ascolta per la prima volta e ignora che una cosa del genere, Gesù, non si è mai sognato di dirla: è stata la Chiesa, sette-otto secoli più tardi, a proibire ai preti di sposarsi, unicamente per evitare che lasciassero i loro beni terreni ai figli, anziché al papato.

Monsignor Righi si alza e va a prendere una bottiglia e due bicchieri dall'armadietto dove tiene la sua scorta personale di alcolici. "Viene dalla nostra Emilia," dice stappando la bottiglia. Riempie i calici. "È un bianchetto frizzante come si deve. Lo tengo solo per le occasioni speciali, e questa indubbiamente lo è. Brindiamo! Salute!"

Alzano i calici, li fanno toccare tintinnando.

"Ottimo, non è vero?" commenta il nunzio facendo schioccare la lingua.

Il frate resta con il calice a mezz'aria.

"Che succede, padre Marulli, non beve? È diventato astemio?"

"No. No, è che mi domando... mi è venuto un dubbio." È impallidito.

"Qualcosa che ha dimenticato di riferirmi?"

"No, le ho detto tutto, monsignore. Il dubbio mi è venuto quando lei ha detto 'Brindiamo'. A che cosa brindiamo?"

"Brindiamo alla riuscita di un'operazione che probabilmente ha evitato un mucchio di guai al pontefice e alla nostra Santa Romana Chiesa. E i guai che cominciano a Gerusalemme, non si sa mai dove e quando finiscono."

"Già." Il frate posa il bicchiere sulla scrivania, senza essersi nemmeno bagnato le labbra. "Cioè brindiamo al dissolvimento in un potente acido chimico di un corpo imbalsamato duemila anni or sono."

"Precisamente."

"L'ho guardato per un momento, quel corpo, monsignore, prima di versarci sopra l'acido."

"Ebbene?"

"Non somigliava al Gesù del Rinascimento, all'immagine che si è tramandata nei secoli."

"Non mi meraviglia – non c'erano molti uomini biondi con gli occhi azzurri duemila anni or sono, da queste parti," e il nunzio si fa una risata. "Ma che importanza ha se somigliava al Gesù del Rinascimento o no?"

Marulli tiene gli occhi sul bicchiere ancora colmo di vino: non l'ha toccato. "Forse non ha alcuna importanza. Però quel corpo aveva una ferita al costato e fori sulle mani e sui piedi, come se vi fossero stati conficcati dei chiodi. Era avvolto in un sudario. Aveva una corona di spine sulla testa."

"Una perfetta sceneggiata. Quando i nostri cari 'fratelli

maggiori', per citare il pontefice, vogliono architettare una truffa, nessuno sa architettarla meglio di loro. Proprio non lo vuole assaggiare questo vinello? Non sa che cosa si perde!" E così dicendo se ne versa un secondo bicchiere.

"Può darsi che fosse una perfetta sceneggiata. Ma sono rimasto colpito da quel volto."

"Posso immaginare," dice il nunzio in tono paterno. "La capisco, sa? Anche per un agente segreto come lei non dev'essere stato uno scherzo, è facile rimanere impressionati. Ma ora, diamine, si riprenda."

"Non è solo questo. Quando sono entrato in questa stanza non me n'ero ancora reso conto fino in fondo. Non avevo ancora avuto quasi il tempo di pensarci. È successo tutto così in fretta. Ma se gli haredim non si fossero inventati niente? Se non fosse stata una truffa?" Padre Marulli ha alzato la voce. Il nunzio lo guarda storto, ma il frate lo ignora. "Se quell'uomo fosse stato veramente Gesù, deposto dalla croce, curato in una casa o in una grotta, spirato dopo qualche giorno e poi tenuto nascosto per far credere alla storia della resurrezione?" incalza, sempre più alterato.

"Se, se, se!" Anche il nunzio ha alzato la voce. "Lei ha una bella fantasia, padre Marulli, dovrebbe scrivere romanzi gialli. Se fosse come dice, perché mai i suoi discepoli, duemila anni or sono, lo avrebbero imbalsamato? Potevano seppellirlo, distruggerlo, farlo sparire... Imbalsamarlo significava lasciare la prova della mancata resurrezione."

Padre Marulli si alza in piedi: "Non lo so!". E comincia a camminare su e giù per la stanza: forse non serve a chiarirgli le idee, ma non riesce più a star fermo. "Non lo so," ripete più piano. "Stiamo parlando di duemila anni or sono, monsignore. Erano uomini superstiziosi. Forse pensavano davvero che fosse il figlio di Dio. Forse si aspettavano che sarebbe risorto in seguito, non dopo tre giorni come aveva detto. Forse semplicemente non si azzardavano a seppellirlo. Forse preferivano venerarlo, come un idolo. Ci sono tante possibili spiegazioni."

"Sì, tante, su cui possiamo fantasticare tutta la vita senza raggiungere una sola certezza."

Il nunzio si accende una sigaretta. Questa conversazione non gli piace.

"Lei non ha certezze, monsignore? Eppure mi ha appena detto che è sicuro che quello non fosse il corpo di nostro Signore."

"Oh, insomma, ma guarda un po' cosa devo sentirmi dire!" sbuffa Righi. Adesso è davvero arrabbiato. "Vuole farmi una lezione di teologia? Francamente pensavo che un domenicano fosse un po' meno ingenuo. Lei crede davvero, padre Marulli, che a duemila anni di distanza – duemila! – faccia una gran differenza conoscere la vera identità di quel corpo? Crede che sia davvero possibile sapere a chi appartiene un corpo vecchio di duemila anni, quando non esistevano registri, documentazioni, testimonianze? Non sapremo mai chi era! Mai! Non sapremo se si chiamava Gesù, Giuda, Pietro come lei o Luigi come me!" E mena un pugno sulla scrivania.

"Ma allora... Senza resurrezione, non c'è cristianesimo, l'avvertimento di san Paolo..."

Il nunzio sbuffa un'altra volta, sforzandosi di mantenere la calma. "Padre Marulli, di nuovo faccio appello alla sua cultura di direttore della École Biblique: va bene che è un incarico di facciata per permetterle di occuparsi d'altro, però qualcosa avrà pure imparato standosene chiuso là dentro per anni! Anche quella frase pronunciata da Paolo risale a duemila anni or sono. Poteva avere un senso per i cristiani del primo o secondo secolo dopo Cristo, per un cristianesimo primordiale, primitivo, quando c'era bisogno di una fede animata da eventi soprannaturali per convincere l'Impero romano e i suoi milioni di sudditi a convertirsi e ad abbandonare la religione di Giove e Plutone. Oggi le cose sono ben diverse. Oggi il cristianesimo, come lei ben sa, si basa sul rispetto di un codice morale più che sulla consapevolezza della resurrezione. Si basa sulle soluzioni che la religione cristiana offre alla vita, individuale e associata. La resurrezione vale come dogma da difendere, e lei sa che la Chiesa ci tiene ai suoi dogmi, che sono infallibili. Perciò il papa ha evocato la resurrezione nel suo discorso di ieri al Santo Sepolcro, perciò ha voluto pregare sul Golgota. Perciò era necessario sgominare il complotto degli haredim. Ma sono simboli, convenzioni. Nella pratica, diciamo la verità, il cristianesimo non ne ha più bisogno..."

"Non c'è bisogno della resurrezione per credere?"

"Senta, lei crede davvero che se gli haredim avessero convocato quella conferenza stampa e mostrato una mummia di duemila anni or sono al mondo, sia pure con una corona di spine in testa e una ferita al costato, una potenza come la nostra Santa Romana Chiesa sarebbe crollata dalla mattina alla sera? Suvvia, padre Marulli, un uomo intelligente come lei... Siamo forse crollati per i rotoli del Mar Morto? Non sarebbe successo niente. Sì, i media si sarebbero divertiti, il papa si sarebbe irritato, ci sarebbe stato un po' di casino per un po' di tempo, ma la visita di Wojtyła sarebbe proseguita lo stesso e la Chiesa avrebbe continuato a essere la miglior guida morale del mondo."

Il frate si è rimesso a sedere. Sembra stremato.

"Glielo dico io da dove hanno preso questa idea gli haredim: una quindicina d'anni fa è uscito un romanzo che racconta la favola di un corpo ritrovato nella Città Vecchia di Gerusalemme che potrebbe essere quello di Cristo. S'intitola, per l'appunto, *Il corpo*. Lo legga e si tranquillizzi. È una favola, gliel'ho detto, una favola che ogni tanto qualcuno si ostina a tirare fuori. Tutto qui."

"Un romanzo? Una favola?" ripete padre Marulli.

"Piuttosto, abbiamo corso un altro rischio. Quell'avvertimento dello sceicco Yassin, trasmesso attraverso il suo amico giornalista, di cui lei mi ha riferito al telefono... Bene, due giovani palestinesi sono stati ritrovati morti in una casupola della Città Vecchia, a un centinaio di metri dal Muro del Pianto, il giorno prima che il papa andasse a deporvi il suo biglietto di scuse a Dio per l'antisemitismo. I corpi delle due vittime erano sulle scale. Causa del decesso: soffocamento. Forse non c'era abbastanza aria? Mah. La polizia non ha ritenuto ci fossero prove sufficienti per aprire un'inchiesta. Guarda che coincidenza. Due infarti simultanei, allora? Bene, i miei informatori – mi perdoni, lei non è il solo –, i miei informatori, dicevo, sostengono che quei due ragazzi appartenevano a una cellula di al Qaeda, inviata da Osama bin Laden a Gerusalemme per preparare un attentato contro il papa!"

"Dio mio!"

"Ecco, questa sì che era una cosa di cui preoccuparsi. Senza nulla togliere alla vostra missione, beninteso."

"E lo sceicco Yassin... È Hamas che li ha uccisi?"

"Non ho detto che sia stato Hamas."

"Ma allora chi?"

"I servizi segreti palestinesi, magari. O gli americani della Cia. O qualcun altro. Ha un'idea di quanti occhi di spie vigilassero sulla visita del papa?"

Padre Marulli scuote la testa.

"E poiché anche lei è una spia, padre, mi permetta di darle un consiglio, anzi un ordine: si prenda una vacanza. Una lunga vacanza. Torni in Italia, vada dove vuole. Mi creda, non volevo sminuire il suo operato. Il pontefice sarà informato a tempo debito e le esprimerà la sua personale gratitudine. Ma adesso si riposi. Vada via da Gerusalemme. Vada dove vuole e... con chi vuole," conclude monsignor Righi. Negli occhi gli brilla la stessa malizia di prima. O forse è solo l'effetto del frizzantino della sua terra.

19.

Gerusalemme, 27 marzo 2000

Un corpo avvolto in un lenzuolo giace sul pavimento di una casa del quartiere arabo della Città Vecchia. Intorno, una famiglia piange sommessamente. "Povero figlio mio," si dispera la madre. "Ho perduto anche te," singhiozza il padre. Piangono i fratelli e le sorelle, i nonni, gli zii, i primi e i secondi cugini. Quanta gente, in quella povera stanza. Una donna viene a portare del tè, in bicchierini fumanti colmi fino all'orlo, e tutti si ritirano a bere nella camera attigua. Il padre e la madre restano soli accanto al figlio. "Me l'hanno ammazzato," mormora la donna. "Me l'hanno ammazzato, ne sono sicura." L'uomo non risponde. Guarda in basso, corrucciato, poi si batte violentemente il petto. Wadi Abunassar pensa che sarebbe dovuto intervenire prima, avrebbe dovuto capire che suo figlio aveva preso una cattiva strada, come il fratello maggiore, e che bisognava fare qualcosa per salvarlo, prima che fosse troppo tardi. E adesso, cosa faranno gli altri fratelli? Toccherà anche a loro la stessa sorte? Dopo tre secoli e mezzo, nessun Abunassar rimarrà a custodire le chiavi del Santo Sepolcro? I suoi figli saranno inghiottiti uno dopo l'altro dalla violenza?

La moglie interrompe il corso dei suoi pensieri. "A cosa pensi?" Wadi è immobile. Il dolore lo ha svuotato. "Perché non mi rispondi?" lo incalza lei. "Perché non vai alla polizia?

Fai qualcosa, chiedi giustizia, ti hanno portato via un figlio! Cosa sei diventato?! Che Allah ti maledica, padre snaturato!"

Il marito la colpisce con uno schiaffo. "Stupida!" sibila. "Non vedi cos'hai sotto gli occhi? Tuo figlio era diventato un estremista, come suo fratello maggiore. Era un terrorista! Non so a quale gruppo appartenesse, ma qualcuno lo ha ucciso prima che potesse uccidere e uccidersi. Volevi vederlo esplodere in mille pezzi? O preferivi saperlo chiuso per il resto dei suoi giorni in una galera israeliana, dove puoi fargli visita solo una volta all'anno e ti si spezza il cuore ogni volta che ci vai? E tu, disgraziata, non vedevi la sua trasformazione? Non ti eri accorta di niente? Non pensavi di dover fare qualcosa per fermarlo! Tu, tu... tu, madre snaturata! Tu sia maledetta da Allah. Tu avresti perso comunque questo nostro bel figlio, così come l'ho perso io. Tu e io e noi maledetti, che non siamo riusciti a salvarlo dalla perdizione di questa terra!"

Scoppia a piangere, e allora la moglie lo abbraccia, lo bacia, lascia che pianga sulla sua spalla e poi gli asciuga le lacrime col suo fazzoletto. Quindi invia un bacio con la mano al corpo di Saeb e torna dai loro parenti. Wadi Abunassar invece esce di casa. È venuta l'ora di andare a chiudere, come tutte le sere, la chiesa del Santo Sepolcro.

20.

Gerusalemme, 27 marzo 2000

Pietro Marulli si lava le mani nella fontanella di fianco alla École Biblique e poi decide di non tornare subito nella sua cella. Prosegue lungo la Via Dolorosa, oltre il convento dei francescani, addentrandosi in quell'antica città che ha visto crociati e saladini, soldati e terroristi, pellegrini e mendicanti, santi e peccatori. Una targa sul muro segna ogni stazione della Via Dolorosa, ricordando i momenti del calvario di Cristo. Ora è lui che procede nel suo calvario, è lui che porta una croce in spalla.

Si ferma all'angolo del primo suq. Le botteghe sono ancora aperte, le viuzze pullulano di pellegrini venuti per la visita del papa. Gerusalemme dovrebbe essere sempre così. Una città di commerci e scambi, di turismo e fede, di dialogo e fratellanza. Altrimenti, perché dirla "santa"? Se è una città di conflitti, cos'ha di sacro?

Ripensa al motto dell'Entità, l'organizzazione per la quale ha lavorato per più di un decennio: "Ciò che non è sacro è segreto". Quanto pesa il segreto che ora porta con sé? Si guarda le mani e rabbrividisce. Possibile che quelle stesse mani abbiano liquefatto il corpo di Gesù Cristo, l'uomo che porse l'altra guancia, colui che disse "ama il prossimo tuo come te stesso", che prese accanto a sé una prostituta, che carezzò uno storpio e amò gli umili, che si circondava di pescatori, pastori, gente semplice? Deve sedersi sui gradini di una casa, gli gira la testa. D'un tratto, gli pare di vedere la verità per com'è: nella trappola non sono caduti gli haredim, ci è caduto lui. La Chiesa sapeva benissimo che quello era o sarebbe potuto essere il corpo di Gesù, e doveva distruggerlo: così lo aveva indotto a farlo, sostenendo che bisognava smascherare soltanto un imbroglio, uno scandalo montato ad arte dai loro nemici. Ma certo, il nunzio lo aveva quasi ammesso nel suo discorso: che importanza aveva chi era davvero quell'uomo? Non aveva più negato con la stessa fermezza del loro primo colloquio che fosse il corpo di Cristo.

Si rialza, ricomincia a camminare. Sono peggio di Giuda Iscariota, si dice Marulli. Ho tradito l'unico Maestro che mi restava, l'unico Signore che veramente amavo. Ma Giuda almeno lo ha tradito per uno scopo, affinché Gesù fosse crocifisso e si compisse il suo destino. Io perché l'ho tradito? Io sono peggiore del peggiore degli assassini. Ho commesso un abominio. Un carretto sospinto da un ambulante gli passa così vicino che quasi lo investe, le ruote gli salgono sopra un piede, facendolo cadere e imprecare di dolore. Lo rincorre zoppicando, ferma l'uomo che lo tira, lo scrolla, gli grida in inglese: "Chi sei, che vuoi, cosa volevi farmi?!". Quello risponde in arabo, spaventato: "Non so, signore, mi scusi, sono solo un povero ambulante".

Cosa gli sta succedendo? È l'unico cristiano vivente al mondo ad aver visto il corpo di Gesù. L'unico al corrente di quel segreto terribile. Agli haredim nessuno avrebbe creduto, ma a lui, a un frate domenicano, forse sì. Certo, la Chiesa è una potenza in grado di resistere a ogni accusa o calunnia, come gli aveva detto il nunzio, ma che pandemonio sarebbe scoppiato se lui avesse rivelato che il Vaticano lo aveva inviato a distruggere il corpo di Cristo? Per questo il nunzio gli ha ordinato di prendersi una vacanza? Per allontanarlo? Perché è diventato pericoloso? Per farlo scomparire nel nulla, con tutto comodo, quando sarà lontano da Gerusalemme? Se la Chiesa è così cinica da distruggere deliberatamente il corpo di Gesù, non ci penserà due volte a fare sparire un domenicano qualunque.

Torna alla École Biblique. Sale nella sua cella. Spegne il cellulare. Riempie una valigia di vestiti, ci infila un paio di libri, prende una pistola da un cassetto e infila in valigia anche quella. I documenti, un fascio di banconote. È pronto. Non possiede un granché. Ridiscende in strada, si dirige a piedi alla porta di Giaffa, dove tiene parcheggiata l'auto. Prima di salirvi entra in una cabina del telefono, compone un numero e attende nervosamente la risposta. Al quarto squillo, una voce femminile: "Pronto?".

"Ho urgente bisogno di vederti. Non da me e nemmeno nella Città Vecchia. Dove sei?"

"Vicino al King David. C'è un boschetto dietro l'albergo, ti aspetto lì fra un quarto d'ora."

Maya è seduta su una panchina, la riconosce da lontano dal modo in cui tiene accavallate le gambe: fasciate in un paio di jeans, stavolta. Il bosco si apre da un lato sulla Città Vecchia, che sorge ai loro piedi come un miraggio. Pietro le si siede vicino. Vorrebbe baciarla, ma non lo fa. Prima deve parlarle. È più importante. Lei lo guarda interrogativa, senza dire niente, aspettando.

"Ho capito una cosa," le dice. "Anzi, due."

Le racconta il colloquio con il nunzio. Le confida di essere convinto di aver dissolto nell'acido il corpo di Gesù Cristo. Del vero Gesù Cristo. Dice che si sente usato dalla Chiesa. Che lo hanno manipolato per i loro scopi. E che ora teme di essere diventato un testimone ingombrante. Troppo ingombrante. Cercheranno di eliminarlo, di chiudergli per sempre la bocca.

Maya gli prende le mani fra le sue. "E io, allora? E il tuo amico Farneti? Cercheranno di eliminare anche noi?"

"Per voi è diverso. Primo, non avete visto nessun corpo e non siete stati voi a distruggerlo. Secondo, Paolo è un giornalista, la professione più screditata che esista al mondo. Nessuno crederebbe a un giornalista. E tu sei una spia israeliana, nemmeno tu, scusami, sei il massimo della credibilità. Poniamo che un agente dello Shin bet riveli l'esistenza di un complotto come questo. La Chiesa risponderà: è un complotto di Israele. Caso chiuso. A parte il fatto che eliminare un agente dello Shin bet non sarebbe facile e nemmeno senza conseguenze. Eliminare me sarebbe molto meno complicato."

Per una volta, Maya è a corto di argomenti. Non sa cosa rispondergli. Vorrebbe rassicurarlo, ma nemmeno lei è tanto certa che Pietro abbia torto.

"Ma a te non è venuto il mio stesso dubbio?" le domanda. "Non hai mai pensato che quel corpo da distruggere potesse essere davvero Gesù?"

"Non ci ho pensato," ammette lei. "Ho creduto a quello che mi hanno detto i miei superiori e che comunque mi hai confermato anche tu. Un imbroglio degli haredim. Una truffa. Inoltre, Gesù per un ebreo non è una figura importante come per un cristiano. Ti sembrerà strano, ma noi abbiamo una vaga idea di chi sia. E non ci interessa parlarne, non ci piace, lo consideriamo la causa di molti dei nostri guai per via dell'antisemitismo che ha generato l'accusa di deicidio nei nostri confronti. Il buffo è che Gesù, in ebraico, è un nome comunissimo: Yehoshua, ce ne sono migliaia. Ma nessuno lo collega a quel Gesù, al vostro Gesù cristiano."

Marulli non reagisce. È diverso da come lei l'ha conosciuto. Vorrebbe aiutarlo. Ma come? "Senti Pietro, tu mi hai spiegato che credi nel bene da fare sulla Terra, dunque non credi nell'aldilà, nella vita eterna e in tutte le sciocchezze che si raccontano i credenti. Allora, stammi a sentire: come puoi credere di aver distrutto il figlio di Dio? Se non credi in Dio, nel Dio delle Sacre Scritture, come puoi pensare di aver distrutto il corpo di suo figlio?"

"Non è questo che credo, infatti. E non è questo che mi angoscia. Per me Gesù è stato uno dei grandi eroi della storia. Non è il Gesù dei miracoli che mi attrae, non credo al Gesù che cammina sulle acque, moltiplica pani e pesci, ridà la vista ai ciechi. Quelle sono al massimo favole di duemila anni fa da interpretare. Io credo al Gesù che ha rivoluzionato il pensiero umano, al Gesù filosofo che insegnava l'amore per il prossimo e il valore degli umili, dei poveri, dei disgraziati. È nel suo essere uomo che io vedevo la sua grandezza. È nella sua ricerca della Verità che vedevo in lui il divino. E ora io ho fatto scomparire quel che restava di quell'uomo, l'ho cancellato per sempre. Mi faccio orrore."

"E allora cosa vuoi fare? Espiare di nuovo, come dopo la morte di tua madre?"

Per la prima volta da quando ha avuto l'ultimo colloquio con il nunzio, Pietro sorride. "No. Mi hai insegnato qualcosa, Maya. Terrò dentro di me il mio dolore. Ci convivrò. Ci proverò almeno. Non vorrei espiare stavolta, al contrario vorrei salvarmi. Vorrei cominciare una nuova vita. E questa è la ragione per cui volevo vederti."

"Per chiedermi di procurarti un nuovo passaporto, una nuova identità?" Anche Maya adesso sorride.

"No, per chiederti di fuggire con me. La Chiesa, o meglio l'Entità, mi darà la caccia, ne sono certo, li conosco troppo bene. Possiamo andarcene via, lontano da questa città e da questa terra. Lontano dall'Europa. In America, in Sudamerica, in Australia. La mia missione è finita: non quella di eliminare quel corpo, bensì la mia missione di fraticello. Ora può cominciarne un'altra, la mia missione di uomo."

Maya lo abbraccia. Gli dà un lungo, dolce bacio sulla bocca – senza aprire le labbra, però.

Poi si scosta. "No, Pietro. Non posso venire via con te."

Lui ride senza allegria. "Mi rendo conto che proporti di fuggire insieme a un ex agente dell'Entità, che la Chiesa potrebbe cercare di uccidere, non è esattamente il massimo."

"Ti sembro il tipo da aver paura dell'Entità o del Vaticano? Hai visto come ho sistemato gli haredim."

Riesce a farlo ridere di nuovo, stavolta sul serio.

"No, non è per questo, non è per paura." Gli occhi dorati di Maya sono pieni di tenerezza. "Verrei volentieri con te in Australia. Con te verrei volentieri ovunque. Mi piaci, Pietro. Mi sei piaciuto subito, perché ho sentito in te una passione e un coraggio simili ai miei." Tace, lo bacia di nuovo, di nuovo a labbra serrate. "Ma la mia missione, diversamente dalla tua, non è finita," riprese Maya. "Questa è la mia terra, questo è il mio paese. Non credo in Dio, te l'ho detto, ma credo nello stato di Israele. Sono una sionista, Pietro. Non potrò mai andarmene da qui."

"Capisco. E un po' me l'immaginavo," risponde brusco Marulli. "Ma ci ho provato. Allora, è venuto il momento di salutarci." È come offeso, rattristato. Le dice che ha la valigia in auto, che non tornerà più alla École Biblique: "La mia fuga è già cominciata. Con o senza di te".

"Ti seccherebbe se faccio insieme a te la prima tappa? Dammi un passaggio fino a Tel Aviv. E dormi a casa mia, stanotte."

L'autostrada tra le due principali città di Israele è come sempre piena di traffico. Pietro guida senza parlare. Anche Maya non ha molto da dire, ma gli tiene una mano sulla gamba, dandogli piccole carezze ogni tanto.

"Dove andrai?" gli chiede mentre entrano a Tel Aviv.

"Non ho ancora deciso. E tu cosa farai?"

"Quello che ho sempre fatto."

"Hai salutato Farneti?"

"No. Ed è meglio così. Non vorrei avergli messo in testa strane idee, dopo quei baci appassionati davanti alla casa degli haredim. Io obbedivo solo ai tuoi ordini. Lui, non lo so..."

"Già, non lo so neppure io." E ridono insieme. Pietro sembra meno angosciato adesso.

"E tu," gli chiede Maya, "lo hai salutato il tuo amico Paolo?"

"Non ce n'è stato il tempo. Gli telefonerò domani."

"Perché non scappi con lui? Ho capito che siete stati grandi amici in passato. Forse lo siete ancora."

"Sì, credo anch'io che lo siamo ancora," e Pietro si illumina. "Ma Paolo, come te, non ha finito la sua missione. Non rinuncerebbe mai al giornalismo."

"E il debito che aveva con te? Cos'era?"

"Una vecchia storia senza più importanza. Comunque lo ha abbondantemente saldato. Non c'è molta gente che si sarebbe esposta a un simile pericolo senza pensarci due volte."

"Ci ha anche guadagnato qualcosa..." osserva Maya.

"Questo è vero: i tuoi baci e le tue carezze, davanti alla casa degli haredim."

"Ma no!" ride lei. "Penso che gli sia servito fare qualcosa di vero, di concreto, dopo una vita passata a ricamare articoli su quello che fanno gli altri."

"Non ci avevo pensato. Forse hai ragione. Ma chissà se Paolo se ne rende conto."

Ogni tanto la guarda di sottecchi, mentre guida. Maya ha un modo adorabile di ravviarsi i capelli. Pietro sente già la sua mancanza.

"Come pensi di andartene da Israele?" domanda lei. "Credi che ti stiano già seguendo?"

"Avevo due o tre idee. Con te, sarei passato per il ponte di

Allenby e sarei entrato in Giordania. Ho qualche buon amico, da quelle parti. Da solo, invece, penso che partirò per mare."

"È una buona idea per non farsi scoprire, se qualcuno ti segue. In acqua non si lasciano tracce."

"In acqua non si lasciano tracce, proprio così."

A casa, Maya prepara da mangiare. Non è una gran cuoca: uova strapazzate al formaggio, pane tostato, due birre. Pietro ha ancora una curiosità da soddisfare: il venditore ambulante che ha aperto la botola per loro, facendoli fuggire attraverso il tunnel sotto la Spianata delle Moschee, era un suo collega dello Shin bet? Lei lo aveva salutato in ebraico, con uno "Shalom", lui aveva risposto in arabo, "Salam". Per il resto non aveva proferito parola.

"Secondo te, perché taceva?" gli risponde Maya. "Per non farci capire minimamente, neppure dall'accento, da che parte stava. Sì, credo che fosse uno dei miei. Ma non ne sono sicura. E poi, shalom, salam... vedi come si assomigliano le due parole più pronunciate dai nostri due popoli? Ci facciamo la guerra e usiamo termini simili per dire la stessa cosa: pace. È la prova che in realtà siamo fratelli, o perlomeno parenti molto stretti."

"Isacco e Ismaele, i due figli di Abramo. Tutto torna sempre là dov'è cominciato, nella Bibbia."

Fanno l'amore, ma non come la prima volta. Con più abbandono. Come se i loro corpi e le loro menti andassero su binari separati. Pietro sa che non riuscirà mai ad addormentarsi. Gli fa tenerezza vedere che invece Maya dorme. Convivere con il dolore: è la sua forza. Ma non è sempre possibile.

All'alba si alza, stando attento a non svegliarla, si riveste e raccoglie le sue cose per filarsela. Non c'è bisogno di aggiungere altro, fra loro.

È già sulla porta, quando sente un fruscio alle sue spalle.

Pietro si volta e le sorride. "Pensavo di riuscire a fregare un agente dello Shin bet, ma sbagliavo."

"Pietro... Forse un giorno ti accorgerai che non ti insegue più nessuno. Tornerai a trovarmi, in quel caso?"

"Forse, un giorno."

21.

Langley (Virginia), 27 marzo 2000

Il quartier generale della Central Intelligence Agency si trova nei sobborghi di Washington, in una zona residenziale di linde villette e palazzine di uffici tutte uguali. È un posto tranquillo per il covo di quella che è ritenuta, a torto o a ragione, l'agenzia di spionaggio più efferata del mondo: alla Cia, come viene comunemente chiamata usando il suo acronimo, sono attribuiti complotti di ogni genere, assassinii, torture, golpe, strategie della tensione. In buona parte questa reputazione è fondata, sebbene la Cia non abbia le mani sporche di sangue più di altri celeberrimi servizi segreti, come il Mossad israeliano, il Kgb sovietico (il cui erede è l'Fsb russo), l'MI6 britannico. In parte è frutto di un'esagerata percezione dei suoi compiti, a sua volta conseguenza dell'avversione – spesso comprensibile – suscitata dagli Stati Uniti in molti paesi del mondo, in particolare in quelli in cui la Cia opera e ha operato clandestinamente. Molti dei suoi funzionari, tuttavia, sono uomini in grigio, freddi analisti che non hanno mai impugnato e mai impugneranno una pistola in vita loro e non saprebbero da dove cominciare una rissa o un inseguimento. Il loro ruolo però è tutt'altro che secondario. Sono i grandi burattinai che reggono le fila di spettacoli complessi di cui nessuno, neppure gli attori, comprende la trama fino a che cala il sipario, e talvolta neppure dopo che è calato. Devono sovente ricorrere a strategie degne degli scacchi, dove un attacco maschera una debolezza, il sacrificio di un pezzo importante deve distogliere da una manovra letale e ogni mossa mira a un risultato che diventerà chiaro solo in seguito, quando l'avversario non sarà più in grado di contrastarlo e di nuocere.

Quel giorno, nell'ufficio all'ultimo piano della vasta costruzione ottagonale che ospita la Cia, il direttore Bill Fink fa accomodare uno dei suoi vice, Jack Keller, responsabile del dipartimento "Hum int" – la Human intelligence, gli agenti in carne e ossa, le spie che agiscono sul campo, mentre il "Sat int", la Satellitar intelligence, indica lo spionaggio svolto attraverso sistemi di rilevamento elettronici come i satelliti spia, le intercettazioni telefoniche e altre diavolerie tecnologiche. Per due decenni, la sezione Hum int ha occupato un posto modesto nel budget dell'agenzia, perché considerata obsoleta davanti all'avanzata delle nuove vie di controllo tecnologico. Ma nel 1998, ultimo anno del suo secondo mandato, dopo che una serie di attentati – come quelli di al Qaeda contro le ambasciate degli Stati Uniti in Africa e di un fanatico americano di estrema destra contro la sede dell'Fbi a Oklahoma City – lo hanno convinto dell'importanza di raccogliere informazioni e combattere il terrorismo alla vecchia maniera, con gli uomini, e le donne, sul campo, il presidente Clinton ha impartito un ordine esecutivo segreto per rafforzare la Hum int.

A Keller è toccato il compito di eseguire l'ordine e di fare periodicamente rapporto al direttore della Cia sui risultati delle sue operazioni più segrete. Ciò ha significato in primo luogo rintracciare negli altri settori delle forze armate e dei servizi di sicurezza gli uomini adatti a uccidere che possono essere necessari in missioni clandestine: ex marines, ex commandos delle US Navy Seals e della Delta Force, ex ranger. Ma non è sempre possibile convincere un militare di carriera a togliersi l'uniforme e diventare un killer in borghese a tempo pieno. Poi ci sono le spie, che magari in battaglia non hanno le qualità di un Rambo ma sanno come far chiacchierare una fonte e come rubare segreti: spesso si nascondono nelle capitali estere come diplomatici, medici d'ambasciata, funzionari di aziende private, giornalisti. Infine, Keller si è impegnato a ricostruire il reparto più debole della Hum int, ma anche il più importante e pericoloso: gli infiltrati. Coloro che sono capaci di entrare in un'organizzazione nemica, fare il doppio gioco per il tempo necessario a guadagnarne la fiducia e poi tradirla rivelandone i piani a Washington. I russi sono più bravi a questo gioco: durante la Guerra fredda avevano infiltrato con successo vari agenti nelle organizzazioni occidentali, inclusa la Cia. Keller ha fatto del suo meglio. E di questo deve parlare con il direttore Fink quella mattina. Ma per portargli una brutta notizia.

Siedono su due divanetti a elle, in un angolo dell'ampio ufficio del direttore. Dalle finestre si vede scorrere lento il traffico sull'autostrada: una sequela di puntini luminosi che si colorano di rosso vermiglio ogni volta che le auto in colonna frenano.

"Dovremo usare l'elicottero, stasera, se vogliamo arrivare a casa in tempo per la cena," brontola Bill Fink, indicando l'ingorgo che si è formato.

"Per nostra fortuna la saltiamo spesso, la cena, così non dobbiamo lamentarci del traffico," risponde Jack.

"Volevi vedermi a quattr'occhi," attacca il direttore. I convenevoli sono finiti.

"Sì. C'è una faccenda piuttosto spiacevole di cui devo parlarti. Ricordi il nostro agente QA1?"

"Quelle iniziali mi ricordano qualcosa. E pure il numero uno."

Keller gli rinfresca la memoria. QA1è il primo agente che la Cia è riuscita a infiltrare dentro al Qaeda. Un colpo molto, molto promettente. Un giovane palestinese che aveva preso la nazionalità americana. Suo fratello maggiore stava scontando una sentenza all'ergastolo in Israele per terrorismo. "Sembra incredibile che il nostro uomo fosse sfuggito ai radar dell'Fbi quando entrò negli Usa, avrebbe dovuto essere giudicato automaticamente sospetto," osserva il capo della Hum int. "Ma sai come lavora l'Fbi."

"Già, specie dopo i tagli al bilancio cui li ha sottoposti questa amministrazione," concorda il direttore.

"Non parlarmi di tagli, ne so qualcosa." Keller non ha bisogno di consultare carte: quel caso lo conosce a memoria. Ci ha lavorato tanto. E adesso... Il giovane palestinese era stato individuato a scuola e poi all'università, dove si era iscritto con una borsa di studio. Quando avevano scoperto che aveva un fratello terrorista islamico, la Cia e l'Fbi avevano cominciato a pedinarlo. Gli avevano messo microfoni dappertutto, pensando che avrebbe potuto aiutarli a sgominare qualche complotto contro Israele o contro l'America. Il ragazzo detestava Israele e considerava l'America un mediatore disonesto, di parte, pro stato ebraico, nel negoziato di pace. Era religioso, ma non frequentava regolarmente la moschea. Eccelleva negli studi. Aveva imparato bene l'inglese. I cugini che lo ospitavano erano brava gente, avevano preso la cittadinanza americana e avviato le pratiche per farla prendere anche a lui. La domenica si divertivano ad andare a sparare in un poligono di tiro, dove era risultato che il loro giovane parente aveva una vista e una mira prodigiose: ma sparano in tanti, in America, non è un indizio sufficiente a bollare qualcuno come potenziale terrorista.

"E allora?" lo interrompe il direttore, controllando l'orologio.

"L'abbiamo fatto avvicinare da un nostro agente, un arabo. Sono diventati amici, hanno cominciato a frequentarsi. Il ragazzo non ci ha messo molto a confidare la sua simpatia per Hamas, l'altro gruppo fondamentalista palestinese."

"È nella nostra lista nera di organizzazioni terroristiche."

"Sì," ammette Keller. "Ma ricordi l'ordine esecutivo segreto che Clinton firmò dopo l'avvio dei negoziati di pace con Rabin e Arafat? Clinton non si fidava di Arafat, perciò voleva tenere aperto un secondo canale di comunicazione con i palestinesi, senza che nessuno lo sapesse. E con chi tenerlo se non con Hamas, che raccoglie il consenso del quaranta per cento della popolazione palestinese?"

"Io diedi parere negativo. Andare a letto con i terroristi è sempre pericoloso, per conto mio," dice Fink.

"Anche Arafat era considerato un terrorista, prima che lo convincessimo a rinunciare alla violenza, almeno in parte, e ne facessimo un premio Nobel per la pace," obietta Keller. "Un giorno potrebbe succedere anche con Hamas."

Fink fa un gesto: vieni al sodo. Non sopporta di essere contraddetto, specie da un sottoposto.

"Come già sai," si affretta a dire Keller, "il nostro contatto segreto con Hamas è Khaled Meshal, il loro capo politico, in esilio a Damasco, quello che subì l'attentato al veleno ad Amman che ha poi permesso la liberazione dello sceicco Yassin... lo sceicco di Gaza, il vecchietto in sedia a rotelle, hai presente?"

"Come no, è nei miei pensieri ogni sera prima di coricarmi." Fink ne ha le palle piene e non lo nasconde.

"Sempre spiritoso, Bill. Ebbene, a un certo punto Meshal ci ha informati di un tentativo di al Qaeda di crearsi una base popolare di appoggio in Palestina. Non è sorprendente, trattandosi del conflitto più lungo e più aspro del mondo arabo. E in cui l'America è in prima linea. Ora, secondo te, se in Palestina esiste già un movimento islamico fondamentalista che usa il terrorismo per combattere Israele, perché mai al Qaeda cerca di fargli concorrenza?"

"Elementare Watson, perché non si fida di Hamas."

"Esatto. In prospettiva lo giudica un movimento troppo nazionalista, chiuso nei suoi interessi palestinesi, senza ambizioni globali di guerra santa all'Occidente. Insomma, troppo morbido. O per usare una parola che farebbe sobbalzare i nostri amici israeliani: troppo moderato."

"Terroristi moderati, un bell'ossimoro," sghignazza il direttore della Cia. "Continua così Jack, e farai carriera." Keller dev'essere un democratico: ci giurerebbe. Un fottuto liberal.

"C'è poco da ridere, boss. D'accordo con Meshal, abbiamo deciso di provare ad arruolare il giovane palestinese. Il nostro agente arabo gli ha fatto credere di essere un uomo di Hamas e lo ha reclutato con il compito di infiltrarsi in al Qaeda."

"E lui ha accettato."

Keller spiega come e perché. Il palestinese voleva vendicare suo fratello. Voleva la liberazione della Palestina, ma senza le mezze misure e i compromessi di Arafat. Infine, non capiva cosa c'era dietro al Qaeda. "Gli abbiamo ricordato che Osama bin Laden prendeva soldi dagli americani per combattere contro i sovietici in Afghanistan," continua Keller. "E gli abbiamo insinuato il dubbio che continuasse a prenderli, che fosse un provocatore, determinato a far fallire la resistenza palestinese."

"E ha funzionato."

"Ha funzionato."

La Cia, d'intesa con Meshal, lo aveva mandato nelle madrase del Pakistan a conoscere radicali islamici, quindi in Afghanistan a combattere come volontario al fianco dei mujaheddin. E in Afghanistan il giovane palestinese aveva incrociato al Qaeda. Il fatto che avesse un fratello in carcere in Israele, la cittadinanza americana e una mira infallibile lo aveva reso presto interessante agli occhi di Osama bin Laden.

Fink ha fretta: ha appuntamento con il presidente Clinton per il loro colloquio mensile. Non era una battuta che arriverà a casa tardi per la cena.

"Vieni al dunque, Jack."

"Dall'Afghanistan è tornato in Palestina, dove bin Laden lo ha inserito in una cellula che aveva il compito di assassinare il papa durante la visita dei giorni scorsi a Gerusalemme."

"Fortunatamente non è accaduto, mi pare, se ho letto bene i giornali."

"Li hai letti bene. Ma non così bene dal notare una notiziola a pagina 27 del 'Washington Post' di ieri, un trafiletto a due colonne sulla morte misteriosa di due giovani palestinesi nella Città Vecchia, il giorno prima della visita del papa al Muro del Pianto."

"E uno dei due..."

"...era il nostro agente QA1. Il nostro infiltrato speciale in al Qaeda."

Naturalmente l'infiltrato non avrebbe assassinato il papa. La Cia li teneva d'occhio. Sarebbe intervenuta due ore prima dell'attentato. Avrebbe ucciso il suo complice e lasciato fuggire lui. Il Santo Padre sarebbe stato salvo e l'infiltrato avrebbe continuato a passare a Washington informazioni su al Qaeda credendo di lavorare per Hamas.

"E cosa cazzo è successo?" si spazientisce di nuovo il direttore. "Non mi dire che i nostri lo hanno ucciso per sbaglio."

"No. Sono stati i servizi segreti di Arafat a ucciderlo, grazie a una soffiata proveniente da... Hamas."

"Da Meshal a Damasco? Vedi che non dovevamo fidarci di lui."

"La soffiata non gliel'ha fatta Meshal. È venuta da Gaza, dallo sceicco Yassin. Il quale non sapeva nulla dell'accordo tra noi e Meshal. Ma anche lui ha buoni informatori, ed è questo che non avevamo previsto: quando ha saputo dalle sue fonti che una cellula di al Qaeda operava a Gerusalemme per cercare di assassinare il papa, ha avvertito Arafat e Arafat li ha fatti eliminare."

"Non potrebbero parlarsi di più, Meshal e Yassin?" sbotta Fink.

"Nemmeno noi parliamo abbastanza con i nostri colleghi dell'Fbi," si limita a dire Keller.

"Che posto di merda il Medio Oriente, Jack!"

"A me piaceva, quando ci lavoravo... da giovane."

"Non dire stupidaggini. A nessuno piace il Medio Oriente. Ci sono solo deserto, merda di cammello e sotterfugi."

"I sotterfugi sono il nostro pane quotidiano, Bill."

Il direttore finge di non aver sentito. "È una gran brutta notizia," conclude alzandosi. "Non la riferirò al presidente. Cerca di trovare un altro infiltrato. Al Qaeda mi preoccupa. Voglio sapere che cosa sta architettando bin Laden."

I puntini rossi sull'autostrada adesso sono una muraglia immobile. Bill Fink dovrà prendere davvero l'elicottero, se non vuole fare aspettare il presidente degli Stati Uniti.

22.

Tel Aviv, 28 marzo 2000

Maya Mazin predilige due tipi di abbigliamento: maglietta, jeans, scarpe da ginnastica e giubbotto di pelle, per quando lavora; minigonna, top, giubbotto di jeans e scarpe a punta col tacco alto, quando vuole divertirsi. Ma per l'occasione si è messa un tailleur blu, una camicetta bianca, scarpe blu col mezzo tacco e neanche un filo di trucco.

Entra nell'ufficio del direttore dello Shin bet a mezzogiorno in punto, accompagnata dal capo del suo dipartimento. Pensava di trovare solo lui, il vecchio generale, l'ex commando di tante imprese diventate leggenda, e invece lo trova in compagnia di un altro uomo, un altro ex generale, nemmeno tanto vecchio, anche lui un ex commando, ancora più leggendario: il primo ministro dello stato di Israele, Ehud Barak, l'ufficiale con più decorazioni al valore nell'intera storia dello stato ebraico.

Maya scatta sull'attenti e fa il saluto militare. Il direttore e il premier rispondono con un saluto meno marziale, poi si rilassano e le fanno capire che può rilassarsi anche lei.

Parla per primo il direttore dello Shin bet: "Agente Mazin, ho letto il rapporto che ha fatto al capo del suo dipartimento. Il risultato della missione è eccellente. Da questo momento lei viene reintegrata nelle strutture operative dei servizi di sicurezza dello stato. Sempre che intenda restarne parte, s'intende".

"È mio vivo desiderio, generale." Gli occhi di Maya brillano di orgoglio.

"Bene. Le comunico che verrà riassegnata al Mossad. Le qualità che ha messo in mostra in questa missione e la sua capacità di lavorare con agenti stranieri la qualificano per incarichi all'estero. A me dispiace perderla. Ma lavoriamo tutti per lo stesso paese e per lo stesso scopo."

"Anche a me dispiace perderla," risponde Maya di slancio. Poi si corregge: "Perdere il mio posto nello Shin bet, voglio dire".

Il premier non riesce a trattenere un risolino. L'agente Mazin è veramente carina come gli avevano detto.

"Prima di assumere il nuovo incarico, l'abbiamo convocata qui per una piccola cerimonia," dice il capo dello Shin bet. Va alla scrivania, prende un astuccio e lo porge al primo ministro.

Ehud Barak, tornato di nuovo serio, si schiarisce la voce:

"Per aver difeso gli interessi supremi dello stato di Israele, le consegno oggi la medaglia d'oro al valore civile, la più alta decorazione che il nostro paese concede a chi lo difende al di fuori delle operazioni di guerra". Estrae la medaglia dall'astuccio e la appunta sul risvolto della giacca di Maya.

Poi l'abbraccia, subito imitato dal capo dello Shin bet, con il rilassato cameratismo tipico di Israele. Né Barak, né l'ex generale, d'altronde, indossano la giacca o la cravatta.

"A volte siamo costretti ad agire contro i nostri compatrioti, non ci fa certo piacere, ma lo facciamo per l'interesse supremo della patria," dice il primo ministro, che non solo è laico fino al midollo ma notoriamente non può sopportare gli haredim. Proprio per avere rinunciato all'alleanza con uno dei partiti ultraortodossi, la sua coalizione di governo rischia costantemente di non avere più la maggioranza dei seggi alla Knesset e lui di doversi dimettere.

Poi, a voce più bassa, Barak aggiunge: "Ma lo sa che, con

un calcio, ha fratturato il naso a uno di quei corvi neri? E a un altro ha rotto un braccio".

Non si capisce se sia un rimprovero o un complimento finché Barak strizza l'occhio, subito imitato da Maya.

"Vi siete lasciati bene con i due italiani?" domanda il capo dello Shin bet.

"Sì, generale, come ho scritto nel mio rapporto," risponde Maya.

"L'ho letto. Ma dopo averlo scritto, non vi siete più sentiti?"

Maya arrossisce: si imbarazza anche lei, ogni tanto. Sanno tutto, quei diavoli dello Shin bet. Inutile mentire.

"Ho avuto un ultimo breve incontro con l'agente dell'Entità. Ci siamo salutati. Mi pareva giusto."

"Certo," commenta il comandante.

"E adesso cosa sarà di lui?" chiede il primo ministro.

"Penso che lo attenda un nuovo incarico, forse all'estero – come me," risponde Maya: è una mezza verità o una mezza bugia? Non lo sa nemmeno lei.

23.

Kabul (Afghanistan), 28 marzo 2000

Accovacciato su due cuscini, lo sceicco sembra assorto nella preghiera. Tiene gli occhi chiusi, ma il corpo ondeggia leggermente, come scosso da un regolare sussulto. In realtà, è ben presente e consapevole di quanto gli succede intorno. Quando il messaggero che è venuto a trovarlo da lontano ha finito di cenare, lo sceicco gli si rivolge con voce flautata:

"Mohammed al Sidhi, ti ascolto".

"Eccellentissimo mio signore, ti porto conferma delle cattive notizie che abbiamo ricevuto l'altro giorno. La missione di Gerusalemme è fallita. I nostri due fratelli sono morti, uccisi dal nemico. Il crociato venuto da Roma è potuto salire alla Spianata delle Moschee, dove è stato accolto con tutti gli onori dai traditori dell'islam."

"Questo mi era già noto, Mohammed, anch'io ascolto la radio. Come è potuto accadere?"

"Purtroppo, non è stato possibile scoprirlo. Qualcuno li ha sorpresi prima che potessero agire e li ha uccisi senza sparare un colpo. Ha fatto in modo che la loro morte sembrasse una disgrazia."

"Chi ci ha traditi?"

"Non lo sappiamo con certezza, eccellentissimo. Forse, nessuno. Potremmo essere stati scoperti dagli americani, che proteggono sempre gli interessi di Israele. O dai servizi segreti palestinesi, che ormai sono loro alleati. O dagli stessi israeliani. Abbiamo sguinzagliato tutte le nostre fonti nella città santa di Al Quds, ma senza risultati."

"Abbiamo perso una battaglia importante e due pedine preziose," commenta lo sceicco. "Ma vinceremo lo stesso la nostra guerra santa."

Spezza il pane e se lo porta alla bocca, masticando lentamente, come se questo lo aiutasse a riflettere e lo ispirasse. Altri uomini accucciati nell'ombra lo ascoltano nella stanza di Kabul. Uomini armati pattugliano l'esterno della casa, una villa elegantemente arredata nel quartiere diplomatico della capitale. Due posti di blocco con altri uomini in armi, alcuni in divisa, controllano l'accesso alla via. Lo sceicco sembra ben protetto.

"Mi dispiace soprattutto per quel giovane palestinese, il ragazzo che aveva un fratello in carcere in Israele e che venne a combattere qui con i mujaheddin. Come si chiamava?"

"Saeb Abunassar. Lo avevi conosciuto, eccellentissimo, qui a Kabul, un anno fa."

"Sì, e ricordo i dubbi di alcuni miei fratelli sul fatto che potesse essere una spia, un infiltrato della Cia, solo perché era vissuto in America. Non era questa la mia impressione, e raramente sbaglio nel giudicare un uomo. Il fatto che sia morto assassinato, morto in battaglia come un martire, è la prova che avevo visto giusto. Allah è grande."

"Allah è grande," gli rispondono all'unisono le voci dei suoi fratelli.

"Peccato," continua lo sceicco, "con le sue credenziali sarebbe stato perfetto per la nostra prossima missione. Mi riproponevo di mandarlo negli Stati Uniti a raggiungere gli altri membri della nostra cellula che si trova già in Florida. Ma non importa. Egli ora riposa nel paradiso di Allah. Abbiamo fallito nel respingere i crociati di Roma, ma fra poco più di un anno colpiremo il grande Satana al cuore, in un modo che mai si aspetterebbe e da cui mai più potrà riprendersi."

"Sì, eccellentissimo signore," risponde al Sidhi.

"Allah è grande," dice lo sceicco.

"E Osama bin Laden è il suo profeta," rispondono in coro le voci nell'oscurità della stanza.

24

Gerusalemme, 28 marzo 2000

Nella sua stanza dell'American Colony, Paolo Farneti clicca su invia e trasmette il suo ultimo articolo sul viaggio del papa in Terra Santa. Non l'ha nemmeno riletto. È un pezzo conclusivo privo di notizie, di puro colore finale: scommette che anche i redattori degli esteri, trovata un'idea per il titolo nel primo paragrafo o addirittura nelle prime righe, non lo leggeranno fino in fondo, non per cattiveria ma perché la fretta è l'eterna compagna di strada dei giornalisti. Insieme all'approssimazione che ne è la figlia, gli sovviene con un sorriso.

Ha già riempito la borsa, ancora aperta sul letto, le sue poche cose disposte con il solito ordine maniacale. E adesso? È dal giorno prima che tempesta Pietro di telefonate senza riuscire a trovarlo, comincia a preoccuparsi. Ancora più di Pietro, vorrebbe rivedere Maya: possibile che stesse recitando così bene la parte, quando gli aveva messo la lingua in bocca e preso il cazzo in mano, mugolando di piacere avvinghiata a lui con la schiena contro il muro? O era sincera o era un'attrice da Oscar – del cinema porno, perlomeno. Ma non ha il numero di telefono di Maya, non sa nemmeno il suo cognome: il nome può essere falso (probabilmente lo è) e, se anche avesse nome e cognome autentici, immagina che telefonando allo Shin bet o al Mossad non gliela passerebbero così facilmente. Gli viene in mente una T-shirt che si vendeva in Centroamerica quando lo frequentava assiduamente da inviato al tempo delle rivoluzioni e dei colpi di stato nelle repubbliche delle banane, dal Salvador al Nicaragua, dal Guatemala a Panamá: ARRUOLATI NEI MARINES. GIRERAI IL MONDO, CONOSCERAI GENTE AFFASCINANTE E LA UCCIDERAI. La sua variante era appena un po' diversa: FAI IL GIORNALISTA, GIRERAI IL MONDO, CONOSCERAI GENTE AFFASCINANTE E POI NON LA RIVEDRAI MAI PIÙ.

L'unico che potrebbe rimetterlo in contatto con Maya è padre Marulli. Ma a parte il fatto che anche lui è diventato introvabile, dubita che gli farebbe da ambasciatore. Anzi, è probabile che quei due ora siano insieme a spassarsela e a celebrare la missione compiuta, a letto, da qualche parte: ci giurerebbe che tra loro c'è una storia. Solo, non gli è chiaro se Marulli abbia predisposto in quel modo il piano di attacco alla casa degli haredim per regalargli qualche minuto di intimità con Maya, o per dargli una lezione – una piccola umiliazione, fargliela annusare e poi soffiargliela via. Un pensiero meschino, riconosce. Non è la prima ragazza che Pietro gli ha portato via sotto il naso, si vede che era destino.

Ordina un club-sandwich, dà un'occhiata ai giornali e, come sempre gli succede quando un incontro con una ragazza del posto va a vuoto – e per la verità anche quando va a compimento –, gli viene in mente la sua dottoressa. Ne è veramente innamorato? E chi lo sa. Di certo, non gli ha fatto passare la voglia delle altre donne. Però è l'unica che riesca a farlo soffrire, probabilmente proprio perché non gli si concede mai del tutto, perché c'è l'altro, il marito cornuto, a cui però in un certo senso è fedele, di cui parla solo bene, per il quale è sempre pronta a cucinare deliziosi manicaretti, che poi racconta a lui per filo e per segno, facendolo morire di gelosia, oltre a fargli venire l'acquolina in bocca. Sono giorni che non la sente. Fa il numero del suo telefonino, sperando di ottenere risposta, cosa che non sempre succede: a quell'ora, oltretutto, dev'essere di turno in ospedale.

"Paolo! Che bello sentirti," risponde invece al primo squillo con la sua voce argentina. È sempre così: lo sorprende ogni volta. Se lui si aspetta che sia triste e malinconica, è allegra; se si aspetta che sia allegra, è giù di corda. Stavolta è contenta di sentirlo, ma poi, anziché lasciarlo parlare, attacca a parlare lei, come fa quasi sempre: "Non hai idea di cosa mi è successo!". Se avesse idea lei, di quello che è successo a lui... Ma è inutile, la lascia sfogare con un racconto di gelosie ospedaliere, ripicche tra primari, operazioni risolte grazie al suo abile intervento, infermiere antipatiche e pazienti che la corteggiano sfacciatamente.

"Però, mentre io sto qui a raccontarti queste cose tu magari neanche mi ascolti, vero? Starai pensando ai tuoi articoli."

"Ma va'. A proposito, li hai letti? Come ti sono sembrati?"

"Tesoro, non ho avuto un attimo, neanche il tempo di andare in edicola, e lo sai che mio marito porta a casa 'La Stampa'."

"Antipatica."

"No, guarda che l'antipatico sei tu, che mi hai tenuta due giorni senza nemmeno una telefonata."

"Sono stato un po' preso, amore mio. Sai, c'era un papa da seguire, da queste parti." *Oltre alla cristianità da salvare*, vorrebbe aggiungere.

"Spiritoso. Dovrei tenerti il muso. Ma non lo farò."

Le chiede se il loro appuntamento clandestino di fine mese è confermato.

"Ecco, anche di questo ti avrei parlato, se mi avessi chiamato prima. Siamo stati invitati, mio marito e io, a un convegno a Napoli. Proprio in quel nostro weekend. Non ho potuto inventare una scusa. Sai quanto avrei voluto dirgli di no."

Eccome se lo so, vorrebbe rispondere. Ma, mordendosi la lingua, fa finta di niente: "Sono cose che succedono. Io rientro in Italia domani. Ti chiamo quando arrivo e cerchiamo un'altra data".

"Bravo, che ho una gran voglia di vederti. Ho un sacco di cose da raccontarti. E comincio a sentirmi un po' abbandonata."

Lui dà un bacio nel telefono, "lo sai che ti penso", e la saluta.

Poi impugna il cellulare come se fosse un pallina da baseball e si guarda in giro per decidere contro cosa scagliarlo; ma in quel momento bussano alla porta. È il cameriere, con il vassoio del room service.

Lo deposita su un tavolino basso. Vedendo la valigia chiede: "È in partenza, signore?".

"Sì, mi faccia chiamare un taxi per favore. Tra venti minuti."

"Spero che tornerà presto a trovarci."

"Lo spero anch'io." Gli allunga una mancia. Per questo il Colony ha successo con i giornalisti: magari è solo ipocrisia, ma il personale ti fa sentire come in una famiglia. E quelli che fanno il mestiere di Paolo, molti dei quali una famiglia non ce l'hanno, apprezzano. Sbocconcella il club-sandwich: è ottimo, ma non ha fame. Potrebbe dormire al Colony un'altra sera, prima di rientrare in Italia, solo che è stufo di Gerusalemme, e a meno che non ci sia una cena di addio con Marulli ha deciso di passare l'ultima notte a Tel Aviv: mare, spiaggia, bar aperti fino alle ore piccole, donne nei bar. Il suo ambiente.

Il tassista è palestinese, ma conosce bene Tel Aviv: ci porta i clienti del Colony, quando vogliono andare a divertirsi per una sera. Gli racconta che sul porto vecchio ha aperto da qualche settimana un locale di striptease, il più osé di tutta Israele – venti ragazze nude che girano tra i tavoli e per due dollari si strusciano sugli avventori.

Paolo si fa dare l'indirizzo e lo saluta con una buona mancia.

Cena in camera all'hotel Dan, guardando il mare illuminato dai fari. Pensava che gli avrebbe messo allegria, vedere il mare, invece chissà perché quella sera gli mette tristezza. Decide che, per farsi tornare almeno un po' il buonumore, il nightclub è più adatto del bancone di un bar. Sta per uscire, quando gli squilla il telefonino. È un numero che non conosce. In compenso, riconosce subito la voce.

"Sei a spassartela con la tua amichetta Maya e avete deciso di tagliarmi fuori dai festeggiamenti?"

"Non proprio," risponde serio padre Marulli, e dal tono Paolo capisce subito che non ha voglia di scherzare.

Pietro gli riferisce brevemente il suo ultimo incontro con il nunzio. Non la fa lunga: gli dice che crede di aver diluito con l'acido non il corpo di una mummia qualsiasi, bensì quello del vero Gesù, che fosse o no il figlio di Dio non ha importanza. E aggiunge che i servizi segreti vaticani, o quelli israeliani, o entrambi, probabilmente cercheranno di mandarlo a fare compagnia ai pesci, perché non vada in giro a raccontare cosa ha visto.

"È così che ripagano il tuo servizio? Per non parlare del mio." Paolo non capisce dove voglia andare a parare.

"Tu non hai nulla da temere. Non hai visto niente, e comunque nessuno crederebbe a un giornalista."

"Questa è davvero una bella consolazione."

Pietro non raccoglie. "Per me invece è venuto il momento di sparire. Ti ringrazio di avermi aiutato," gli dice, "anche se in questo modo sei caduto anche tu in trappola. Ma ritrovarti, e fare una cosa insieme, come vent'anni fa, per me è stata la cosa più bella di questa avventura."

Paolo pensa che l'avventura deve aver dato a Pietro una cosa anche più bella: di nome Maya. Ma si trattiene e la butta sullo scherzo.

"Stavolta però la polizia non ci ha beccati, eh?"

"No, non ci ha beccati, vecchio mio."

"Pietro, e dai! Smettila con quel tono lugubre! Non verranno a cercarti. Non proveranno a farti fuori. E se ci proveranno, ci sarò io a difenderti. Guarda che lo scrivo sul giornale, e poi voglio vedere come si comportano." Già, ma per scriverlo dovrebbe raccontare tutto dall'inizio, incluso il fatto che lui l'ha tenuto nascosto al direttore: rischia di venire crocifisso in redazione, tanto per restare in argomento.

"Ho deciso, Paolo, devo andarmene."

"Vieni a passare almeno questa sera con me. Sono a Tel Aviv, andiamocene in un bar, sbronziamoci come ai vecchi tempi." Ci avrebbe pensato al bar, a come fargli cambiare definitivamente idea.

"Ho bisogno di stare solo. Scusami. Ma c'è qualcosa che vorrei lasciarti, prima di andarmene. Vorrei lasciarti un ricordo: il ricordo di questa storia. Ti ho chiesto di non raccontarla al tuo giornale e ti ringrazio di aver mantenuto il segreto. Un giorno, però, se vorrai, raccontala. Lascia solo passare un po' di tempo. Qualche anno. Scrivila a modo tuo, come un romanzo, se ti va. Nessuno ti crederà, ma qualcuno potrà avere il dubbio che ci sia qualcosa di vero. E il dubbio, per me, oggi è più importante delle certezze."

"D'accordo, d'accordo. Lo farò. Te lo prometto. Ma scusa se insisto, dai, vieni a..."

"Ciao Paolo, ti voglio bene," lo interrompe Pietro, e riattacca.

Si sente ancora più triste: niente Maya, niente dottoressa, niente amico, niente super scoop. Niente di niente. E niente telefonata di complimenti dal direttore, o perlomeno da un vice, dal caporedattore centrale, dal caposervizio esteri. Il suo lavoro a Gerusalemme è finito e nessuno gli ha detto neanche grazie per essersi giocato una vacanza a Parigi con la sua bella. Lo hanno fregato un'altra volta. E quel che è peggio, in cuor suo sa perfettamente che ci cascherà ancora. È come l'apologo dello scorpione che chiede alla rana di aiutarlo ad attraversare il fiume. Lei non si fida, ma alla fine si convince. A metà del guado, tuttavia, lo scorpione la punge. Perché lo hai fatto?, moriremo entrambi, dice la rana. E lo scorpione risponde: è nella mia natura. Ecco, dire sempre di sì al giornale era nella sua natura. Anche se gli faceva perdere tutto il resto.

Scende in strada, prende il primo taxi e si fa portare al nightclub. È un posto piuttosto squallido, pieno di gentaglia, piccoli delinquenti, immigrati, giovinastri. Ma la musica è bella, anni settanta, le luci basse, l'alcol abbondante e le ragazze effettivamente nude come le aveva decantate il tassista del Colony.

Ordina da bere e chiama a sé con l'indice la prima che scodinzola sui tacchi nelle vicinanze.

"Cosa costa farmi un po' di compagnia?" le chiede con una familiarità frutto di tanti anni in giro per il mondo.

"Cinque dollari per ogni canzone e venti per quindici minuti, ma se ordini una bottiglia di champagne sto con te mezz'ora, dolcezza."

È una puttana russa, da qualche anno Tel Aviv ne è piena. Ordina lo champagne da quattro soldi. La ragazza comincia a dimenarsi davanti a lui, poi gli si siede sulle ginocchia, infine gli si sdraia sopra come se dovesse scoparselo davanti a tutti.

"A che ora chiude il locale?" domanda Paolo.

"Alle cinque," risponde lei, mettendogli la mano fra le gambe.

Sarà una lunga notte. Ha la malinconia, ma decide di farsela passare ubriacandosi.

Il pellegrino è ripartito. La sua missione è compiuta. E anche la nostra di umili cronisti, di raccontarla al mondo. In una settimana, qui a Gerusalemme è morto l'antisemitismo ed è risorta l'alleanza tra fratelli dell'Antico Testamento. Tra due fratelli, ebrei e cristiani, perlomeno. Se nel quadro della ritrovata pace spirituale entreranno anche gli arabi, i musulmani, resta da vedere, ma il pellegrino ha provato a dare il suo contributo anche per questo. Possiamo dire che la Terra Santa sembra più vuota e più povera, senza di lui? Sì, possiamo. Forse, se lo tenessero qui come un prigioniero benvenuto, israeliani e palestinesi farebbero la pace molto più in fretta. Neanche Bill Clinton è un negoziatore appassionato e convincente come Karol Wojtyła.

Ma è innanzitutto la pace tra cristiani ed ebrei quella che si è celebrata in questo viaggio pastorale, una pace attesa ancora più a lungo di quella tra israeliani e palestinesi: ben duemila anni. E allora, a conclusione di questo storico viaggio, chiedo a due israeliani un parere su quanto è avvenuto nei giorni scorsi. Noi che siamo stati qui, perfino noi cinici cronisti, siamo colpiti – ci pare di aver vissuto come in trance: è accaduto davvero, quello che abbiamo visto, oppure è della materia di cui sono fatti i sogni?

Per primo do la parola a David Grossman, il grande scrittore israeliano. Vado a trovarlo nella sua casa sulle colline intorno alla Città Santa. "Qui a Gerusalemme," mi dice, "c'è troppa santità nell'aria. Di qui sono passati quattromila anni di storia, civiltà, culture differenti, questo è il centro delle tre religioni monoteistiche, qui si sono accumulati secoli di saggezza, di sofferenza, di esperienza di vita. E cosa abbiamo imparato da tutto questo? Siamo davvero riusciti, ebrei, cristiani, musulmani, a diventare persone migliori? In questa città, Giovanni Paolo II ha concluso ieri il suo pellegrinaggio. Segnando una svolta storica. Forse bisogna essere ebrei per capire appieno il significato della sua visita. Confesso che ho conosciuto il mio primo cristiano quando avevo dieci anni. C'è negli ebrei una naturale diffidenza e tanta ignoranza verso i cristiani. Ed ecco che il capo dei cristiani viene da noi, visita il nostro luogo più sacro, il Muro del Pianto, e ci chiede perdono per il male che la sua Chiesa ci ha fatto per secoli. Il papa ci ha insegnato con questo viaggio che le religioni, queste dogmatiche istituzioni, possono trarre benefici dal dialogo e dalla curiosità reciproca. Che nel terzo millennio la fede non può nutrirsi di antagonismo. E quel che vale per la fede, vale anche per i popoli e i governi. Questa è per me l'essenza del pellegrinaggio del papa. In sei giorni, mi pare che il pontefice abbia conquistato il cuore di tutti – ebrei, arabi, cristiani. In particolare, ha conquistato gli israeliani come pochissimi leader stranieri prima di lui. Un mio amico la mette così: 'Che uomo dolce è questo papa, mi sembra quasi un ebreo'. Confido che il pontefice possa cogliere il senso di un simile complimento."

Poi faccio visita a Shimon Peres, un ex tutto – ex primo ministro, ex ministro degli Esteri, ex ministro della Difesa, ex leader laburista –, tuttora deputato e premio Nobel per la pace: "So che questo viaggio del papa rappresenta una pietra miliare nella mia vita," dice Peres con la sua bella voce da oratore. "Ma sarà una pietra miliare anche nella vita del Medio Oriente. Per lungo tempo la Chiesa cattolica ha considerato quale scopo del suo ministero l'imposizione dei suoi dogmi al mondo intero. E per lungo tempo non ha esitato a ricorrere alla forza per raggiungere l'obiettivo. Ma la Chiesa odierna è irriconoscibile rispetto a quella delle Crociate, dell'Inquisizione, dell'inflessibile dogmatismo. L'imposizione è stata rimpiazzata dalla tolleranza. La Chiesa, in larga misura grazie a questo papa, ha compreso che un'autentica armonia universale non si realizza attraverso l'affermazione di un unico credo su tutti gli altri, bensì tramite il dialogo, la coesistenza, la comprensione. E di questo mutamento gli ebrei hanno avuto una prova dopo l'altra da parte di Giovanni Paolo II. Egli è stato il primo papa a visitare una sinagoga, il primo a stabilire relazioni diplomatiche con Israele, il primo a condannare senza mezzi termini l'antisemitismo, a definirlo un peccato contro Dio e a correggere il pregiudizio storico secondo cui gli ebrei erano responsabili e maledetti per la crocifissione di Gesù Cristo. Ora è arrivato al punto di pronunciare uno storico mea culpa per le sofferenze causate dai cristiani agli ebrei. Non possiamo che esprimergli gratitudine e rispetto per quanto ha fatto per l'ebraismo. E credo che questo sentimento sia maggioritario tra la gente di Israele.

"Ai cristiani, agli italiani, agli europei, suggerisco di non lasciarsi fuorviare dalle proteste e dalle critiche contro il pontefice espresse dalla comunità ultraortodossa ebraica. Gli haredim non si limitano a denunciare il papa perché non rispetta le norme dello Shabbat: essi denunciano, per le medesime ragioni, il proprio stesso popolo, quel sessanta per cento di israeliani che non sono religiosi osservanti. Gli ultraortodossi sono una ristretta minoranza della popolazione israeliana, e ogni paese ha minoranze che la pensano diversamente dalla maggioranza. Comunque, le più alte autorità rabbiniche hanno invitato a rispettare il papa e a dargli il benvenuto. È dunque il caso di ripetere quel detto della Torah secondo cui l'ebraismo ha settanta volti, ciascuno con le sue caratteristiche e posizioni: siamo fatti così, in modo piuttosto complicato, non c'è niente da fare. Ma non è solo per il suo rapporto con l'ebraismo che Israele ammira Giovanni Paolo II: fin dall'inizio del suo pontificato, egli si è battuto contro ogni sistema totalitario, ha sempre difeso la democrazia e sostenuto con passione la pace in Medio Oriente. Ha lottato con tutte le sue forze per creare un mondo migliore. Ora che quest'uomo eccezionale è venuto in pellegrinaggio a Gerusalemme, tanti si chiedono se riuscirà a risolvere anche l'eterno conflitto intorno alla Città Santa e alla Terra Santa fra ebrei e palestinesi. Personalmente, sono convinto che abbia dato un contributo importante a creare un'atmosfera migliore, che abbia aiutato arabi ed ebrei a comprendersi meglio. Ma non spetta al pontefice fare di più in questo campo. Tocca a noi uomini di buona volontà, ebrei e arabi, produrre il lieto fine che molti sognano per il Medio Oriente."

E così sia.

25.

Tel Aviv, 28 marzo 2000

Pietro Marulli esce dalla cabina telefonica da cui ha chiamato Paolo e risale in auto. Ha indossato il saio, il suo saio da domenicano che mette solo nelle occasioni speciali: la gente non è abituata a vedere frati per strada, lì, e i passanti si voltano a guardarlo. Che coincidenza, si trova vicinissimo alla zona degli alberghi di Tel Aviv. Sicuramente il suo amico è alloggiato in uno di quelli. Potrebbe essere da lui in pochi minuti. Ma non ne ha voglia. E non perché non gli vada di sostituire Maya con un vecchio amico ritrovato. È che ha veramente bisogno di stare solo con i suoi pensieri. Di riflettere. Potrebbe prendere anche lui una stanza in un albergo, magari meno costoso di quelli messi in conto spese ai giornali, ma a cosa servirebbe? Non riuscirebbe certo ad addormentarsi, con le idee che gli frullano per la testa. Risale in macchina e percorre a casaccio le strade della città. Aveva ragione Maya a chiamarla la città dell'amore, estemporaneo e provvisorio: sono le undici di sera e c'è più traffico che a Roma il primo giorno dei saldi. Rimane incastrato in un ingorgo e appena può sguscia in una via laterale, buia e deserta; da questa risale sulla Dizengoff per uscire dalla città verso nord.

Anche fuori stagione gli stabilimenti balneari sono aperti, con i tavolini sulla sabbia – ognuno con sopra una candela –, coppie di ogni età sedute a bere e mangiare, giovani che ballano davanti ai jukebox, uomini soli o donne sole che portano a spasso il cane, altri in tuta che fanno jogging, venditori ambulanti di gelati e di bibite. Tel Aviv non dorme mai: il suo nome vuol dire collina della primavera e, per quanto di colline non ce ne siano – magari le hanno spianate per costruire i grattacieli –, la primavera è effettivamente nell'aria, una serata tiepida, certo più tiepida che a Gerusalemme, dove la sera ci vuole il maglione anche d'estate e la primavera, come atmosfera, non arriva mai.

Conosce Tel Aviv, ci è venuto spesso in questi anni, invitato a qualche ricevimento dall'ambasciata italiana, che, come tutte le ambasciate occidentali, non riconoscendo Gerusalemme come capitale di Israele fino a quando non si sarà risolto il contenzioso con i palestinesi, vi ha stabilito la propria sede. E ha anche qualche amico tra gli ebrei della città – scrittori, intellettuali di sinistra, musicisti... tutta gente favorevole alla pace, ma sempre scettica, restia a sperarci con troppo ottimismo. Guida fino alla zona di Tel Baruch, una spiaggia non ancora sfruttata dai costruttori immobiliari, costeggiata da una strada di sassi, con un unico ristorante. È la spiaggia libera dove vanno a prendere il sole gli alternativi e i poveracci, quelli con l'ombrellone e il picnic portati da casa. Di giorno e di notte è anche, notoriamente, la zona di puttane e travestiti: li adocchia subito, con le loro minigonne sgargianti e gli stivali alti di pelle lucida, gli fanno gesti invitanti scambiandolo per un cliente e poi lo mandano a quel paese quando vedono che non rallenta.

I clienti, del resto, non mancano. Ma addentrandosi sempre più nella strada non asfaltata che porta fino al mare diminuisce anche il traffico, ci sono solo i fari della sua auto a guidarlo nel buio fitto.

Pietro arriva davanti a una scarpata, da cui un sentiero scosceso scende fino alla spiaggia. Non c'è un'anima. Posteggia ed esce a fumarsi una sigaretta. Il cielo è pieno di stelle. Ripensa agli ultimi giorni, alle risposte del nunzio ai suoi dubbi, alla sensazione di essersi trovato al centro di un intrigo da cui potevano dipendere le sorti della cristianità. Poi pensa a Gesù di Nazareth e a quel corpo liquefattosi davanti ai suoi occhi in pochi secondi. Possibile? Possibile? Sì, è possibile. Ed è anche possibile che qualcuno gli stia già dando la caccia per fargli passare la voglia di raccontare, un giorno, cosa ha fatto e visto in quella cantina con gli haredim. Be', lui non ha intenzione di raccontare un bel niente, non è suo compito decidere il futuro del cristianesimo. Al massimo, può decidere il futuro di un cristiano: se stesso. E a raccontare ci penserà casomai il suo amico Paolo, prima o poi.

Scappare, dunque? Ma dove? E come? E per fare cosa? Non ha un lavoro, ma in effetti sa fare e conosce tante cose. E se davvero emigrasse in Australia? Se cercasse di cambiare nome, di darsi un passato diverso e magari un nuovo futuro? Anche senza Maya? "Forse un giorno tornerai," gli ha detto lei. Era un invito a restare? Soltanto diventando come lei un soldato di Israele potrebbe restare. Ecco, un domenicano spretato, un ex agente dell'Entità, che si arruola nello Shin bet: lo prenderebbero? Questa sì sarebbe una notizia che farebbe gola a Farneti e al suo giornale. Gli scappa da ridere al pensiero. Ma non è ebreo, israeliano, sionista. Non avrebbe alcun motivo per lottare per Israele, tranne che restare vicino a quella donna.

Sente freddo, torna in macchina. Abbassa i sedili e si mette comodo, prova ad appisolarsi ma non c'è verso. Ogni tanto in lontananza passa una macchina, i fari illuminano il buio, ma lui è protetto da una macchia di cespugli, nessuno noterà la sagoma della sua vettura. Si sta bene, lì, cullati dal rumore del mare, sovrastati dall'oscurità e dalle stelle. Non avendo altro da fare, prova a dire una preghiera: "Padre nostro che sei nei cieli, sia santificato il Tuo nome, venga il Tuo regno, sia fatta la Tua volontà, come in cielo così in terra. Dacci oggi il nostro pane quotidiano, rimetti a noi i nostri debiti come noi li rimettiamo ai nostri debitori, e non ci indurre in tentazione ma liberaci dal male". Che bella preghiera. Che belle parole. Ricorda di averle recitate insieme a Paolo, sulla Via Dolorosa, la notte in cui si sono rincontrati. Poi gli sale alle labbra un'invocazione: "Dio mio, Dio mio, perché mi hai abbandonato?" e scoppia a piangere. Non tenta di trattenersi: piange, e dopo si sente un po' meglio. Ma Dio ha davvero abbandonato suo figlio sul Golgota? O Gesù, con quella esclamazione, invocava il cielo perché si sentiva abbandonato dagli uomini, dalle sue stesse forze, dalla sorte che si era inconsapevolmente o consapevolmente scelto? Di certo, Dio non ha abbandonato lui, padre Marulli: hanno sempre avuto uno strano rapporto, una specie di patto reciproco, un'alleanza. Lui serviva il Signore, ma il Signore lo lasciava vivere più o meno come desiderava.

Lentamente, a est, il cielo si rischiara. Al sorgere dell'alba, Marulli esce dall'auto e scende il sentiero fino alla spiaggia. È deserta e il mare è blu, liscio come uno specchio. Sembra l'alba di un nuovo mondo, sorto apposta per lui quella mattina. Cammina fino a pochi passi dall'acqua, quindi si toglie il saio, lo posa sulla sabbia dopo averlo piegato con cura e resta completamente nudo. L'aria è fredda, pungente. Mette un piede nell'acqua: è ancora più fredda. Ma dopo un po' ci si abitua, come sempre succede. Entra in mare e rimane fermo a sentire il gelo che gli agguanta le ossa: ma poi diminuisce, mandato indietro dal calore del corpo. Allora avanza lentamente, un passo per volta, senza guardarsi indietro, finché l'acqua gli arriva alla cintola. Cosa gli aveva detto Maya? "In acqua non si lasciano tracce": una via di fuga perfetta. La sabbia umida sotto i piedi è piacevole. Un pesce guizza fuori dal mare davanti a lui, come per chiedergli di seguirlo. Pietro non ci pensa due volte e si tuffa. Assorbe la sensazione di freddo, che in un primo momento gli toglie il fiato, ma resiste alla tentazione di uscire e comincia a nuotare, a bracciate lente, poi più veloci, sempre più veloci, battendo i piedi e lasciando una scia di schiuma bianca alle sue spalle, allontanandosi dalla riva, di più, sempre di più, puntando verso il largo, e continua a nuotare così, con gli occhi bene aperti sott'acqua, per cercare di vedere e di capire dove sta andando.

Post scriptum

Giovanni Paolo II, pontefice massimo, è morto il 2 aprile 2005 – cinque anni dopo la sua visita a Gerusalemme – ed è stato beatificato l'1 maggio 2011.

Ehud Barak, primo ministro israeliano e leader laburista, ha proposto un accordo di pace ai palestinesi nell'estate del 2000 al summit di Camp David, ma il negoziato è fallito. Nel 2001 ha perso l'incarico di premier. Nel dicembre 2012 ha annunciato il suo ritiro dalla vita politica.

Yasser Arafat, presidente palestinese e capo dell'Olp, è morto nel 2004 in seguito a una malattia di natura mai chiarita. Nel 2012 il suo corpo è stato riesumato per analisi cliniche dirette a scoprire se la causa del decesso fosse un avvelenamento con il polonio radioattivo.

Ahmed Yassin, guida spirituale di Hamas, il movimento fondamentalista islamico palestinese, è stato assassinato nel 2004 da missili lanciati da un elicottero israeliano contro l'auto su cui era appena salito, dopo essere uscito da una moschea nella Striscia di Gaza.

Osama bin Laden, fondatore e leader di al Qaeda, è stato ucciso da un commando americano nel suo rifugio in Pakistan il 2 maggio 2011, quasi dieci anni dopo l'attacco terroristico contro le Torri Gemelle di New York.

Jibril Khatib, capo dei servizi di sicurezza palestinesi, è emigrato in Florida, dove gestisce un'agenzia di poliziotti e guardie del corpo private.

Monsignor Righi, ex nunzio apostolico in Terra Santa, è diventato nunzio apostolico a Washington – l'incarico più importante del corpo diplomatico del Vaticano.

Wadi Abunassar, il palestinese che custodisce le chiavi del Santo Sepolcro, continua ad aprire tutte le mattine e a chiudere tutte le sere il portone della chiesa costruita sul luogo della crocifissione di Gesù.

Maya Mazin è attualmente in missione in un paese del Medio Oriente per conto del Mossad israeliano.

Paolo Farneti continua a girare il mondo come giornalista per il quotidiano "La Tribuna".

Di padre Pietro Marulli si sono perse le tracce.

Gratias ago, *todà*, *shukran*, insomma grazie in tutte le lingue di questo romanzo, a Alberto Rollo, Giovanna Salvia e Ezio Mauro.

Indice